2
異世界漫步
～福力倫聖王國篇～
あるくひと
[Illustration]
ゆーにっと
Walking in another world
Kadokawa Fantastic Novels

CONTENTS

Walking in another world

序章

「空，我們迷路了嗎？」

「沒這回事喔。因為以詐死離開國家，我才故意選擇走在森林裡。萬一被人目擊到走在路上，特地做的偽裝布置便白費了。」

為了避免誤會我要澄清一下，真的沒有迷路。我用技能ＭＡＰ掌握著目前的位置。

目前，我們兩人與一隻？正在森林內移動。

為什麼不走鋪設好的大道，而是在森林中移動呢？

那是為了暗中逃離將我召喚來異世界的艾雷吉亞王國。

我被打上無能的烙印，在受到召喚的當天被趕出王城。

之所以能生存到現在，一方面有受到親切的人們幫助，但還是多虧了技能「漫步」吧。

技能效果是「不管走多少路也不會累（每走一步就會獲得1點經驗值）」，走愈多路愈能提升等級，力量等狀態值因此強化，還可以獲得技能點數。

使用這個技能點數可以學到新技能，我現在學會了超過二十種技能。順便一提，這個數量看在這個世界的居民眼中算是相當多。

從鑑定與察覺氣息等輔助類技能，到劍術與火魔法等對戰鬥有幫助的技能，我學習並活用這些技能，在這個世界過活。

「空，你說的是真的嗎？」

同行者之一仍然用懷疑的眼神看了過來。這名自稱13號的少女……我已得知光曾經隸屬於艾雷吉亞王國黑暗面組織的間諜，監視過我。實際上她還曾襲擊我，企圖將我帶回組織。具有引發異常狀態麻痺效果的短劍很有威脅性，如果我沒學到異常狀態抗性的技能，可能會束手無策並被逮。

至於為什麼會和這樣的人一起行動，那是因為我有一些想法。

首先，光在某種意義上來說是艾雷吉亞王國的受害者。她之前遭隸屬面具剝奪自由，訓練成服從命令的人偶。然後是外表。她不只是年幼的孩子，還是黑眼黑髮。那張圓臉與沒什麼凹凸感的扁平五官，讓我想起日本人。

這讓我覺得並非事不關己，所以沒辦法放著不管。

至於另一隻則是不知為何與我親近，並訂下契約的精靈希耶爾。她中意我哪一點至今仍是個謎，如今的她正飄浮在半空中，用缺乏緊張感的表情環顧周遭。大概是在尋找有沒有食材吧。

普通人好像看不見精靈，光就看不見她。

她利用這點惡作劇，享受我驚訝的反應。

看到我獨自爆笑出聲，光會用難以形容的表情看過來，雖然她本來就幾乎面無表情，這對我造成的傷害不斷累積。真心希望不會被她當成怪人。

我打算下次要懲罰希耶爾，處以不給飯吃之刑。

「會不會累？不要緊嗎？」

「嗯，不要緊。」

「千萬別逞強喔。」

我會囉唆地叮嚀是有理由的，光曾有一次勉強自己走到走不動為止。

這是我的失誤，因為自己不管走多少路也不會累，就忘了這一點，按照自己的步調行走。另一方面也是受到焦慮心態的影響。

光本來便沉默寡言，也許是以前的職業性質不允許訴苦，她沒有任何抱怨地跟著我。

碰巧看見她的表情因為疼痛而扭曲，才發現這件事。

她一開始雖然否認，但我讓她脫下鞋子一看，發現水泡都破了。明明是這樣，本人卻是——

「我不會痛。」「不要緊。」

只說了這些話。

一開始想用藥水治療時，她甚至還加以拒絕。

受到自隸屬面具的束縛解放的影響，使得她的記憶有些模糊，但身體可能還記得多年來被灌輸的事物。

想到光遭受過多少惡劣的對待，便對那個國家感到憤怒，而且在我心中對於那個國家的評價已經降到最低點，無法再跌得更低了吧。

「今天就在這裡休息吧。」

對這句話最先有反應的是希耶爾。

不過可惜的是妳還要一陣子才能休息。

我在周遭找到可以休息的地點後，整理地面建立露營地。

整理完畢之後接著做料理。用生活魔法生火，拿出鍋子煮湯。

今天走了滿長一段距離，來試著做狼肉排吧。

光和希耶爾肩並肩望著我烹調菜餚的情景。閃閃發光的眼神是代表期待嗎？

「……我開動了。」

餐點完成後，我們隨著例行的問候開始用餐。

因為光之前在餐點準備好後遲遲不吃東西，我們就以這句話當作開始用餐的信號。

看著光邊吹涼邊大快朵頤肉排，我也喝起湯。

我們差不多快穿越森林了，希望能儘早路過某個城鎮。

多虧有道具箱得以保存大量食材，但分量是以一個人……與一隻來計算。

儘管有後續追加的歐克肉及狼肉，但是再這樣下去，調味用的調味料會先用光。

雖然可以充飢，然而我不喜歡沒有滋味的食物。

「嗯？怎麼了？」

在我想事情的時候，光的手停下動作，眼睛盯著某一點。

順著她的目光看去，發現我應該裝滿肉的盤子空了。

盤子旁邊是看起來心滿意足的希耶爾。
『希耶爾……』
當我用責怪的口吻呼喚她的名字，希耶爾便抖動身體慌張了起來。
忍耐不住雖然無可奈何，但我認為是時候該想想辦法了。
既然以後要和光一起行動，這種事情肯定會不斷增加。
只是該怎麼說明才好？我對此感到煩惱。
最大的問題，是光看不見希耶爾啊……
「要再來一點嗎？」
我為了轉移注意力而發問，見到她點點頭，於是把追加的料理分給她。
希耶爾羨慕地看了過來，但我要求她再忍耐一下。
在那之後，等到光吃飽入睡以後，我重新為希耶爾準備食物。
一邊看著她幸福地進食的模樣，一邊確認狀態值。

姓名「藤宮空」　職業「探子」　種族「異世界人」　無等級
HP 350／350　MP 350／350　SP 350／350（＋100）
力量……340（＋0）　體力……340（＋0）　速度……340（＋100）
魔力……340（＋0）　敏捷……340（＋0）　幸運……340（＋100）

技能「漫步Ｌｖ34」
效果「不管走多少路也不會累（每走一步就會獲得1點經驗值）」
經驗值計數器　208021／490000
技能點數　3

已習得技能
【鑑定ＬｖＭＡＸ】【阻礙鑑定Ｌｖ3】【身體強化Ｌｖ9】【魔力操作Ｌｖ8】【生活魔法Ｌｖ7】【察覺氣息ＬｖＭＡＸ】【劍術Ｌｖ8】【空間魔法Ｌｖ7】【平行思考Ｌｖ6】【提升自然回復Ｌｖ7】【遮蔽氣息Ｌｖ5】【鍊金術Ｌｖ7】【烹飪Ｌｖ7】【投擲・射擊Ｌｖ4】【火魔法Ｌｖ4】【水魔法Ｌｖ4】【心電感應Ｌｖ5】【夜視Ｌｖ6】【劍技Ｌｖ2】【異常狀態抗性Ｌｖ3】

高階技能
【人物鑑定Ｌｖ4】【察覺魔力Ｌｖ3】

契約技能
【神聖魔法Ｌｖ1】

稱號
【與精靈締結契約之人】

技能等級上升得不多。本來想用鍊金術製作可以看見精靈的魔道具，可惜清單上面沒有這種道具。

會是像鑑定一樣，在鍊金術等級上升到最高後會學到高階技能嗎？然後可以用高階技能製作道具嗎？

我拿起掛在脖子上的項鍊，舉到面前。

看到項鍊便回想起冒險者的前輩，在艾雷吉亞王國與我有所交情的盧莉卡與克莉絲兩人。我想她們正在周遊拉斯獸王國……

雖然灌注魔力就能知道她們的大略位置，但使用次數有限，所以忍著沒用。我把項鍊藏進衣服底下收起來，躺在光身旁閉上眼睛。

第1章

進入森林十天後，我們終於穿越了森林。

如果我一個人或許能更早一點穿越森林，但不斷持續走下去，光的體力會支撐不住。

順便一提，她的年齡好像是十歲左右，從這個年齡來看，我認為體力算是不錯了。不愧是長期從事諜報活動的人。

「有人來了。」

當我們來到大道上，正如光所言，可以零星看到人類的反應。

接下來只要沿著大道前進，應該就會抵達城鎮。從我查看ＭＡＰ所見，在太陽下山前大概可以抵達。

「今天真想睡在床上好好休息啊。」

「我不管睡在哪裡都沒關係。」

自從第一次與她交談並給予食物的那一天以來，光在睡著時就會抱過來。

她有時候會作惡夢發出呻吟，因此也不能冷漠地對待她。

路過的馬車裡有公共馬車，也有看起來像是商人的車隊。他們都對我們投以驚訝的目光。

這也無可奈何。我現在戴著遮住眼睛的面具。因為在森林裡前進時，察覺露出長相很危險。

雖然做了偽裝，如果遇見認識的人，我的身分可能會曝光。

所以我們就成了戴面具的男人與小女孩這樣可疑的二人組。

面具是參考光之前戴的隸屬面具用鍊金術製作。

「空，那個果然很奇怪。」

「忍耐一下。我說明過理由了吧？」

妳直到前陣子也都是這副打扮啊——我把這句話吞回去。

我們被好幾輛馬車追過，仍然努力往前走，終於順利抵達城鎮。

城鎮門口一片擁擠，我們排在隊伍最後方靜靜等待。

也許是來來往往的人潮繁忙，在等候的這段期間，後面排隊的人陸續增加。

規模看起來不算太大，這裡是作為交通要衝的城鎮嗎？

我側耳聆聽周遭的聲音，得知此處是叫伊多爾的城鎮。

艾雷吉亞王國境內沒有叫這個名稱的城鎮，看來我們成功跨越了國境。

「下一組……」

我聽到呼喚後走上前。

「……有身分證嗎？」

守門人在發問前停頓了一下。連我都能看出，他的目光落在面具上。

從氣氛可以感覺到自己搖頭後，對方也提高戒備了。

「我沒有身分證。假如可以，想在這個城鎮註冊公會。還有關於這個面具，是為了遮掩疤痕才不得已戴上的。」

我向他展示背上的背包，告知來此的目的是到商業公會註冊。

「另外，我想問一件事情，可以嗎？」

「什麼事？」

「我在前來這裡的路上保護了這孩子，該怎麼處理才好呢？」

「保護？這是怎麼回事？等一下，你過來值班室跟我說個清楚吧。」

我在守門人催促下走向值班室。儘管有種無權拒絕的氣氛，但是本來就沒有逃走這個選項。

「那麼，告訴我詳情吧。」

「我也不清楚。旅行途中發現這個衣衫襤褸的孩子。不知她來自何處，但也不能丟著不管，就把人帶來這裡了。我該怎麼做才好呢？」

我詢問守門人，反過來向他求助。

如果現在被他追根究柢地追問，就不得不找更多藉口，所以我有點緊張。

「這個嘛，最好的方法是把她託付給孤兒院……」

當他這麼說的瞬間，光抖了一下，不安地揪住我的袖子。

看到那個反應，守門人露出有點為難的表情。雖然忠於職務，他的性格或許是好好先生。

「照料她以後，似乎變得跟我很親近。記得好像聽過申請身分證有年齡限制，那麼……」

「假如在城鎮上有註冊那另當別論，不過這個孩子沒辦法申請身分證吧。至少出入城鎮是需要的。小姑娘，妳要去孤兒院嗎？」

光大動作地搖搖頭。

「傷腦筋。我說啊，你來到這個城鎮有什麼目標嗎？」

「如果可以的話，想在商業公會註冊，做點生意。因為本來就是抱著這個打算離開村子……我看來是當不了冒險者。」

「自己做生意嗎？我想沒有門路會很困難……但這方面是個人自己負責，不是我該擔心的事……對了，你知道奴隸制度嗎？」

「略有耳聞。記得聽說過有分為犯罪奴隸、戰爭奴隸與債務奴隸。」

「嗯。除此之外，還有一種叫特殊奴隸。那是用來保護沒有身分證之人的特殊制度，然而運用這種制度的人並不多。」

第一次聽說呢。

「最大的理由是因為幾乎只有缺點吧。畢竟制度內容與債務奴隸很相似。」

根據他的說明，特殊奴隸是扶養無身分保證的未成年人，直到其成年後能夠自己登記身分證為止。當然了，作為扶養的交換，可以要求他擔任幫手或是分配其去工作，偶爾會有大商店的商人運用這個制度。據說主要是為了從小開始教育，以確保商店所需的人才。

「明白了。我會以這種方式登記。因為看來她似乎不肯離開我。」

我支付了兩人份的入城費，向守門人打聽奴隸商館的位置後進入城鎮。

「巧妙地蒙混過關了。」

光臉上浮現不懷好意的笑容。儘管看在旁人眼中她的表情幾乎沒變，然而相處到現在，我多少能看出她的情緒變化了。

「幸好遇到這個好好先生的守門人。雖然以守門人來說不太妥當。」

「我同意這一點。」

連我自己都覺得這個設定有很多漏洞。

順便一提，我是聽從光的建議，在跟守門人交談時改變語氣。

在我說自己打算以商人身分行事時，她說商人最好用比較客氣的口吻說話。

按照光的說法，商人會用人們愛聽的說法來騙人，這麼做比較適合。

儘管這個認知有待商榷，我的確覺得冒險者的口吻太過粗暴，不像商人，因此改變了語氣。還不習慣就是了。

我們按照守門人告知的路線前進，抵達奴隸商館所在的區域。

這裡果然位於遠離中心地帶的地點，規模感覺比王國的商館小。因為這是個小城鎮嗎？

「哎呀，客人，您有何貴幹呢？」

對方看了看我與光之後，再次看向我問道。

「我想和這孩子締結特殊奴隸契約，可以嗎？」

「那當然沒問題，馬上為您準備。」

我支付契約費十枚銀幣。與其說是手續費，大部分都用在魔道具費上。

與普通的奴隸配戴的項圈不同，全黑的項圈上畫著三道銀線。

我和光一起站到魔法陣上，奴隸商人詠唱咒文。在項圈上滴了一滴我的血後，奴隸商人再度詠唱咒文，契約就完成了。真是簡單。

「要解除契約時，請前往離得最近的奴隸商館，無論哪一間都可以。」

「明白了。還有另一件事，這裡有賣獸人或尖耳妖精奴隸嗎？」

「這裡沒有販賣。如果前往聖都，或許會有。客人是第一次來到這個國家嗎？」

「為什麼這麼問呢？」

「因為這個國家的人不會問這種事情。這個嘛，福力倫聖王國對奴隸本身的抗拒感很強。理由是對女神的強烈信仰吧。」

「……即使如此，也沒有禁止對吧？」

因為實際上，奴隸商館確實存在於聖王國境內。

「是的。就算有信仰，奴隸有用處這一點也不會改變。不論話講得多好聽，現實是另一回事。不過當然有些人的拒絕反應很強烈。」

「知道了，我會注意的。」

「那麼，期待您再次惠顧本店。啊，我們商會也有在其他國家發展業務，還請多多關照。另外在聖都也有開店，有需求時請務必光臨。」

奴隸商人露出可疑的笑容，恭敬地低下頭。

我和光一起走到外面，看向門口的招牌。

上面寫著「豪拉奴隸商會」。

我費了一番工夫才訂到旅館。我在入城時看到許多人在排隊，這個時期住宿客似乎比平常來得多。

打聽了理由，據說是因為有許多信徒為了降臨祭要前往聖都彌沙。

「降臨祭？」

「怎麼，你不知道呀？那是慶祝女神大人降臨這個世界，給予祝福的祭典。每年都會有人從國外聚集過來。」

「原來是這樣啊。所以才很多人嗎？」

「算是吧。而且這次好像還有新聖女大人的認定儀式，因此聽說會特別盛大。從之前就有傳聞，看樣子終於要舉辦大規模的亮相活動了。」

由於這個緣故，旅館只剩價格較高的房間，我付了三天份的住宿費。總共是六枚銀幣啊……

「主人，這個很好吃。」

締結奴隸契約後，發生了各種變化。

首先，光對我的稱呼方式變了。

我告訴她照從前那樣稱呼就行，但是她堅持拒絕。在光心中有什麼獨特的規則嗎？結果是我讓步了。

「如果能煮得出這麼好吃的料理就好了。」

由於住宿費較昂貴，旅館的料理好吃得無可挑剔。我自認為能用烹飪技能煮出還算好吃的食物，還是輸給這些佳餚。

有必要在這個城鎮補充減少的調味料等等，多多練習才行。

「主人加油。」

「這時候應該說包在我身上喔。」

「每個人都有擅長和不擅長的事情。」

這是她以後也不會做菜的宣言嗎……

而另一個變化，是光看得見希耶爾了。

在締結契約後，光訝異地注視空中，我看向她目光投向之處，希耶爾就飄浮在那裡。

希耶爾發現露天攤販，很感興趣地到處飛來飛去，光的視線則是追逐她的動作移動。

「光，妳看得見那個嗎？」

「嗯，有個雪白的東西浮在空中，看起來很好吃？」

也許是聽見那句話，發抖的希耶爾連忙躲在我背後。

看樣子她真的看得見希耶爾……為什麼？

她之前的確看不見。為什麼突然看得見了呢？

要說有什麼變化，頂多只有奴隸契約，是因為這樣嗎？

只是不管理由為何，既然她看得見，那事情就簡單了。

「光知道精靈嗎？」

她搖搖頭。

「當成是貪吃的不可思議生物就行了。」

希耶爾靈巧地用耳朵拍打我，但是並不痛。

「嗯，難道說那就是至今為止吃掉料理的犯人？」

看樣子她並沒有被我蒙混過去。

「沒錯，就是這傢伙吃的。她的名字叫希耶爾。她是無害的，好好相處吧。」

「嗯，我會和她一起吃好吃的東西。」

也許是很中意這句話，希耶爾迅速貼到光的身旁磨蹭。

「嗯，好癢。而且毛茸茸的。」

明明過了好長一段時間才讓我摸……她們兩個之間似乎有什麼共鳴。

……我、我才沒有不甘心喔。

「關於今後的目的，我打算前往聖都。最大的目的是走遍奴隸商館找人，但難得有機會，也想去看看降臨祭。」

異世界的祭典會做哪些事呢，真令人期待。而且聽說這次還有聖女的亮相活動，祭典規模也會擴大。

不同於興奮的我，光與希耶爾沒什麼興趣。

「我會跟隨主人。」

回答的語氣十分平淡。

「……在祭典上吃得到很多平常吃不到的美味食物喔。」

我覺得有點傷心不由得這麼脫口而出，她們用力抬起頭看了過來。

「那是真的嗎？」

「……大概吧。至少我以前住的地方會有賣稀奇食物的店出來擺攤喔。」

「我要跟隨主人前往。」

光握緊拳頭強而有力地說道。

希耶爾也露出鼓起幹勁的表情。

……沒問題吧？如果異世界的祭典不一樣該怎麼辦？

因為沒有人回答這個問題，接下來只能看運氣了。萬一有什麼不一樣，我必須準備料理向她們賠罪嗎？

當天我們兩個人與一隻並排躺在床上睡覺。正確說法是我被光抱住，不過已經習慣了。不再像剛開始時那樣心跳加速。如果有妹妹，會是這種感覺嗎？

我是獨生子，所以並不清楚，但從周遭的說法聽起來，妹妹似乎也不是什麼好東西。

◇◇◇

醒來後，我們吃過早餐離開旅館。目的地是商業公會。

我牽著光的手往前走，她就算吃過早餐依然睡眼惺忪，或許是旅途的疲勞還沒恢復吧。

負責接待的櫃檯小姐看到我的面具時瞬間皺起眉頭，但是立刻流暢又有禮地向我說明。面對可疑的面具男子也能流暢應對，這就是專業人士嗎！對商人來說，與對方之間的交易很重要，或許職員也因此學會控制感情的技巧。

我按照預定計畫註冊為商人，現在手中拿著嶄新的公會卡。

我對要做哪些事略知一二，但是聽聞詳細的說明之後了解了許多。

最重要的果然是如果想在城鎮開店做買賣交易，需要在商業公會註冊。另外，因為身分得到商業公會的保證，就算在沒有公會的村子，也會受到信任。櫃檯小姐告訴我，要在設有公會的城鎮開店時，必須提出申請。

她說就算要當旅行商人，有後盾的旅行商人也會更受信任，更容易做交易。

另外，這張公會卡具備類似地球上的現金卡一樣的功能。其他公會好像也能用，但是在商業公會，自從註冊當天起就可以使用。

那麼其他公會的情況呢？我試著詢問之後，得知好像設有各種條件。例如冒險者公會，就必須把階級升到一定程度才行等等。

「註冊費是自動扣除嗎？」

「關於這點可以選擇，不過大多數人都會這麼做。」

我想避免忘記支付費用，導致卡片在不知不覺間失效的情況。

「可以用卡片支付的店家，會有可用卡片支付的標誌，請以此來確認。只是露天攤販幾乎都無法使用。手頭帶著一些現金，比較能避免發生不必要的衝突與麻煩。」

只要把錢放進道具箱裡就沒關係了。

我把三枚金幣分為換成銀幣、銅幣、錢幣收進道具箱裡，然後將其他錢存進卡片裡。

「對了，我想請你們收購這些……可以嗎？」

我從背包拿出回復藥水、魔力藥水與精力藥水放在櫃檯上。數量各為三十瓶、十瓶、十瓶，總計五十瓶。另外還擺上狼牙、狼爪與狼皮等素材。

「是藥水……還有狼的素材嗎？我去找負責人過來，請稍等。」

她去裡面叫人，立刻帶著負責人回來。

那名戴著眼鏡，顯得神經質的男子充滿興趣地望著藥水。

「這些是在哪裡得到的呢？」

「這是我在旅行途中，透過某些門路獲得的東西。」

實在不能說是自己製作的，這是祕密。

「有些藥水看起來品質非常好呢，你要全部出售嗎？」

「啊，是的。拜託你了。」

其中有些品質略低的產品，是因為還有很多在練習時製作的庫存。

「我看看。回復藥水的價格為一枚銅幣到三枚銀幣，魔力藥水為五枚銀幣到五十枚銀幣，精力藥水為十枚銅幣到十枚銀幣。總計是四枚金幣與七十枚銅幣，您覺得如何？」

由於彙總起來告訴我，我也不明白，於是請他說明是如何估價的。

結果得知品質差距造成的價差果然很大。

「……這樣沒問題，拜託了。」

我猶豫一下，還是同意了。一開始想著應該去道具店調查價格，不過這樣只比王國的價格範圍低一點，便決定直接出售。

「錢要匯入卡片嗎？」

「只要匯入三枚金幣即可。」

「好的。還有若是可以，您要不要購買幾張契約用紙呢？我想旅行商人有時會碰到臨時交易等需要用到的時候。」

「有契約用紙會有什麼不同嗎？」

「這樣可以避免麻煩喔。因為可以當作證據保存下來。」

俗話說有備無患，那就買幾張吧。筆與用紙套組要價一枚金幣令我有點吃驚，不過紙張在這個世界似乎是貴重物品，這也是沒辦法的事。

「主人，接下來要去哪裡？」

「道具店。還有也想去一趟武器店。光有以前使用的短劍，但我現在用的是備用劍。另外，也得買妳的衣服。」

因為打算旅行到聖都，我們需要耐用的裝備。

而且昨天遲遲找不到旅館，沒有時間買衣服。

因此她穿著我的備用衣服，看起來並不合身。

「知道了。我會保護主人。」

「謝謝妳，但是別太逞強喔，我不想看到妳受傷的模樣。」

「主人會傷心？」

「嗯，所以妳要珍惜性命。」

「嗯，我知道了。」

不再三叮嚀到囉嗦的程度，不在乎自己的光可能不會理解。現在願意坦率地點頭，但要是到了叛逆期對我回嘴：「主人好囉嗦。」我可能會受傷。

在那之後，我們先前往武器防具店選購裝備。

我買下主要武器的劍，光買了一把備用的短劍。另外我們分別挑選了順手的投擲用小刀。至於防具，光從上到下買齊了一整套。

雖然還是一身黑衣，造型稍微變得可愛一點。

「這樣子可以嗎？」

「嗯，因為行動方便。」

光抬起手確認肩膀的動作，滿意地點點頭。

然後我們前去服裝店，購買在城鎮裡活動時穿的連身裙及睡衣等等。當然，睡衣可能只有在旅館住宿時才派得上用場。

接著查詢公共馬車的出發時刻……好的，已經客滿了，無法載運更多乘客。之後的預約似乎也都滿了。

「主人，要用走的嗎？」

「用走的吧。沒問題嗎？」

光點點頭，看起來充滿幹勁。

「總之明天去採購料理材料……也逛逛露天攤販吃美食吧。」

「這個提議很棒。」

光身旁的希耶爾也連連點頭。

她方才也很感興趣地看著露天攤販。然而因為有很多事要辦，今天沒辦法慢慢逛就是了。

◇◇◇

「喔，你們要外出嗎？」

在入城時為我們辦手續的守門人，注意到我們便開口攀談。

「好像要舉辦降臨祭，我們想去聖都看看。」

「徒步過去嗎？」

「是的，因為預約不到公共馬車。」

「現在要預約的確有困難，可是不要緊嗎？」

他的目光看向光。

的確令人擔心呢。

「交給我。我會保護主人。」

守門人用溫暖的目光看向她抬頭挺胸的模樣。

「她本人很有幹勁，我打算以不算太趕的步調前進，因為距離降臨祭時間還很充裕。」

「這樣啊。我想沿著大道走應該很安全，但不知道會有什麼情況。別大意嘍。」

我收下忠告後出發。或許是一大早出發的關係，可以看到很多外出的冒險者。有零星幾人在觀察我們。

我現在是商人，所以不會去冒險者公會，但是過去調查一下魔物的情報或許也不錯。

大約走了一小時，經過休息後再走一小時，雖然時間還有點早，我決定吃午飯。

我們在距離大道有段距離之處準備露營。我決定在此嘗試新學會的魔法。

NEW

【土魔法Lv1】【風魔法Lv1】

不光是既有的攻擊魔法，土魔法還可以結合魔力操作改變地形，輕鬆整備烹調場地。看樣子可以縮短準備露營的時間。儘管生活魔法也做得到，卻很花時間。

至於風魔法，由於在森林中有不能使用火魔法的限制，我學來當作攻擊手段。另外還構想了用風把氣味傳播出去之類的用法。本來認為不需要風魔法，不過學會火水風土四種屬性，好像就能選擇魔術士職業，因此決定學習。

選擇職業除了會提升狀態值，如果是鍊金術士在使用鍊金術時，以及探子在使用搜尋類技能時會有所增益。例如鍊金術成功率上升或搜尋範圍擴大等等。

在我做菜時，光和希耶爾在旁邊看著。

不過光隨時注意周遭，沒有放鬆戒備。

希耶爾呢？她什麼也沒想，眼睛閃閃發光。腦袋裡一定只想著我會做出什麼料理吧。

今天的午餐是加入許多蔬菜的湯。我把狼肉做成類似肉丸的東西，稍微放了一點進去。因為如果沒有肉，有人會傷心。我不會說是誰。

在吃飯時，有幾支商隊超越了我們。也許是行進速度只比步行速度略快一點，擔任護衛的冒險者走在馬車周遭。

有很多人瞥了這邊幾眼，但因為有段距離，應該看不清楚吧。

「主人，差不多要走了嗎？」

「妳的腳沒問題嗎？」

「嗯，這種藥草很厲害。」

我用活力草做成膏藥，交給光試用。既然用走的，對我而言就無從調查效果。雖然如此，我也不想只為了這個目的就奔跑。那會浪費經驗值。而且自己有提升自然回復技能，有可能無法確認效果。

我們開始前進，但沒有看見商隊的蹤影。這是因為我之前悠哉地準備食物的關係嗎？急著趕路的商隊，午餐會吃以保存食品為主的簡單食物。因為短時間就能準備好，相對的可以更省時間。

我們在太陽快下山的時候，追上商隊集團。

所有商隊已經在準備露營，料理的氣味隨風飄來。

光與希耶爾或許也發現了，突然顯得心神不寧。

不同的商隊聚集在一起，主要是為了保障安全。人數愈多，即使遭遇夜襲也愈容易因應，這是對付盜賊最有效的方法吧。

然而穿越休息中的商隊時，感受到冷淡的氣氛。商隊的規模似乎形成權力關係。以大型商隊的角度來看，或許覺得小型商隊在寄生他們。那些冒險者看起來正圍著一個商人找碴。

如果我們想在這裡休息……很可能會被說閒話。

「光，可以再走一會兒嗎？如果在這裡休息，沒辦法和希耶爾一起吃飯。」

雖然覺得這樣對看起來有點疲憊的光來說很辛苦，我還是拿希耶爾當藉口這麼提議。

光瞄了希耶爾一眼。希耶爾應該也學到在人多的地方沒辦法吃得心滿意足吧。她的眼睛泛起了淚光。

光點頭同意。或許是滿心感謝，希耶爾摩擦她的臉頰來表達喜悅。

接下來我們與商隊拉開充分的距離，這才開始準備露營。我也不忘用MAP查看周遭。

晚餐是肉類偏多的菜單，絕不是要討好她們喔？

感覺光看著我做菜的眼神閃閃發光。

當我端上菜餚，她看起來吃得幸福，也沒有忘記我說過吃東西時要細嚼慢嚥的叮嚀。

「主人，很好吃。希耶爾也這麼覺得。」

那句話讓我做菜做得很有成就感。

可是希耶爾啊。妳那種澈底放鬆的狀態不太妥當喔？那副模樣看起來像是什麼也不做，單純在耍廢喔。

◇◇◇

「主人，還不睡嗎？」

「嗯，我還想處理點事情。」

「要做什麼呢？」

「我想做菜。」

聽到那句話，已經躺下的光緩緩坐起身。

「做菜？」

「對，做培根。」

這麼說來，我還沒有給她吃過培根嗎？

「那是菜名嗎？」

「嗯，沒錯。可以直接烤來吃，和蔬菜一起夾在麵包裡吃也很可口。」

雖然可能講得有點太誇張了。

「希耶爾吃過嗎？」

聽到那個問題，希耶爾有些自豪地點點頭。妳只不過是有吃過而已喔？

「真奸詐，我也想吃。」

但是光顯得很不甘心。

看到那副模樣，我露出苦笑。

平時的光面無表情缺乏情緒起伏，但在涉及希耶爾的時候，感覺她就會表現出各種情緒。

儘管認為這是個好徵兆，還是希望她不要太過效仿希耶爾。

我可不願意就此多出一個吃飽就睡的扶養親屬。

光的性格坦率所以不要緊，不過身旁有個不像樣的範本，讓人有點擔心。

我邊說明培根的做法邊進行作業，一人與一隻不知道聽不聽得懂，依然仔細地聽著我說話。

「接下來只需要等待。還有點時間，先來準備湯的材料吧。光妳們有什麼打算？要先休息也可以喔？」

「嗯，我要看。」

如果光可以由此對料理產生興趣，在她的幫忙下愉快做料理的日子或許就會到來。

我忽然回想起和盧莉卡與克莉絲三人一起做菜的回憶，如此心想。

湯是用從森林採集的蘑菇烹煮的蘑菇湯，以及用在伊多爾鎮購買的番茄烹煮的番茄湯。另外還要挑戰做狼骨高湯，當然了，雞骨高湯也要做。雖然同時製作起來很辛苦，不過有平行思考與烹飪技能支援我。

從城鎮前往另一個城鎮很累人。多虧有技能，我並不在意，但光走得很辛苦吧。所以希望至少在休息途中吃東西時，能端出可口的料理。為此需要做好準備。

我努力撈掉湯的浮渣並且加以熬煮，卻在途中聽到睡著的吐吸聲。看樣子光坐著睡著了。她一定很疲倦吧。

我把光抱到床單上，希耶爾也依偎在她身旁躺下。

完成料理後，收進道具箱裡。

這麼一來，從明天起的露營就不用讓她們久等，也可以端出美味料理了。

隔天吃完晚餐後，我們稍微進行了一會兒模擬戰鬥。

多虧了土魔法，我在轉眼間就完成露營準備，也事先備妥料理，因此有多餘的時間。另一方面也是為了避免遺忘戰鬥的感覺，所以請光陪我對練。

許久沒與人類對手交手，但是她在脫下隸屬面具後體能有所下降，我的等級也略有提升，因此跟得上她的速度。

「主人變強了，真奸詐。」

光可愛地鼓起腮幫子。

我在設法安撫她之後思考關於升級的事。自己是以走路來提升「漫步」技能的等級，狀態值隨著逐漸提升。那麼，這個世界的居民又是怎麼成長的呢？

像遊戲一樣打倒魔物獲得經驗值？還是以模擬戰鬥等訓練提升熟練度而成長？真是個謎。

只能用人物鑑定頻繁查看等級了嗎？

【姓名「光」　職業「特殊奴隸（前間諜）」　Lv「27」　種族「人類」】

從商隊僱用的冒險者等級來看，超過Lv10的人一隻手就數得出來。若僅限於商人，沒有人超過Lv5。這是高還是低呢？下次去冒險者公會做確認比較好嗎？雖然考慮到技能的增益，我認為等級並非一切。

◇◇◇

經過兩天後的晚上，我在睡前例行查看MAP時，發現上面顯示了許多魔物。數量大約為三十，似乎是狼群。

「主人，感覺有種不好的氣息。」

已經睡著的光醒了。

明明距離相當遠，看來她的偵察能力十分優秀。

「魔物好像正在接近後方的商隊集團。」

「這樣啊。」

聽到這句話，她便再度入睡。

實際上，就算想去警告商隊，狼群也會更快抵達吧。

而且那邊似乎有將近二十名冒險者，應該足以應對。

狼群也有可能跑到這邊來，不過我已經在營地周邊挖好坑洞與築起屏障。

從ＭＡＰ上看到兩邊上演著拉鋸戰。

雙方數量沒有減少，勢均力敵，不過過了一小時之後，冒險者們開始占優勢，不久後剩下的狼便四散敗退。

也許是因為時值夜晚，冒險者們留在原地，沒有人企圖追擊。他們是以防禦為優先嗎？不澈底除掉牠們，將會增加再度遇襲的危險，然而或許是委託人指示不要深入追擊。

後方集團漏掉的狼當中，有幾頭正往這邊過來。

我注意不吵醒光，靜靜地起身拔劍擺出架式。

多虧夜視技能，即使沒有月光，我看得也很清楚。

有兩頭狼嗎？也許是因為正在逃跑的關係，感覺牠們似乎不太注意前方。

啊，有一頭突然從視野裡消失了。好像是掉進洞裡。

而另一頭見狀慌張地跳起來，不過似乎撞上屏障。

我輕鬆處理掉兩頭狼，用ＭＡＰ查看了一會兒情況，確認沒有更多狼過來以後，決定就寢。

當然有用平行思考保持戒備。

「主人，那是糧食？」

看到放血中的狼，妳的感想就是這個嗎？

「狼昨晚跑過來，所以就抓了起來。因為狼肉的庫存也減少了嘛。」

「肉很重要。可是沒有氣味，真不可思議。」

「我用風魔法吹散了氣味。」

「魔法好方便，我也想用。」

「那麼下次去教會調查看看吧？」

「……多半是白費力氣。」

光很遺憾地唸唸有詞。以前發生過什麼事嗎？

「光，等到放血完畢以後，妳願意一起解體嗎？」

「包在我身上，不過做菜就交給主人了。」

意思是她會解體狼，要我來做菜嗎？光的說話方式很獨特，不過漸漸能明白她的意思。

難得有機會，試著做些比較費工夫的料理吧。雖然想這麼說，但沒有材料就沒辦法烹飪。頂多只能增加幾道菜，變得豪華一些。

我把狼肉與蔬菜交錯串在籤子上，做成燒烤風料理。調味用的不是胡椒鹽，而是塗上我做的私房醬汁（尚未完成）。儘管受到光的好評，我認為距離滿意的味道還相差很遠。然後從前天製作的湯裡挑選一種來喝。我問過光的意向，選擇了番茄口味的湯。

「主人，解體結束了！」

光以精湛的手法完成解體。如果由我動手，沒辦法這麼迅速又準確地解體，連一頭狼都還沒有解體完吧。

我用洗淨魔法把光清理乾淨，將依照種類分類的素材收進道具箱。

至今都把毛皮素材賣掉，不過拿來做成毛毯或許也不錯。現在裹著長袍就夠了，但等到天氣變冷後，或許會有派得上用場的日子。

我擺上麵包與湯以及串燒，大家就此開動。也許是很享受醬汁的味道，光仔細品嘗串燒的模樣令人不禁莞爾一笑。

希耶爾也靈巧地吃著串燒。我曾有一次把料理取下來擺盤，她便露出悲傷的表情。看來她喜歡直接串著吃。

我一邊觀看兩人的反應，一邊緩緩吃完後查看ＭＡＰ。狼的蹤跡在森林裡嗎？商隊沒有移動是因為昨晚遇襲的關係？不過用ＭＡＰ確認發現人數沒有減少，所以沒有人死亡吧。

在那之後，我們按照預定行程抵達下一個城鎮——羅耶。

但是那支商隊的人沒有顯示在ＭＡＰ上。也許他們遭受的損害比想像中更嚴重。

◇◇◇

「接下來是馬車之旅？」

「對，因為這次有訂到馬車座位。出發時間是兩天後，利用這段期間在鎮上到處逛逛吧。」

「尋找好吃的東西。」

她看起來比平常更有幹勁，應該不是錯覺。

如果我獨自行動，用走的也可以，不過考慮到光，於是決定這次搭乘公共馬車。和上次搭乘時一樣，這次也有收集情報的目的就是了。

我們先找好旅館，然後在鎮上散步。她們被香味吸引走向露天攤販，不過如果之後吃不下晚餐就傷腦筋了，於是要她們忍耐別吃。

『希耶爾，走吧。』

我費了一番工夫才把遲遲不肯離開露天攤販的希耶爾拉走。

因為沒辦法在旅館的餐廳一起吃飯，我買了幾樣小吃準備等到回房間後給希耶爾吃。另外還購買了少見的水果、蔬菜與肉類。在這個城鎮也沒有看到魚類。

「這個也很好吃。」

明明剛回旅館吃過飯，光也和希耶爾一起吃著露天攤販的小吃。雖然分量不多，真虧她那小小的身體裝得下。

因為成長期的關係？那個分量多到不是用這句話就能說明。

隔天主要購買希耶爾打包票保證好吃的料理，以及昨晚沒吃到的料理。

好吃的東西很多，假如可以，有幾種我還想多儲備一些。

空間魔法能不能早點練到滿級呢？自從升上Ｌｖ８以後，熟練度的上升速度很慢，遲遲沒有升級跡象。依照現在的等級，原本一天就會過了食用期限的食物，放在道具箱裡可以保存十五天。為了有藉口解釋，我準備了儲存箱（偽裝用），將料理收進去之後才收起來。

另外我還在商店購買藥草及魔力草。挑選的都是狀況良好的藥草，讓店員很吃驚。藥草的品質也會影響藥水的品質，需要盡可能準備優質原料。如果使用劣質品，不管是技術多好的鍊金術士，也無法作出高品質的藥水。

於是我們在羅耶要做的準備都已完成，接下來只剩下等待出發的時刻。

商隊的馬車共有三輛。加上兩輛公共馬車，一共有五輛一起走。

管理商隊與公共馬車的商會似乎不同，不過一起行動比較方便，因此他們好像簽了集體行動的契約。

商隊那邊有八名商人（包含三名車夫）搭配十五名護衛。其中只有一名商人與眾不同，穿著高級的服裝，態度趾高氣昂。周遭的人都老實地聽命於他，這代表他是領袖嗎？

至於公共馬車是每輛馬車各一名車夫搭配三名護衛。另外約有十名乘客。

搭乘另一輛公共馬車的乘客中，有幾個人向趾高氣揚的商人低頭問候。啊，他們交給了他某樣東西。

順便一提，搭我們這輛馬車的乘客，除了我們以外還有六名與我年齡相近的女孩，以及臉上浮現和善笑容的中年男子三人組。這邊的馬車會多載一個人，似乎是因為女乘客較多的關係。

「你也是商人嗎？看你戴著奇怪的面具，我還以為是冒險者呢。」

現在和我交談的人是中年男子之一，商人李特。他的笑容和藹可親，也許是習慣動作，說話時經常摸著下巴的鬍子。他們三人是商人夥伴，正在去聖都做生意的路上。他向我炫耀自己因為有道具袋，所以攜帶的行李不多。

他還說因此花光了錢，必須好好賺錢才行。

「妳叫什麼名字？」

「光。」

「妳叫小光啊。要不要也嘗嘗這個？」

「嗯，我要吃。」

至於光則受到女乘客的寵愛。

順便一提，這些女孩看到我的面具都沒有反應。

『光，妳要收下點心也可以，記得不要給希耶爾吃喔。』

聽到那句話，希耶爾恨恨地看向我，但是她看了光一眼，也許是知道沒辦法吃東西，便朝我飛過來。

順便一提，我已經知道光也聽得見心電感應。或許是透過奴隸契約產生某種魔力上的聯繫。

只是光沒辦法傳心電感應給我，只能單向發送。

我也確認過，只要有意識地去做，便可以個別發出心電感應。

『晚點我會準備好吃的東西，妳先想好要吃什麼吧。』

由於對希耶爾落寞的模樣感到心痛，我單獨對希耶爾發出心電感應。

於是她伸直耳朵高興跳舞，彷彿剛才的模樣就像假的一樣。那個反應該不會是在演戲吧？變化之大不禁令我這麼想。

公共馬車的優點，是不僅可以透過交流收集情報，還不用擔心住宿。公共馬車的車資不只包含途中經過的坦斯村的住宿費，還包含在連特鎮住一晚的費用。

由於前往聖都彌沙的人很多，我認為可能會很難訂到旅館。

「你們是兩個人一起旅行嗎？」

「是的，我是剛入行的旅行商人。聽說了降臨祭的事，想過去參觀一次。」

現在交談的對象是B級冒險者羅克。他另有夥伴艾薩克與吉尼，三人組成搭檔活動。

據說他們平常不會接這種委託，但這次為了前往聖都，接下了直到連特鎮為止的公共馬車護衛任務。

「羅克先生去過降臨祭嗎？」

「不，我也是第一次去。聽說這次的規模比平常更大，因為活動正好告一段落，我們就聊到想過去看看。」

「別說謊啊，羅克！其實你是在意傳聞中的聖女大人吧？」

艾薩克在一旁插嘴。

羅克他們三人明明接下護衛委託，卻只有吉尼坐在駕駛座上工作，羅克和艾薩克都待在車廂內閒聊。

我心想這樣好嗎，不過他們據說是以這種契約接受委託，所以沒問題。

「而且我們是遭遇襲擊時的防衛人員。戒備交給擅長的人來做效率會更好。由不擅長的人去做只會漏掉敵人，無謂地耗費精神，如果不能在關鍵時刻發揮力量，那就沒有意義了。」

我接受了他充滿說服力的說明。

只是很在意在一旁聽著那番話的希耶爾。她看起來佩服地點點頭，是哪一句話觸動了她的心弦呢？雖然也可能是什麼也沒想就點頭。

馬車之旅很順利，但不能走路還是令我感到不對勁。

由於這樣，我在休息與露營時都在周遭晃來晃去，引來異樣的目光。還因此一度受到提醒，說這樣會沒辦法做好護衛工作，要我別走得太遠。

◇◇◇

異狀發生在我們接近位於中間點的坦斯村附近時——

「喂，感覺不太對勁。」

有人喃喃地這麼說道。

前方可以望見的村子，本來應該是大門之處毀損了。

馬車停車，幾名冒險者率先跑了過去。

羅克等人也下了馬車，警惕地觀察周遭。他們的表情嚴肅，露出專業人士的神情。

我也開啟ＭＡＰ，這才察覺某件事。許久沒搭乘公共馬車，團體行動讓我大意了。以前明明會檢查，這次卻疏忽了。

雖然村莊的規模不大，人類的反應還是太少了。

「主人，有血腥味。」

而且村莊裡有幾頭魔物的反應。這種反應……是歐克！

這意味著村子現正遭到襲擊嗎？

慘叫聲傳來，金屬撞擊聲響起。

儘管不清楚詳細情況，我看見ＭＡＰ上有人類與歐克的反應重疊。

有人跑出村子了，不是冒險者。這表示那是村民嗎？

冒險者過去問話。臉色蒼白的村民渾身顫抖，但仍然拚命地說個不停。

幾名冒險者聽聞之後奔向商人身邊，消失在村莊內。

遺憾的是，他們前進的方向空無一人。

「主人，怎麼了？」

「我們也去村子裡。他們好像正在跟什麼戰鬥。」

『對手是歐克。』我切換成心電感應告訴光。

「喂喂，小兄弟，別做危險的舉動。這種事最好交給專家處理。我們過去只會礙事。」

正要下馬車時，李特的一名同伴制止了我。

「不要緊，因為我有優秀的護衛。」

看到我摸摸光的頭這麼說，他露出一臉「這傢伙在講什麼啊」的表情。這也難怪。

我毫不在乎地下了馬車，兩人一起前往村子。

「喂喂，你們打算去哪裡？」

我們正要進村時，被艾薩克攔下。

「現在正在戰鬥中，很危險啊！」

「我知道。不過這孩子會使用察覺氣息類的技能，她知道村民們在什麼地方。」

「這是真的嗎？」

光點點頭，像是在肯定我說的話。

「知道了。羅克！這邊暫時交給你。你叫空對吧？你們來帶路。」

我們在光的帶領之下衝進村裡。奔跑的速度相當快，但艾薩克以感覺不出裝備重量的動作向前衝。該說真不愧是B級冒險者嗎？

「知道是哪種魔物來襲嗎？」

「……是歐克。」

既然知道還讓我們同行，代表他們應付起來沒有問題嗎？

「數量呢？」

「我不清楚那麼多。不過放心吧。對付一、兩頭歐克不成問題。」

「已經進村的其他人都平安嗎？」

「……老實說，我不清楚其他人的情況啊。」

聽說他們是匆忙接下這個委託，彼此之間可能合作不太密切。這樣子不要緊嗎？

「右邊！接著是左邊！」

我們按照光的指示前進，看到即將遭到歐克襲擊的村民。

因為有一段距離，就算是艾薩克也趕不上。

我從腰際拔出小刀正要投擲時，已經有小刀對準歐克扔了出去。那是光的小刀。

小刀準確地飛過去，歐克卻以毫釐之差閃過。

不過那一個動作決定了結果。

村民獲救之後，拉近距離的艾薩克轉眼間便打倒失去平衡的歐克。

「小姑娘，謝謝……啊，危險！」

艾薩克轉頭望向這邊慌張大喊。不過我已經掌握了他眼前的歐克。

我拔出腰際的劍，用揮劍猛砍的攻擊砍向歐克。

「喂喂，真的假的。」

他顯得十分驚訝。

「旅行商人如果不懂一些戰鬥技巧會很辛苦。因為我們會前往各種地方。」

我僅是這麼回答。

自己不必要地展示力量，表現出有戰鬥能力是有理由的。

「我們想在村子裡四處看看，可以嗎？說不定還有其他倖存者。」

「……知道了。我先帶這個人到村子外面。從你的本領來看應該沒問題，可別逞強喔。」

「……歐克的屍體要怎麼處理？回收嗎？」

「這個晚點再做……咦！」

我不等待艾薩克回答，就回收了兩頭歐克。感覺既然這樣就別確認啊。

我是收進道具箱，不過看在艾薩克眼中，像是收進我手中的袋子裡吧。

這是為了往後著想準備的假道具袋。

由於似乎有調查道具功能及品質的技能與魔道具，我在這個道具袋使用了【偽裝】技能。

NEW 【偽裝Lv1】

效果是受到鑑定時，會顯示假情報。

順便一提，調查這個假道具袋時——

【道具袋】物主：空。物主以外的人無法使用。品質：低。

會顯示如上的訊息。

這是我根據在商業公會聽到的訊息所製作的。雖然不知道是親切還是單純愛說話，對於櫃檯小姐願意告訴我各種有益的情報，我抱持著滿心的感謝。

「原來如此啊。之前覺得你以個人商人來說攜帶的行李很少，原來是有道具袋嗎？」

「不過我設定成只有自己能用了。」

聽到那句話，艾薩克臉上浮現理解的表情，我們與他在此暫時分別。

最終我們兩個人打倒三頭歐克，救下四名村民。遺憾的是有一些人來不及拯救，進入村子查看情況的冒險者當中，也有人一去不返。

在掃蕩村子裡的歐克，穩定狀況之後，倖存的村民們告訴我們發生了什麼事。

一群歐克在午後襲擊村莊，打倒村民並擄走女性。

歐克兵分二路，一群帶著女性離開，一群留下來屠殺村民。

牠們大多數都離開了村子，但是村子殘餘的防衛力量不足以打倒那幾頭歐克，村民們以為只能等死了。

「大多數男人都在最初的襲擊中死亡，女人則被帶走了。現在這裡剩下的人只是單純走運。僅僅如此而已。」

其中也有人在最初的襲擊時受到攻擊昏迷，醒來時已經是現在。發現昏迷者的人是我和光。

「我不懂魔物的想法。我會得救，或許只是牠們一時興起。」

「姊姊為了救我衝出家門，我什麼也做不了。她叫我別出聲，保持安靜……」

悲痛的吶喊。苦惱、後悔，眾多負面情緒正在盤旋。

聽到那些遭遇，商隊領袖與公共馬車的車夫和護衛冒險者們聚集起來商量。

這段期間，其餘的人把散落在村裡的遺體收集起來。一方面是放著不管可能會導致傳染病，最重要的是大家無法坐視不顧。除了負責戒備的冒險者，其他人分頭作業埋葬遺體，在這些幫忙的人當中，也有在馬車上陪伴光的女孩子們。

明明有些屍體死狀悽慘得讓人想別開目光，她們卻毫無厭惡之色地進行作業。因為這裡是異世界嗎？我對此抱持疑問，然後在晚餐時知曉答案。

「我們也是冒險者。不過據點在瑪喬利卡。」

好像在哪裡聽過這個地名……啊，對了。那是艾法魔導國有地下城的城鎮之一。

她的名字叫蕾拉。是血腥玫瑰這支冒險者小隊的隊長，令人驚訝的是，她的冒險者階級為B級。而且小隊的所有成員，據說都是位於瑪喬利卡的瑪基亞斯魔法學園的學生。

情報量太大了。

血腥玫瑰的成員共有六人。以蕾拉為代表向我介紹。

隊長是唯一的高年級生蕾拉。她一頭齊肩的金髮打理得整整齊齊。與其說是冒險者，更給人千金小姐的印象。好像長得比我還高……我輸了。

凱西——介紹到她的時候鞠了個躬，但用有點銳利的眼神看向我。我做了什麼嗎？短髮非常適合她，個子與我差不多高。

約兒——將銀髮紮成馬尾辮，兩眼的黑眼圈很醒目。由於種種緣故，現在似乎睡眠不足。

塔莉亞——她留著髮尾散開的中長髮。這種髮型是叫外翹捲髮嗎？看起來有點愛睏，但那好像是她平常的模樣。

露露——暗金色的頭髮，左側有一束綁了起來。給人運動少女的活潑印象。

特麗莎——一頭筆直的金色長髮，溫柔微笑的模樣令人感到療癒。不過最吸引目光的還是那讓人一不小心就會盯著看的胸部吧。嗯，我要注意。

聽說她們也是為了參觀降臨祭前往聖都。

其中也包含身為聖都彌沙人的約兒要返鄉探親。

「妳特地去別的國家讀書嗎？」

這麼說來，我在艾雷吉亞王國時，不曾聽說過關於教育機構的事情。是因為很少見嗎？

「基本上彌沙也有學校，主要是學習女神大人與神聖魔法的知識。因此若要學習魔法，不去魔導國是不行的！」

約兒突然激動起來，我吃了一驚。

看到她的反應，血腥玫瑰的眾人面露苦笑。

「小約兒冷靜點，大家都嚇到了。」

也許是聽到蕾拉的話回過神來，這才發現自己站了起來，於是面紅耳赤地低下頭。

「約兒一談到魔法就變了個人。」

聽到塔莉亞簡短的說明，其他人都嚴肅地點點頭。

「這代表她就是那麼認真。在學園裡也是數一數二真摯面對魔法的人。老師們對她的評價也都很好。」

「而且這個時期佛爾托納魔導學院會派特別講師過來，她卻為了我拒絕參加那個課程喔。」

特麗莎高興地說道。

特麗莎好像是神聖魔法的使用者，一方面是這個緣故，她從以前就告訴過周遭的人自己想去降臨祭。

雖然身為冒險者有一定的收入，但要出國還是很困難，而且學園生的身分也讓她們除了固定的長假外，難以長期休假。

這次據說是她們會提交關於降臨祭的報告與接受補課，並在資金方面得到約兒父親的支援，這才得以成行。據說她的父親表示，只要女兒回家探親，就會全額支付所有人的旅行費！儘管她們加以拒絕，但似乎還是接受了一點援助。

「喔，羅克。情況怎麼樣？」

我聽到艾薩克的聲音抬起頭，看見參加商議的羅克回來了。

一起前往的車夫們臉色蒼白，看起來不太舒服。

為了決定往後的行動方針，羅克他們之前在與商隊的眾人商議。

問題有好幾個，其中最大的是糧食問題。雖然準備得比較多，但是本來打算在坦斯村補給，所以糧食不夠。

另一個是要怎麼處理坦斯村倖存的村民們。即使可能以人命為優先，丟棄商隊的貨物載運他們，然而在這種情況下有先前提到的糧食問題，冒險者護衛的難度也會改變。特別是連旅行經驗都沒有的外行人只能說是累贅。

我想護衛進村之後不小心的傷亡也有影響。

順便一提，這場商議完全沒問過我們這些公共馬車乘客的意見。姑且有透過艾薩克轉達我有能力戰鬥這件事，不過目擊者只有艾薩克一個人，他們似乎並不相信。畢竟我只是個商人嘛。

「雙方想法依然是平行線，對方想繼續前進，而我們想安置村民，商議並未得出結論。再來就是那邊的商隊……」

依照羅克的說法，同行的商隊隸屬於奧羅拉商會。

「奧羅拉商會？」

當我疑惑地偏頭發問時，他們都很驚訝。

據說奧羅拉商會是在多個國家開設分店的大商會，特別是波斯海爾帝國以及福力倫聖王國，更是無人不知的著名商會。

他們反倒問我：「你明明是商人，為什麼會不知道？」

「所以他們才幾乎無視我們的意見吧。然而他們卻說明天要再討論一次，這才令我驚訝。」

順便一提，公共馬車的其中一名車夫海爾提議想幫助村民，因為他在工作上與坦斯村的村民們有過不少交流。若是因為工作多次來訪，自然會有點交情呢。

只是聽到那番話，部分乘客露出不滿之色。

「總之今天他們那邊會負責警戒……」

最後我們前往受損較為輕微的旅館。

這裡有空間停放馬車，也有房間可以休息。另外雖然多少有遭到破壞，四面有牆壁環繞也是一大原因。

待在這裡就算萬一受到攻擊，也比較方便防禦吧——這是羅克說的。

「主人，食物？」

「這些是給希耶爾的。即使有歐克肉也沒辦法馬上食用，忍耐一下吧。」

我摸摸光的頭說道。

其實也想叫希耶爾忍耐，不過在吃晚餐時看到她羨慕的目光嘛。

希耶爾吃我準備的食物吃得很香，但也許是注意到光的視線，她靈巧地用耳朵指向肉片，似乎想說些什麼。

「我可以吃嗎？」

聽到光的問題，希耶爾點點頭，於是她們一起吃了起來。

「太好了呢。」

「嗯！謝謝希耶爾。」

看來透過食物締結的羈絆相當堅韌。

就某種意義來說，這和我們拉近關係的契機也很相似。雖然對於被我餵食超難吃保存食品的希耶爾來說，那場邂逅或許糟透了。

「主人……」

「嗯，看來有客人。」

就像在等待那句話，敲門聲在室內響起。

我打開房門，門外站著一名男子。我對那張臉有印象，記得他是商隊裡的人。

「可以稍微談談嗎？」

「好的，有什麼事嗎？」

「方便的話，希望你能讓我進去。」

他的表情很可疑呢。嘴角明明在笑，卻用評估商品的眼神看過來。似乎正在觀察我。

要是發生騷動我也很頭疼，所以讓他進門了。他瞥了一眼坐在床上的光，立刻切入正題。

「初次見面，我是奧羅拉商會的恩里克，擔任率領商隊的領袖。」

「商隊領袖找我有什麼事？」

「不必那麼提防。記得你是空先生吧？雖是旅行商人，但是打倒歐克的本領十分精湛。」

我聽說他們在先前的商議中並不相信我的身手，這是怎麼回事？

「我看中你的身手，想僱用你擔任護衛，直到抵達下一個城鎮連特。如果你願意接受，我們當然也會保障那位小姐的安全。同時也會支付相應的報酬。」

這就是所謂的挖角嗎？我聽了他提出的金額，價格聽起來很不錯。比起在王都接過的護衛委託還高。

「為什麼要邀請我呢？」

「……我算是有看人的眼光。雖然其他人並不相信，但我認為你的實力不錯……至少不比跟我們商會簽約的護衛來得遜色。如果你接受這次的委託，商會往後也會繼續與你合作喔？」

我覺得這個提議並不壞，但是……

「……我會當作沒聽到。儘管條件很好，我認為護衛不是外行人輕易就能辦到的。老實說，我沒有自信一邊保護別人一邊戰鬥。」

我裝出考慮了一會兒的模樣，然後拒絕。

「這樣啊……真是可惜。」

恩里克臉上掛著笑容，鞠躬之後走出房間。

只是他在最後放下偽裝，「你可別後悔，小鬼。」這句呢喃傳入我的耳中。

恩里克以為我聽不見才會脫口而出，但拜身體強化所賜，我能聽到細微的聲音。

他似乎認為自己能輕鬆讓一個毛頭小子乖乖聽話吧。

「主人，沒關係嗎？」

「妳是說護衛的事嗎？」

「嗯。」

「……這個提議的確不壞。可是接下有金錢關係的委託，就得承擔一定的責任。特別是這次……」

我想起那些擔任商隊護衛的人們。

有些人反被歐克打倒，從動作來看，戰力不怎麼高。實際鑑定看到的等級也很低。

「理解。而且他們看起來的確很弱。」

聽到我告訴她理由，光也說出辛辣的評語。

雖然我不知道，奧羅拉商會好像是知名的大商會，然而他們僱用的護衛本領卻不怎麼樣……是吝於支出經費嗎？

「主人，不睡覺嗎？」

我們兩人與一隻躺在床上，但也許是感受到我還醒著，光揉揉眼睛發問。

希耶爾或許是完全睡著了，一動也不動。

「差不多要睡了。妳今天應該也累了，好好休息吧。」

確認光閉上眼睛後，我重新看向MAP。

至少在MAP的範圍裡沒有歐克的反應。

只看得到幾名戒備的人繞著旅館移動。

我開啟狀態值，再次確認自己現在的狀態。

姓名「藤宮空」　職業「探子」　種族「異世界人」　無等級
HP370／370　MP370／370　SP370／370（＋100）
力量……360（＋0）　體力……360（＋0）　速度……360（＋100）
魔力……360（＋0）　敏捷……360（＋0）　幸運……360（＋100）

技能「漫步Lv36」

效果「不管走多少路也不會累（每走一步就會獲得1點經驗值）」

經驗值計數器　４４５０７９／５５００００

技能點數　２

已習得技能

【鑑定ＬｖＭＡＸ】【阻礙鑑定Ｌｖ３】【身體強化Ｌｖ９】【魔力操作Ｌｖ９】【生活魔法Ｌｖ８】【察覺氣息ＬｖＭＡＸ】【劍術Ｌｖ８】【空間魔法Ｌｖ８】【平行思考Ｌｖ６】【提升自然回復Ｌｖ７】【遮蔽氣息Ｌｖ５】【鍊金術Ｌｖ７】【烹飪Ｌｖ８】【投擲・射擊Ｌｖ５】【火魔法Ｌｖ５】【水魔法Ｌｖ４】【心電感應Ｌｖ６】【夜視Ｌｖ７】【劍技Ｌｖ３】【異常狀態抗性Ｌｖ４】【土魔法Ｌｖ３】【風魔法Ｌｖ２】【偽裝Ｌｖ２】

高階技能

【人物鑑定Ｌｖ５】【察覺魔力Ｌｖ４】

契約技能

【神聖魔法Ｌｖ１】

稱號

【與精靈締結契約之人】

我關閉面板，用平行思考對房間周遭保持警戒之後入睡。

第2章

捕捉到房間外的氣息，意識漸漸清醒的我坐起上半身時，房門同時打開，和對方視線交錯。奇怪？昨晚忘了鎖門嗎？

突然進門的人是蕾拉，她伸手指著我，臉蛋在轉眼之間變紅。她沒有學過不可以用手指著別人嗎？還是說異世界沒有這種習慣呢？

「你、你、你、你們在做什麼！」

開口的第一句話就是慌亂大喊。

那道叫聲嚇得希耶爾跳起來，東張西望查看到底是怎麼回事。

光則是不慌不忙地緩緩睜開眼睛，與我目光相對……

「主人，好吵。」

揉揉眼睛說了這麼一句。

睡昏頭了嗎？吵吵鬧鬧的人可不是我。

光對於突然的闖入者並不驚慌，是因為對方沒有惡意吧。如果抱有惡意，她的身體肯定會瞬間有所反應，進入戰鬥狀態。

順便一提，現在光正抱著我的上半身。

從那一天以來，光在睡覺時抱住我已經成為常態。一方面是有一次我委婉拒絕時，她露出悲傷的表情，讓我沒辦法強硬要求她別這麼做。

不過，我有告訴她在別人看得到的地方不可以這麼做，最近她都會依偎在我身邊睡覺。

「……總之有什麼事嗎？妳連門也沒敲就衝進來了。」

聽到我的話，蕾拉露出回過神來的表情，清清喉嚨後開口。

仔細一看，她的臉頰還泛著紅暈。

「對喔。好像發生了一點問題。我現在要過去確認，要不要一起去呢？另外，你在睡覺時也戴著面具嗎？」

我為了無論發生任何事都能應對而準備面具，不過今天只是碰巧戴著。睡覺時的確會覺得面具礙事……以後或許有必要想個更好的辦法。

問題？我用察覺氣息探查周遭，感受不到魔物的反應。只是……人有些少？

蕾拉帶著我來到外面，人們聚集在那裡。

「這是怎麼回事啊！」

一名乘客氣沖沖地逼問。

他質問的對象是海爾，只見他臉色蒼白，看起來茫然自失。

「請問發生了什麼事？」

我找似乎知情的羅克攀談，於是他說明剛剛發生的事。

第一個發現者是吉尼，據說他首先發現有一輛公共馬車遭到破壞。我看了一下車輪，的確慘遭嚴重破壞。

他連忙跑去找羅克，在查看周遭後，發現商隊的馬車不見了。而且不止商隊的隊伍，部分公共馬車乘客以及除了羅克等人以外的護衛也不見蹤影。

順便一提，部分乘客是指與奧羅拉商會關係親近的商人們。經過調查之後，他們發現在出發前與恩里克打過招呼的那些人都不見了。

海爾會受到指責，是責備他之前向奧羅拉商會提出意見，才會發生這種事。由於這是突如其來的狀況，反應會有些情緒化也無可奈何。可是這麼說等於是要求拋棄村民，他們本人也是明白這一點才這麼說的嗎？

話說回來，只不過是意見不合，一般來說會做到這種地步嗎？

我突然回想起恩里克昨晚說過的話。

你可別後悔……這就是那句話的解答嗎？

一起消失的那些人，可能像我一樣受到邀請。

「他們竟敢這麼做啊。」

羅克飽含怒意的一句話，使得吵雜的現場變得鴉雀無聲。

「這、這下該怎麼辦才好？」

海爾都快哭了。

在令人窒息的沉默即將支配現場時，蕾拉拍手吸引注意。

「首先需要確認狀況。拜託海爾先生去查看馬車，以及……我記得你是商人李特先生吧。拜

託你與村民合作確認糧食的情況。小露露去探索，小塔莉亞輔助她。」

她俐落發出指示的模樣，讓我不禁看得著迷。

看到露露和塔莉亞向蕾拉領取武器，這代表她也有道具袋嗎？

記得昨天看到她們各自拿著袋子，但以長途旅行來說，感覺數量太少了。

「那麼狀況如何呢？」

「實際問題是想要行動變得有困難。下一班馬車最快也是五天後才會抵達……」

聽到蕾拉的話，羅克皺眉沉吟。

對了，在我勉強預約到公共馬車座位時，聽見沒訂到票的人詢問下一班馬車什麼時候出發。

記得當時的回答是最快也要五天後。

「只是我認為那些傢伙在各種含意上都做了蠢事。」

羅克的發言讓大家的目光集中在他身上。

方才抱怨的那名乘客也不例外。

「根據村民的說法，有數量相當多的歐克集體行動。而且牠們還擄走村民，裡面搞不好有高階種或指揮官。那種傢伙不可能白白放過離開自己地盤的人……況且若是現在行動，被歐克們視為是倖存者逃跑了也不足為奇。」

某人嚥下口水的咕嘟聲響起。

羅克是在暗示從村子出發的商隊可能會遭到襲擊。

在理解那個意思的人當中，有人嚇得渾身打顫。

「我認為車輪可以修理，但沒辦法馬上修好。總之要在村子裡尋找有沒有可用的材料。」

海爾如此說道。

「很可惜糧食減少了。正確來說是分開擺放的糧食裡，有一邊被全部帶走了。」

這是李特的報告。

聽到那番話，一名乘客無力地癱倒，也有人滿臉不甘心。

「那樣豈不是小偷嗎？」

我同意那個看法。

在提出要負責戒備時，他們大概就想好了這個計畫吧。

那是有預謀的犯罪行為。還有，破壞馬車是為了把我們留在這裡，當成誘餌吸引歐克嗎？如果羅克所言不虛，這樣反而造成反效果，但這也代表他們當中沒有人想得那麼深入。

「我一定要告他們！」

有人顯得忿忿不平，不過李特露出愁眉苦臉的表情。

一問之下，他表示就算提出控訴，事情也有可能被壓下去。據說奧羅拉商會與當權者的關係就是那麼密切。

「無論如何，等到活著離開這裡之後再來考慮這件事吧。」

李特可能是以商人身分有過不少旅行經驗，比一般人更了解魔物的威脅性。

「總之只能分頭尋找有沒有能吃的食物。吉尼負責這裡的防禦工作，艾薩克與村民搭檔尋找可用的東西。還有空，不好意思……」

他要說的是歐克肉吧，一定是聽艾薩克提過了。

我點點頭，從道具箱裡取出昨天收起來的歐克屍體。

也許是突然拿出來的關係，有人發出驚叫。這下搞砸了。

「幾位小姐，妳們想解體還是探索村子？」

羅克詢問蕾拉等人。

「無論如何，歐克都要先放血。在做好放血準備後，直到放血完畢為止需要一段時間，我們會在那段時間幫忙探索。」

看到大家各自做好準備開始行動，我詢問羅克做個確認。

「這代表我們要固守在這裡對嗎？」

「是啊。雖然需要補強，但在我看來，這裡最適合。建築物也很高，正好適合戒備。」

這棟旅館有三層樓，的確比其他建築物來得高。

不過大多數的建築物都已毀損，也可以說沒有其他選擇。

但是，補強啊……要試著以旅館為中心使用土魔法建造屏障嗎？

「我有件事想試試看，可以嗎？」

總之我告訴羅克我想嘗試的事，他疑惑地偏頭回應：

「我對魔法一竅不通，但是做得到嗎？」

我表示想嘗試是否做得到，他便回答可以隨我的意思去做。

「主人，你要做什麼？」

「用魔法……」

「魔法！」

我正要向光說明時，約兒就以驚人的氣勢湊了過來。

看樣子她是對魔法一詞產生反應。她露出閃閃發亮的眼神，等待我繼續說下去。

當我無可奈何地說明時——

「原來做得到這種事嗎？」「沒聽說過這種用法！」

她接連拋出一連串問題。

由於我也難以說明，便決定實際演練給她看。最近覺得這個魔法的用法與其說是屬性魔法，更像是生活魔法的強化版。

不過我也知道，如果只有生活魔法，無法輸出那麼大的力量。烹飪時的火力調整，也在我學會火魔法之後變得容易許多。

我用雙手貼著地面，一邊想像一邊灌注魔力。

想像泥土隆起形成牆壁的意象，同時將移動泥土之後留下的凹陷當作坑洞運用。

感覺建造兩公尺高的屏障，就會順帶挖出兩公尺深的坑洞。因為寬度也有一公尺，在完成旅館北面的屏障時，我便耗盡了ＭＰ。

不過約兒非常驚訝，聽到聲響才靠過來的人們也很吃驚。

「好、好厲害。請問這是哪種魔法？」

好近，靠得太近了。約兒的臉近在呼吸可及的距離，她好像興奮到看不見周遭。

由於成功設法讓她冷靜下來，於是在休息的同時略作說明。

「雖然不確定……」

我說出自己的想法。

我向她說明，這是所謂生活魔法的一種，自己能夠像這樣使用魔法，是多虧魔力操作這個技能。至於以生活魔法來說效果很強，舉例來說，像這次搬運泥土的魔法，是因為學會了土魔法的關係——我加以補充說明。

「魔力操作嗎？那是怎樣的技能呢？」

要是她問得太過深入，我也不知如何回答。那是種感覺。

因此我打安全牌，說明這是一種可以感受到體內魔力的技能。儘管實際的使用方式是釋放到體外。

「感受魔力嗎？」

「抱歉，沒辦法說明得很好。如果有時間，還可以說得再詳細一點……但我想先完成剩下的作業，可以先做事嗎？」

由於MP已在和約兒交談時回復，我繼續展開作業。因為我們年齡相近，我也恢復平常的語氣，老實說這樣說話比較輕鬆。

也許是兩種技能的等級都有所提升的緣故，MP的消耗量減低，效果也有所提升，使得效率變好。多虧這樣，我在中午前便完成築牆作業。

「這是什麼！」

艾薩克回來後的第一句話就這麼說。

他不小心撞到土牆屏障，忍不住大喊：「好痛～」他在幹什麼啊？

順便一提，牆面會這麼堅硬，是因為我灌輸魔力提升強度。約兒很感興趣地用法杖與小刀敲打切割牆面，希望她別弄壞屏障。不過應該沒問題。

結束作業之後，我回到旅館前往餐廳。

「給我們這些沒關係嗎？」

村中倖存的婦女之一奈伊如此問道。我交給她一些已烹調的食材。當然是裝在保存容器裡。

如果放在道具箱裡，可以保存得更久一點，但只有我們偷偷吃東西會有罪惡感……因此留下最低限度給希耶爾的食物，把其他的食材交給她。

「我會再煮的。」

「……嗯，肚子餓很難受。」

光也了解狀況，沒有鬧脾氣。至於眼神一直盯著料理遲遲沒有移開也是沒辦法的事。

「那麼，我們來整理一下情況吧。」

在羅克號召下，大家決定確認現況及討論往後的行動方針。

聚集在場的人除了羅克之外，還有蕾拉、露露、海爾、李特、我，以及村民代表愛爾克——一名短髮青年，務農鍛煉出來的體格結實壯碩——共七個人。

艾薩克他們召集乘客與男村民，教導他們戒備的方法。

我明白露露為何在場，是為了報告探索結果吧。但我認為這件事與自己無關，為什麼會找我過來呢？因為建造了屏障嗎？

「那麼，首先可以告訴我們探索的結果嗎？」

露露在羅克的催促下開口：

「探索是用我的技能來進行。關於詳細方法容我省略，從結果來說正如村民們的證言所言，牠們是從北邊森林過來的。」

「森林裡有那些傢伙的據點嗎？」

「不。越過森林之後有個像是岩山的地方，那裡有個類似洞窟的入口。因為有像是哨兵的歐克駐守，我想不會錯。」

老實說，那番話令我很驚訝。與其說驚訝她發現了歐克，不如說因為大範圍探索的能力感到驚訝。因為就算用放大顯示ＭＡＰ，現在的我也做不到。

「那麼妳知道歐克目前的動向嗎？」

「是的，牠們有兩個群體，一個正朝洞窟前進，另一個在森林中移動。我只有瞬間捕捉到森林中的集團，不清楚牠們在往什麼方向前進，但是可以確定並非此處。另外還查到其中至少有一頭歐克將軍。」

這麼一來，表示正如羅克的預測，牠們盯上商隊正在行軍嗎？

「那、那豈不是很危險嗎？必須通知他們……」

海爾看了過來，發現大家都盯著他以後便別開臉龐。因為他理解自己說的話中含意吧。

遭到那麼過分的對待還想救人，他的心地應該很善良吧。

不過從現實角度來思考，我認為現在不可能追上他們。那麼之後只能視護衛的能力而定了。

「有可能用小姐妳們的技能通知他們有危險嗎？」

「沒辦法。我的技能只能用來探索，不是用來傳達消息。」

技能很方便，但並非萬能。

「……接著是往後的行動方針。一個是堅守在這裡，等待來自外界的救援。之後前往聖都的馬車遲早會抵達，我們要堅持到那時候為止。再來是……」

羅克再度看向愛爾克。

要說愛爾克的真心想法，是希望我們救援被抓走的村民吧。

但是他應該也明白，這在現實層面有所困難。

就算是我也無法對抗歐克集團。因為不清楚高階種有多強。

人人都閉上嘴巴，陰霾籠罩現場。

在令人窒息的沉默開始流動時，又是蕾拉打破沉默。

「羅克先生。如果堅守的話，要面對多少戰力，能夠堅持多久呢？」

「雖然得看襲擊者的數量而定，如果是十頭歐克還能應付吧。因為多虧了空，這裡變得方便防守。只是假如拖延太久，可能會很吃力。」

「那麼倘若我們不在又會如何呢？」

「意思是說小姐妳們的小隊要去救出被擄走的人們嗎？」

「小約兒與小特麗莎不適合進攻，要去也是由我們四個人去。順便一提，小約兒會攻擊魔法，小特麗莎會神聖魔法。」

「村民當中有人可以戰鬥嗎？」

「我、我算是可以戰鬥。其他人……可能沒辦法。」

「空怎麼樣？」

他大概聽艾薩克說過我的戰鬥力，這是為了確認才問的吧。只是……

「蕾拉小姐妳們……」

「叫我蕾拉就好。」

「……蕾拉妳們認為主動襲擊歐克打得贏嗎？」

我想她是顧及人質才這麼提議，但是她認為有多少勝算呢？

「我們曾經和歐克將軍交手，我想應該沒有問題。然後是洞窟內部結構與人質被當作肉盾的情況……在最糟的情況下，我會考慮撤退。雖然對愛爾克先生很抱歉，我會以同伴的性命為優先。」

「……那麼我們也加入蕾拉她們這邊。」

「你說的我們，是指那邊的小姑娘也包含在內嗎！」

「別看她那副樣子，很可靠的，不用為她擔心。就某種意義來說，她比我更強。」

聽到那句話，不只羅克，連蕾拉也很吃驚。

「你把我也算進防衛戰力了嗎？」

「因為你好像會用魔法。不過看來會有一位魔法師留下來，應該沒問題吧。」

最後羅克接受蕾拉的意見，同意將人手分為進攻組與防衛組。

我有事想找他商量，當我們兩人獨處時，羅克邊嘆息邊告訴我支持蕾拉等人行動的理由。

「實際的問題是如果她們能減少歐克數量，會很有幫助。根據情報，歐克集團加起來總共超過二十頭，即使她們一起參與防衛，如果大半都是外行人，就算是擅長防衛的我們也難以撐到最後吧。」

他忍不住吐露真心話，並要我保密。

「那麼你要找我商量什麼事？」

「屏障前方有坑洞，我想問問是不是灌水進去比較好。」

「水？若是可以當然是有水比較好。如果是那種深度，就算是歐克掉下去也會難以動彈。就算只是坑洞，我想也能爭取時間就是了。」

既然這樣，就把坑洞灌滿水吧。

羅克接下來要去通知大家討論結果，我們在此告別。

「你……真的什麼都行耶。」

正當我往坑洞灌水時，站在一旁的艾薩克對著我開口。

「我也是事到如今才覺得自己可能選錯職業了。」

我沒有特別否認，隨意地點頭回應。

因為作業期間閒著沒事，便與他聊天。當我說起恩里克曾找我當護衛時——

「我們沒有收到邀請。」

艾薩克如此說道。

恩里克說過自己有看人的眼光。他可能把人分為容易說服與難以拉攏兩種，接著再去遊說……我看起來容易拉攏嗎？因為是個毛頭小子嗎？

作業結束之後，我回到建築物裡便聽見叫喊聲傳來。

「有必要嗎？歐克可是不知道何時會來襲啊！」

「就是說啊。如果照你所說的，那麼等待下一班公共馬車抵達不是更好嗎？」

乘客們對羅克抱怨，但他本人一臉若無其事的樣子。

光發現我進來，頭頂著希耶爾小碎步走過來。

心想沒有看到她，原來是和光在一起。我覺得有點寂寞。

重新看看屋內的情況，乘客們在抱怨，村民們則是一臉不甘心。就聽到的隻字片語判斷，他們是在談論蕾拉等人要去討伐歐克，救援被綁架者的事嗎？

「話說回來，小姐她們雖然是冒險者，但是沒有義務保護你們！」

羅克的一句話讓那些抱怨的人退縮了。

「如果希望她們留在這裡保護你們，就要為此支付所需的報酬。我們已經接下護衛委託，所以會盡到職責。」

這樣算是分出勝負了嗎？總之他告訴那些抱怨的乘客們，倘若愛惜性命就要合作。他說村民們乃是出於善意提供糧食，巧妙地引導對話。

「而且這樣做是有好處的。那就是歐克也會兵分二路。如果小姐她們的襲擊成功減少歐克的數量，我們得救的可能性也會相對提高。」

羅克也不忘確實做好善後，這就是所謂的老經驗嗎？

「事情辦完了嗎？」

「嗯，那什麼時候出發？」

「我們想小睡一會兒，等到深夜再出發可以嗎？還有，你真的要帶小光一起去嗎？」

蕾拉以擔心的模樣看著光。

「主人，你要去哪裡？」

「我們要去解決歐克，光比較想留下來嗎？」

「不，我也要一起去。」

看見光緊緊抱住我的模樣，蕾拉似乎也放棄說服她了。

「那麼我們暫時解散，深夜再出發。」

我遵照她的話，決定先睡一會兒。

◇◇◇

「準備好了嗎？」

當我聽到敲門聲便睜開眼睛打開房門，只見全副武裝的蕾拉站在房間門口。

看樣子她還記得早上擅自闖入的事，這次有確實等我開門。

我們走出旅館，血腥玫瑰的成員以及羅克和吉尼都在廣場上。

「對了，這個給你們。」

我分別給了羅克和約兒一個小袋子。

看到裡面的東西，約兒的臉抽動了幾下。

啊，這麼說來魔力藥水不論品質如何，價格都很貴。一次給十瓶會令人吃驚吧？

「這是為了以防萬一準備的。遇到危險時請不要客氣，儘管使用。」

「嗯，我會滿懷感謝地使用的。不過你們自己的份夠嗎？」

「我還有藥水，不要緊。蕾拉妳們若有需要也記得告訴我。」

「目前沒有問題，有需要時再拜託你。」

到了B級冒險者的等級，準備就會做得很周全嗎？

「要小心喔。」

「姊姊們也請不要逞強。」

在羅克等人的目送之下，我們由露露和塔莉亞帶頭，北上進入森林。

即使有月光映照，光線幾乎都被枝葉遮蔽，下腳之處一片昏暗難以看清。

然而她們四人彷彿完全不受影響，前進速度沒有變化。她們一路上用不經意的動作避開容易絆倒的樹根。

「真驚訝，你們也有魔道具嗎？」

塔莉亞的說話方式果然很獨特，應該說很像光。感覺是以最低限度的言語進行對話。同時沒有什麼情緒起伏。

「小塔莉亞是對你們跟得上我們的速度，沒有落後感到吃驚。至於我們在黑暗中也看得見是因為帶著魔道具的關係，空也是嗎？」

原來如此，是魔道具啊。我打聽詳情，由於地下城有一片黑暗的樓層，為了能夠在裡面活動，她們帶著對應的魔道具。

我當然是依靠技能，不過還是回答是因為魔道具的效果。順便一提，沒有魔道具的光也能正常行動。只能說果然有一套。

「行動能力這麼強，當商人太可惜了！而且小光也太厲害了。」

露露也非常驚訝。

只不過光或許游刃有餘，我卻覺得相當吃力。因為我們正在跑步，疲勞正在緩緩累積。雖然自己憑藉著升級獲得的狀態值提升與體能強化效果勉強跟得上……好、好想走路。

也許是聽見我的心聲，她們過了一會兒之後便停止跑步，改為步行。

塔莉亞和露露可能是擔任斥候，她們一邊調查歐克留下的痕跡一邊前進。

我當然也使用ＭＡＰ查看（步行讓我能夠分心），光也在探索氣息。

或許是改成步行後有了餘力，蕾拉不時找光攀談。她感到擔心嗎？

凱西緊盯她的背影，不過她本人或許沒發現，一副不以為意的樣子。

「小光該不會也有探索類的技能吧？」
蕾拉根據光的舉動如此猜測，真敏銳。
「嗯。」光點點頭。那是不需要隱瞞的技能，所以說出來也沒問題。
「所以他才同意妳同行啊。只是妳有能力和歐克戰鬥嗎？」
「沒有問題。我會保護主人。」
「……呵呵，真可靠。可是千萬不能逞強喔。」
蕾拉好像以為光在開玩笑。
看到那個模樣，露露開口：
「姊姊還是老樣子。該說是愛管閒事，還是會照顧人呢。」
聽到她這麼說——
「那是當然的。因為姊姊就是這樣。」
凱西引以為傲地點點頭。
詳細詢問才聽說她在學園裡若是看見有人遇到困難，也會帶頭伸出援手。
這場歐克襲擊作戰，一方面是兵分二路可以對歐克集團造成打擊，但根本上還是要救出被擄走的人們吧。雖然當時蕾拉說過如果遇到危險就會撤退，總覺得無法想像蕾拉撤退的模樣。即便這是我擅自認定的。
至於約兒與特麗莎，感覺也是為了盡可能發揮能力才留在村子裡。否則難以想像她們會刻意把默契良好的小隊拆開。

這麼一想，剛出發時用跑的穿越森林，也是為了測試我們是否能確實行動的測驗。如果跟不上，大概會以能力不足為由被送回去。是我想太多了嗎？

我們終於抵達露露用探索技能找到的洞窟所在地。

雖然加快動作前進，還是花了一天以上的時間。

由於這個緣故，大家好像累積了不少疲勞。我嗎？即便走得再快也是步行，因此完全不累。

「地點也確認過了，我們先折返到可以好好休息的地方。」

不勉強趕路，似乎是為了調整出擊的時機。

「考慮到人質，選在白天行動比較好，但還是要在晚上發動攻擊。因為即使是魔物，晚上也會休息。」

正如蕾拉所言，外行人若要在森林中行走，還是選在白天比較好。

不過我認為晚上行動的歐克數量會減少，她選擇晚上是因為優先著重於打倒歐克，而非逃跑吧。作戰計畫是在歐克聽見騷動聲響醒來之前，盡可能先減少牠們的數量。然而魔物有時與人類不同，未必會如此就是了。

「小露露，可以調查另一邊的集團在做什麼嗎？還有如果可以，也拜託調查洞窟內部。」

同時確認奇襲時分頭行動的那些歐克是否會回來。

因為我沒什麼能做的事情，那就來準備恢復疲勞的藥膏與食物好了？

……在趕路的時候，蕾拉她們分了一些保存食品給我們，但光露出非常悲傷的表情。

希耶爾則是連看也不看一眼。

「蕾拉，距離實行作戰計畫還有一段時間，我想來做菜，可以嗎？」

聽到我這麼說，三人露出「這傢伙在說什麼啊」的眼神看過來，但沒有說不行，於是我便開始動手。露露沒有反應，是因為技能的關係聽不見這邊的聲音嗎？

我整理一下露營地，像平常一樣開始烹飪。

不過與其說是煮費工的料理，只是把預先做好的食物加熱。這絕不是為了清倉喔？

當我做好料理時，露露或許結束了探索，正在看著這邊。我盛好放入許多肉的熱湯依序端給大家，但是誰也沒有碰。最後我遞給光，她便迫不及待地喝了起來。

也許是看到光面帶笑容吃東西的模樣後下定決心，大家陸續把湯送到口中。

聽到她們表示很好吃，我也開動了。儘管我對味道有自信，但是對於味道的喜好因人而異。而且這與交給奈伊的那些料理不同，現在留在道具箱裡的料理調味更接近以前居住世界的口味，有點擔心是否合她們的胃口。

至於光呢？那道湯已經喝過好幾次，是她很喜歡的一道菜。

「因為顏色和味道都很陌生，我還擔心了一下，不過很好吃。」

「還有喔，要再來一碗嗎？」

「請、請給我一碗。」

隨著蕾拉的一句話，鍋裡的肉湯轉眼間就空了。對於做菜的人來說，這是最令人高興的事。

用餐完畢後，露露過來報告探索結果。

她推測另一邊的歐克最晚會在明天襲擊商隊。

關於洞窟的內部結構，很遺憾地無法調查出來。

我也試圖使用MAP查看，但無法看到。以距離來說，明明在技能範圍之內。

「關於作戰計畫，在實行之前有事想找你們確認。」

蕾拉的問題是我們能用什麼樣的方式戰鬥。

掌握我們做得到什麼事，的確可能改變作戰計畫。

我告訴她自己略通劍術以及投擲小刀。她問起魔法，我表示在戰鬥中沒怎麼用過攻擊魔法。

「明白了。因為地點是在洞窟內，使用魔法還請節制。」

光說自己擅長近身戰，蕾拉告訴她不要太過逞強。

被當作小孩子看待，光顯得有點不滿，即使知道她的實力，坦白說我也很擔心，實在沒資格講別人。我只是告訴蕾拉她們，光的短劍有讓刺中的對象陷入麻痺狀態的效果。

順便一提，蕾菈與凱西用劍，塔莉亞和光一樣用短劍。露露的武器基本是弓，不過好像也能打近身戰。

其中最令我吃驚的是蕾拉她們的武器。感覺劍鞘設計簡單卻十分洗鍊，沒想到居然是祕銀製的武器。

祕銀……那正是奇幻世界經典的金屬之一。

【祕銀之劍】使用祕銀精製的劍。魔力傳導率：良。蘊含魔力，提升了鋒利度。

蘊含魔力？這是什麼意思？

在那之後我們輪流監視洞窟與休息，靜靜等待夜晚到來。

◇◇◇

「差不多開始行動吧。露露，拜託妳了。」

「好的，姊姊。我來狙擊。」

一接近露露的狙擊範圍，她便迅速地準備攻擊。距離還有將近一百公尺，沒問題嗎？

她叼著一根箭，另一根箭架在弓上。

擔任哨兵的歐克有兩頭。露露打算以連續攻擊打倒牠們。

為了預防出現失敗的情況，塔莉亞正單獨靠近洞窟附近。我們沒跟過去，是為了避免變成累贅導致被發現。

「我要射了。」

露露射出一箭後，立刻架起另一支箭，毫無停頓地再度射出。

她射出的兩支箭就這麼直直地同時貫穿歐克的眉心。

「箭羽的部分經過加工，讓第二支箭的速度更快。」

當我對此感到驚訝時，露露這麼告訴我。

「那麼我們上吧。麻煩空回收屍體。」

蕾拉已經知道我的道具袋容量足以容納歐克的屍體，在衝出去的同時這麼指示。

迅速回收屍體後，趕緊追上去以免落後。

「周遭沒有敵人氣息。」

「姊姊，我再試著探索一次。」

聽到塔莉亞的話，露露好像再次使用了探索技能。

我追上去踏入洞窟一步，確實捕捉到先前沒有明確感受的魔物氣息。

儘管對突如其來的變化感到驚訝，立刻轉換意識打開ＭＡＰ。

於是不知怎麼回事，ＭＡＰ上顯示了先前看不見的洞窟內部。

……洞窟內部與外部似乎有道界線，只要踏出洞窟一步又會再次看不見。

儘管不知道理由，其中或許有某種規則。

我重新查看ＭＡＰ，有一部分地方顯示雜訊。試圖用察覺氣息與察覺魔力探索，技能卻被干擾，無法順利探查。

希耶爾好像也感受到什麼，逃也似的躲進我的兜帽裡。

「小露露，情況怎麼樣？」

「……對不起。技能受到某種干擾，進行得不順利。但是……」

「小露露，調查到這裡就好。」

只見她滿頭冷汗，臉色也很蒼白。從小袋子裡拿出藥水飲用後，這才恢復血色。

「沒辦法了。小塔莉亞，一邊保持警戒一邊前進吧。」

蕾拉好像判斷不能勉強她，便告訴塔莉亞就這樣繼續前進。

我叫住正要前進的塔莉亞，建議蕾拉讓我試試探索魔法。

當然不能說出MAP的存在，因此要表現得像在使用魔法探索一樣。

我舉起手召喚風並維持在空中。等待一會兒後釋放那陣風，吹向通道前方。

「……通道向前延伸，在半途分為兩條路。右邊的空間有二十頭歐克。人類……有兩個人。更前方還有幾個人。再來有通往另一個地方的通道，前方也有一頭歐克？」

我用事務性的口吻淡淡地傳達從MAP上看到的訊息。因為覺得這麼做感覺看起來像是正在探索。

敘述不禁變成疑問，是因為通道前方突然變得看得見了。而且在那裡的反應與歐克們不同，散發出不祥的魔力。不過基本上是類似歐克的反應……是高階種嗎？更糟糕的是那個反應所在的房間裡，還有兩個人類的反應。

「最初的岔路左邊的情況呢？」

「那邊……好像是倉庫……沒有人。」

至少沒有活人，因為沒有反應。既然沒有反應，不實際過去便沒辦法確認那邊有什麼。

「……我知道了。只是行動時不要疏於戒備。」

塔莉亞點頭回應蕾拉的話，邁步前進。

光對於蕾拉看起來不太相信我的說明顯得有點不滿，但是在這個情況下，蕾拉是正確的。如果知道對方的實力及能力（技能）還另當別論，然而我們是不了解彼此，臨時組成的隊伍。

好吧，因為我有用人物鑑定調查她們的等級，一定程度上想像得到戰鬥力就是了。

【名字「蕾拉」　職業「冒險者」　Lv「34」　種族「人類」　狀態「——」】

在四人當中，蕾拉的等級高出一截。凱西是Lv26，露露是Lv24，然後是塔莉亞Lv23。因為她們是B級冒險者，我以為等級會更高一點，但似乎沒有。

由於人物鑑定的等級升到5，鑑定項目好像追加了狀態項目。

若將她們的戰鬥力視為與光相等，應該不會輸給歐克吧。由於數量很多，可能無法單方面壓倒性勝利。剩下的疑慮，就是被歐克擄走的人會不會被當作人質。

洞窟入口昏暗，前進一段路後漸漸變得明亮起來。石壁在發光嗎？我鑑定後——

【光石】在黑暗中會微微發光。品質：普通。

顯示這些資訊。

另外從光石並非等距配置，而是雜亂地埋在石壁上來看，我推測那是原本就在那裡的。看來光石有品質之分，品質愈高則愈明亮。

我們前進一會兒，便聽見慘叫聲傳來。人類的慘叫聲在洞窟裡迴盪，而且是女性的聲音。

於是自然加快行走速度，在慘叫聲變得更加響亮時，前方通道分成兩條。聲音從右邊傳來。

我們壓抑著急的心情留意腳步聲往前走，塔莉亞突然停下。

我隔著她的肩膀看過去，那裡是一片比較寬敞的空間，後方有類似牢房的地方。歐克們圍坐成一圈，一邊進食一邊發出下流的笑聲。看來對魔物來說距離睡覺時間還早。

圓圈中央有歐克與一名女子，正在上演慘不忍睹的行為。牠不僅凌辱女子，還不時隨意毆打她。一道悶響響起，她便發出特別淒厲的慘叫聲。旁邊還倒著另一名女子，身體正在抽搐顫抖。

「竟敢做出這種事……」

蕾拉按住劍柄，但似乎打消了衝動。她沒有在憤怒驅使下發動突擊。

大家先討論每個人負責的分工，簡短地安排作戰。

「……小露露，可以嗎？」

露露聞言之後點點頭，接著拉開弓。

然後在歐克和女子拉開距離的瞬間，射出箭矢。

那時候蕾拉她們已經衝了出去，我也跟在後面奔跑。

蕾拉與凱西對付陷入混亂的歐克，塔莉亞和我救援倒下的女子後奔向牢房。露露用狙擊阻礙想攔下我們的歐克。

光正在牢房前和歐克戰鬥。希耶爾在光的背後看得十分慌亂，不過看出光占上風之後，她便前後甩甩耳朵。這是打算揍人的意思嗎？

當我抵達牢房前時，歐克也重整旗鼓。也許是提防被分頭擊破，牠們組成隊形，並未強行突擊過來。牠們會從途中停止攻擊也是這個原因嗎？

我們趁機與蕾拉她們成功會合。蕾拉與凱西擔任前鋒，我和光負責游擊。露露在後排舉起弓，塔莉亞正在開牢房的門鎖。

歐克之所以沒有強行進攻，是因為在一開始的交手時，大廳裡的歐克有一半以上都倒下了。目前剩下八頭。仔細一看，其中一頭與周遭的歐克略有差異。

「是歐克將軍。如果沒有牠在，還可以多打倒幾頭的。」

蕾拉一面警惕一面說道。

【名字「——」　職業「將軍」　Lv「35」　種族「歐克」　狀態「激動」】

調查剩下的歐克等級，都介於15到22之間。果然有個體差異。

不過令我在意的是，歐克將軍的反應比起那個位於內部的某個存在的反應來得弱，與歐克的反應感覺不出明顯的差異。

「這些就是全部的人了嗎？」

此時牢房門鎖打開，塔莉亞詢問被抓的人。

「有、有兩個人被帶去裡面了。」

有個慌亂的聲音如此說道。話音裡帶著明確的恐懼。

看了一下發現她們衣衫襤褸，有的身上瘀青、有的臉頰紅腫、有的跛著腳，每個人身上都帶著傷。

我拿出放在道具箱裡的備用床單，連同藥水一起交給她們。由於床單不夠分給所有人，於是優先交給衣服破損得嚴重的人。至於藥水，因為至少必須讓她們有能力行走，即使庫存量減少，也不能在這裡捨不得。

得知另外還有兩個人，蕾拉看向我，但也許是要專注於眼前的敵人，視線又立刻轉回前方。

在我們即將調整為可以移動的狀態時，與我們對峙的歐克將軍發出吶喊，揮落手中的劍。以此為信號，歐克開始行動。先前凌亂的行動簡直像是假的一樣，牠們的動作協調一致。八頭歐克宛如一隻生物般統一步調發動攻擊。

「小凱西，那邊交給妳了。」

「露露，支援我。」

「姊姊，退後！妳站得太前面了！」

看到那一幕，我屏住呼吸。

歐克的動作就像訓練有素的軍隊一樣協調，展現的行動不是憑蠻力打倒對手，而是以技術將對手逼入困境。牠們彼此互相支援，用避免受到致命傷的方式戰鬥。有一頭快倒下時，另一頭就會立刻掩護，以防禦為優先來爭取時間。不僅如此，還會一頭、兩頭地接連攻擊蕾拉她們，簡直就像要把戰況變成持久戰，既不深入追擊，並且觀察我方的動向。

在我們戰線崩潰時歐克當然會攻擊，但這時露露會用箭，我或光則是投擲小刀阻止牠們。

「這樣下去不妙，必須支援她們才行。」

從塔莉亞的聲音裡感受得到焦慮。

戰鬥開始已經過了很長一段時間。

我們雖然試圖支援，然而歐克們也看穿這點採取行動。動作宛如一隻生物般流暢又毫無破綻。繼續這樣戰鬥下去，我方會先耗盡體力。魔物與一群少女，體力的差距顯而易見。

我們很走運了。如果奇襲沒能成功，說不定已經被攻勢壓垮了。牠們的動作令我不禁這樣想。另外約兒與特麗莎不在場，也是我方的失算吧。

製造破綻？要怎麼做？就算使用魔法，單發魔法或許會被那個盾牌手擋下。那要使用範圍魔法嗎？現在暫且忽略威力，只想著施放魔法製造破綻就行了嗎？

但那是我不曾在實戰中用過的魔法。不知道用了會怎麼樣。可是照這樣下去，肯定會每況愈下。雖然沒聽克莉絲說過魔法會爆炸，總之瞄準遠離蕾拉她們又能對歐克造成損傷的地方，也就是後方發射即可。

自己現在等級較高的魔法是火魔法，但在洞窟內使用可能會有危險。那麼土魔法行嗎？

「蕾拉，我用魔法支援妳們。雖然可能會失敗！」

我簡短大喊之後凝聚魔力，魔法名稱自行浮現於腦中。

不需要威力，只要能夠嚇到牠們就行。我看向光，她也消除氣息正在移動。

「石之陣雨。」

聽我喊出魔法名稱，蕾拉她們應該知道是什麼魔法。

無數尖銳的石子襲向位於歐克集團後方的歐克將軍，以及在其身後待命的兩頭歐克。

面對突如其來的魔法襲擊，歐克將軍的應對慢了一步。

然後形成瞬間的破綻。看到指揮中斷的光從死角衝了出來，揮劍逐一砍向歐克。那當然未能造成像樣的傷害。

但是光的短劍具有麻痺效果。蕾拉她們也知道這一點，所以去攻擊光的目標之外的歐克。

蕾拉與凱西聯手砍倒一頭歐克。

儘管露露的箭矢被擋下，依然成功干擾了企圖襲擊凱西的歐克。

當我也上前對歐克發動攻擊時，均勢的狀態一口氣崩潰。歐克將軍試圖扭轉戰況，卻無法阻止我們的勢頭。

最後僅存的歐克將軍也許是認命了，牠拋下盾牌發出前所未有的吶喊。音量大得足以撼動地面，在洞窟內不斷迴盪。

曾是人質的女性們嚇得引發輕微的恐慌。

然後歐克將軍雙手持劍，朝蕾拉發動突擊。牠應該掌握了誰是這裡的領袖吧。

但是蕾拉冷靜地閃過堪稱魯莽的最後突擊，明顯比牠更勝一籌。在閃避攻擊讓對方失去平衡之際，一劍揮下——

「結束了。」

砍下了牠的頭。

雖然成功打倒牠們，但是彼此只有毫釐之差。實際上蕾拉、凱西與露露在戰鬥結束時都氣喘吁吁。

我靠近看起來隨時都會倒下的三人，突然想起——還剩下一頭歐克。

專注於戰鬥讓我忘記這件事，連忙使用察覺氣息。瞬間捕捉到特別大的反應，使得背脊一陣發寒。

像是受到牽引般望向通道，昏暗的通道前方浮現兩道赤紅光芒。

可能是察覺我的動作，蕾拉等人的視線也集中在通道上。

一頭體格比歐克將軍更龐大的歐克緩緩從通道前方現身。牠的膚色淺黑，彷彿赤紅燃燒的雙眼燦爛生輝，環顧我們便咧嘴一笑。

「喂，妳跟那個交過手嗎？」

聽到我的問提，蕾拉面露驚訝之色。她手中的祕銀之劍也在微微抖動。

「……是的，有過。」

蕾達回答的聲音在顫抖。

「勝算呢？」

「…………」

第二個問題沒得到回答。她像在按捺什麼一般，緊緊瞪著眼前的敵人。

【名字「洛伊德」　職業「領主」　Lv「63」　種族「歐克」　狀態「興奮」】

鑑定之後發現等級很高，壓迫感也非同小可。

但是——

沒錯，但是——

沒有強到令人絕望。

這傢伙並未給我面對在艾雷吉亞王國遇到的魔人伊格尼斯時的感覺。

話雖如此，看到面對高階種歐克將軍也毫不畏懼地戰鬥的蕾拉出現這種反應，牠是強者這個事實依然不會變。

那麼該怎麼做才好？

我運用平行思考，思考能否使用技能設法應付。在最糟的情況下……真的在最糟的情況下，讓洞窟崩塌也在考慮範圍裡。

可以的話，我也想救出在裡面的人，但是可能沒有這個餘力。

「蕾拉，我來絆住這傢伙。妳可以利用這段時間幫助她們逃跑嗎？」

「單靠你一個人做不到的……當然我們也是……」

「就算人數再多，對上那個也沒什麼意義喔。」

「……小凱西。」

「是的，姊姊。」

「我也要留下來。之後的指揮工作交給妳了。」

受託的凱西不知該如何回應。她大概也知道歐克領主有多強吧。平常會立刻聽從命令的她，看起來很困惑。

「交給妳了。小露露，小塔莉亞也拜託妳了。」

彷彿在鼓勵猶豫的凱西，蕾拉發出明確的指示。

即使如此，凱西仍然很猶豫，但她走向被抓的婦女們。她們在那裡起了一點口角，或許是關於留在裡面的兩個人吧。

不過塔莉亞接收到語氣強硬的要求之後，便帶頭領著婦女們奔向洞窟出口。

「主人，我留下來戰鬥。」

「光也跟她們去吧。」

「可是……」

「那些人裡有很多累贅。妳跟過去我比較放心。萬一遇到那些歐克，一定會需要妳的力量。而且……光也很清楚我很強吧？」

其實我沒有自信，也認為她們遇見外面那些歐克的機率不高。

儘管如此，由於進入洞窟後無法查看外面的狀況，所以把洞窟外面的人託付給光。

「……嗯。主人，小心。」

光雖然離開，卻還有一隻留在原地。

『……希耶爾，妳不走沒關係嗎？』

聽到我的問題，她點頭回應。從緊抿的嘴唇與前所未有的認真表情來看，感覺她已下定決心。

我明白這時候說什麼也沒用，所以不再多說什麼。

在這段短暫的時間中，歐克領主洛伊德以感興趣的眼神觀察我們。簡直像是理解我們的對話一樣。

「好了，讓你久等了嗎？」

我帶著確認的意思朝著洛伊德開口。

「呵呵呵，反正結果都一樣。這樣只是增加我蹂躪、狩獵你們的樂趣。」

令人驚訝的是得到了回應。

聽說在高階種之中有可以對話的魔物。而且那些魔物的智能也會明顯提升。在鑑定魔物時有顯示名稱，難不成跟這個有關嗎？

「那麼，該如何戰鬥才好呢？」

面對這樣的洛伊德，我詢問有過戰鬥經驗的蕾拉。

「我在地下城和歐克領主交手過一次。只是當時是包含A級的人在內，由五支小隊參加的聯合任務。」

那是討伐地下城出現的歐克軍團的任務。

「妳有實際上與歐克領主短兵相接過嗎？」

「……沒有。我們主要的任務是解決周圍的歐克。不過我從遠處觀看過戰況，老實說不想與牠交手。」

與其說是有過交戰經驗，不如說只是曾經在戰鬥現場。

情況該不會相當絕望吧？

「憑妳現在的實力也沒辦法嗎？」

「……是的。」

看樣子比想像更加嚴重。我偷看蕾拉的側臉，雖然她在掩藏，隱約看得出一股悲壯感。

即使如此依然留在這裡，是為了拖住牠避免全滅嗎？她讓其他人逃到外面，或許一方面也是為了把歐克領主出現的情報送回去。

如果讓這種魔物跑出去，的確會造成很大的傷亡。

比預期中更棘手的強敵嗎？總覺得門檻又提高了。

「商量完了？那就來廝殺吧！」

牠露出利牙，一步一步慢慢拉近距離。

那是游刃有餘的行進嗎？明明只是在走路，卻絲毫看不到破綻。

面對逼近的洛伊德，我的視線不禁被牠的武器所吸引。那是一把長度比光的身高更長，寬度有三十公分的大劍。普通冒險者必須用雙手才拿得動，但牠卻單手握劍。

我切換想法，不把那個當作歐克，而是用與人類交手的心態來應對。

我衝上前朝牠砍去。當然不是老實的正面劈砍。加入幾個假動作與強弱變化揮劍。

洛伊德輕鬆閃過，簡直像在揮開微不足道的東西。

我本來應該和蕾拉聯手，但從她的樣子來看，不像是能夠立刻行動。那麼現在應該爭取時間，同時確認我的攻擊對牠有多少效果。

實際交手之後，發現刀劍碰撞反彈的力道很強，僅僅如此手臂便累積了不少疲勞。有種體力被奪走的錯覺。仔細一看，洛伊德依舊站在原地一動也沒動。

「無趣、無趣、無趣、無趣！」

洛伊德放聲大喊，開始反擊。

威力隨著每一擊逐漸上升。我的手在發麻，逐漸失去感覺。遭到攻擊時只能顧著防守，沒有機會可以攻擊。

我現在有牢牢地握住劍嗎？

就在這時，洛伊德高高舉起那把凶器揮落。

由於動作很大，使得我有餘地閃避。

瞬間放棄用劍接招，往後一躍。身體感受到風壓，不禁毛骨悚然。

砸下來的劍刺進地面，地面發出巨大聲響。

真的假的，力氣到底有多大啊。

而且把劍砸向地面，明明反作用力也會反饋到自己身上，牠卻絲毫沒有表現出來。實際上，確實也沒有任何感覺吧。

「一、一個人不是牠的對手，我也要戰鬥。」

儘管蕾拉振作起來對我開口，但她的聲音還在顫抖。

她比我更清楚對手的實力吧。她有過經驗，應該認為這是一場絕望的戰鬥吧。雖然實際上或許就是這樣。

儘管如此，蕾拉還是鼓起勇氣站在我身旁。看來她已下定決心。

由於在洛伊德面前，牠會從對話聽出作戰計畫，因此無法與她商量，不過有蕾拉在，讓我有了幾分餘裕。

那麼大概能使出獨自一人無法實行的招式。

我一邊這麼思考，一邊凝聚魔力準備魔法。

兩個人一起戰鬥，究竟能抵抗這頭怪物到什麼程度呢？

「我就陪你們玩玩。」

看到我們兩人到齊，洛伊德游刃有餘的表情也沒有變化。牠彷彿在說這樣更有樂趣一般，眼睛燦爛生輝。

先出手攻擊的人是蕾拉。她的揮劍速度比我還快嗎？不對，單論速度是我更快。因為她的動作洗鍊又沒有任何多餘，才會感覺很迅速。

或許洛伊德也感受到了，感覺變得比面對我時更加專注。

這就是經驗與熟練度的差距。

另外或許也有武器的問題。牠正在警惕嗎？這代表對於洛伊德而言，祕銀武器也有可能造成威脅嗎？

只是我也不能輸給她。

注意不造成阻礙，填補蕾拉攻擊之後轉到下一波攻擊前的空檔，砍向洛伊德。當然我在其他時機也會發動攻擊。一面留意避免攻擊節奏顯得單調，一面到處移動不讓洛伊德有機會出手。

「有意思。但是還不夠，遠遠不夠。」

因為很重要，所以要講兩次嗎？

當我想著這種蠢念頭時，洛伊德的揮劍速度突然加快。

如果速度被追上，對於威力遠遜於牠的我們不利。

原本依靠巧妙干擾攻擊的開端來防止攻擊，這個方式卻漸漸失效。

慢慢被攻勢壓倒的蕾拉，身體被打飛之後失去平衡。

我也揮劍防止追擊，卻被不當一回事地打飛。

洛伊德朝蕾拉舉起劍。

蕾拉用勉強的姿勢舉劍，試圖擋下那一劍。

為了拉近被打開的距離，我在落地的同時朝地面蹬了一下，砍向洛伊德。這不是什麼假動作，而是直接的突擊。

洛伊德對此有所反應，立刻改變身體方向，像要砍倒微不足道的東西般舉起劍，轉換成攻擊動作。

我中計了嗎？

照這樣下去會被砍成兩半嗎？

但是我在此時發射早已待命的「火焰箭」。

從極接近的距離對準牠的臉發動攻擊。

然而洛伊德巧妙地以劍身擋下魔法。

居然擋下了那一招嗎！但是我的攻擊並未停止，揮劍猛力砍過去。

劍技直接命中洛伊德的手臂，宛如敲打堅硬金屬的觸感傳到手中。

至於傷害……牠只流了一點血，感覺幾乎沒傷害？

不過或許是對受傷感到不快，至今都表現得游刃有餘的洛伊德，帶著情緒發動攻擊。

凌厲的一擊。面對揮落的大劍，我用有如撈擊的動作揮劍。

前所未有的沉重一擊。

照這樣下去會被壓垮。我咬緊牙關拚命忍耐。

忽然間，施加在手臂上的衝擊消失了。

我看到洛伊德面露驚訝之色往下看。

在牠的目光前方，祕銀之劍插進牠的腹部。不對，是蕾拉刺進去的。

她抓準對方情緒激動，瞬間露出的破綻展開突擊。

「混、帳、東、西～～」

洛伊德放聲咆哮。那不是什麼招式，而是憑藉蠻力用力一揮。

劍身砸中蕾拉的身軀。如果是劍刃，毫無疑問會造成致命傷。

幸好她在最後關頭鬆手放開了劍，自己主動往後跳。

然而洛伊德的臂力非同小可。可能是意識模糊，蕾拉的身體倒在地上翻滾了好幾圈，停下來時抬起的雙眼失去焦點。

也許是對未能殺死她感到憤怒，洛伊德為了補上最後一擊追向蕾拉。我用投擲小刀與劈砍嘗試絆住牠，對方卻以揮開蒼蠅的動作接下攻擊，沒有停下腳步。

豈止如此，我還被洛伊德隨手一揮的劍打開，距離拉得更開了。

蕾拉可能也明白這一點，拚了命地想站起來，但或許是身體不聽使喚，她雖用手支撐地面想起身，卻又再度倒下。

洛伊德見狀或許是想要讓蕾拉感到絕望，於是緩緩地走向她。就像要對羞辱自己的人烙印下恐怖的印記。

我看到這個模樣，放棄無用的攻擊跑過去。

靠近、靠近、再靠近。我們與蕾拉之間的距離正在縮短。

先來到蕾拉身邊的是洛伊德。牠俯望還站不起來的蕾拉，面目猙獰，像要刺激恐懼感一般緩緩地舉起劍。或許是想折磨她而非一擊殺死，牠用劍身朝著正面揮落。

我不顧一切撲了過去，抱著蕾拉跳躍逃離劍的攻擊範圍。

但是未能完全逃脫，劍尖擊中我的背。讓我以為全身會就此四分五裂的劇痛竄過身體。然而就算如此，因為那是劍身，所以沒有被砍傷。還有牠或許不打算一擊殺死她，多少節制了力道。真是走運。

想到在我懷中掙扎的蕾拉，不禁對洛伊德燃起熊熊的怒火。

那種凌虐行為不可原諒，那種貶低她的態度也不可原諒。

我同時也對自己感到憤怒。太天真了。面對強者竟然沒有使出全力。從道具箱裡拿出手槍。

自己本來就不是劍士。雖然用劍，其實絕大部分都是依靠技能。無論熟練度和經驗，都比不過專門用劍的專家。

自己算是萬能型，以變換各種手法趁虛而入來戰鬥，也可以說是樣樣通樣樣鬆。

我緊握手槍，眼睛注視洛伊德。現在最擔心子彈對那堅硬的皮膚是否有作用。如果真要射擊，應該瞄準眼睛與嘴巴嗎？因為有技能的命中補正，若要瞄準確實做得到，但是牠能以劍彈開魔法，直接射擊有可能會被對方閃避。

我也同時思考手槍不管用時的下一步，要連同魔法一起使用嗎？

此時，祕銀之劍瞬間進入視野。劍身有一半刺進洛伊德體內，現在仍然插在那裡。明明有機會拔掉，牠為什麼沒這麼做？

我運用平行思考，同時慢慢拉近距離。

洛伊德或許是恢復冷靜，沒有像先前一樣情緒化地發動攻擊。

真是棘手。我在保持警惕的同時，進一步拉近距離。

劍頂多是用來威嚇，並非用來攻擊。我想先開一槍確認子彈的效果。同時，第一槍因為是牠首次見到，可能會起作用，但是第二槍便依據效果而定，肯定會引起防備。

那樣的話，應該乾脆打從一開始就以殺死牠的氣勢來攻擊。

我猶豫不決，無法踏出攻擊那一步。

然而洛伊德似乎不打算再拖延。牠把我消極的攻擊判斷為在爭取時間嗎？正在我背後慢慢回復的蕾拉也是部分因素吧。

我閃避洛伊德的攻擊。留意不與牠正面交鋒。特別是現在單手拿劍，如果正面互砍，會因為力氣不敵而落敗。

我躲過牠往前踏出的一擊，瞬間露出破綻。

就在這時扣下手機的扳機。瞄準牠拿著武器的手及身體中央連續發射。兩發點放射擊。

第一發被武器彈開，但是第二發命中了。

儘管未能貫穿身體，洛伊德的表情卻因為疼痛而扭曲。

子彈刺破表皮，好像卡在體內。不知道是牠的肌肉比皮膚更堅硬，還是衝擊力受到抵消而停下。光是知道能造成損傷便有所收穫。

洛伊德這時第一次往後退，拉開距離。

「那是什麼啊……」

看來這個果然不存在這個世界，或許是很罕見的武器。

既然不知道有多少異世界人被召喚到這個世界，可能有人曾經告訴他們。不對，認為魔物有人類的知識本來就很奇怪。因為會說話讓我誤會了嗎？

但是……看到那副模樣，我再次思考。

為什麼洛伊德不拔掉刺在身上的劍？為了避免拔掉後落入對手手中嗎？還是為了避免拔劍後的出血呢？這樣看起來很詭異，令人感到異常。雖然牠看起來並不在意。

「問了有什麼用？你會死在這裡。」

我展示手槍放聲挑釁。

洛伊德不甘心地咬牙切齒。不對，牠是在防備打傷自己的武器。

「好了，做個了結吧。」

我發出聲音，將牠的注意力吸引過來。

目標很簡單——要如何讓子彈命中。其實想拉開距離攻擊，這明明是遠距離攻擊用武器，我卻不知為何還在接近後扣下扳機。只是當然不會靠近到不小心進入洛伊德的攻擊範圍。

而且即便第四代的這把手槍耐用度有所提升，使用過度的話還是有可能會壞。至於剩下的子彈，還有備用彈匣應該還夠用。

我一點一點糾纏地開槍後又後退。倘若洛伊德後退，我就靠近攻擊。儘管中彈數逐漸增加，但洛伊德沒有倒下。如果換成是人類早已倒下了吧。牠以本能躲避會造成致命傷的攻擊也是一大原因。只是既然傷口正在流血，就這樣拖成持久戰應該會是我們占優勢。

之所以採取這種手段，是因為我從近距離瞄準頭部的射擊被牠躲開了。投擲・射擊類的技能似乎並未生效。

只是導致作戰計畫蒙上陰影的現象發生了，牠的傷口正在癒合？

隨著時間經過，洛伊德停止出血。不止如此，感覺槍傷也開始癒合。牠像我一樣擁有提升自然回復能力類的技能嗎？還是種族特性呢？

那麼牠明明可以拔掉祕銀之劍，卻完全沒有要這麼做的跡象。

我明白一件事，那就是自己的目標中途受挫了。這樣下去無法期望牠由於出血而停止活動。那麼果然只能殺掉牠。

我射光子彈，換個彈匣。

第四代手槍首度加上的功能——全自動射擊系統。使用之後手槍肯定會壞，但破壞力不是單發射擊時所能比擬的。

我下定決心奔向洛伊德。

牠揮劍迎擊，不過我開了一槍干擾攻擊。

接近之後以兩發點放射擊彈開牠拿武器的手，並發射火焰箭作為牽制。

這波攻擊導致牠失去平衡，我沒有錯過那個瞬間，採取全自動射擊發射子彈。瞄準胸部中央，推測魔石所在的位置。

連續的槍聲在洞窟裡刺耳迴盪。

子彈貫穿胸口，把洛伊德的身體往後推。

但是洛伊德察覺我的目的，立刻採取防禦姿態。

牠彈開的手迅速伸了回來，把劍身當作盾牌。

我一度想停止射擊，不過依然繼續開火。從手上傳來的高溫讓我察覺如果現在停止，手槍就再也無法發射了。

子彈打在劍上，劍身龜裂破碎。

劍斷成兩截，露出後面的胸膛。

然而我的攻擊也在這時停止。

子彈耗盡，槍身也發生故障。沒有炸膛就算是幸運了嗎？

眼見攻擊停止，洛伊德發出摻雜歡喜與憤怒的吶喊，舉起剩下半截的劍。

牠在準備揮落時，便以高舉手臂的狀態停住了。

我在空間魔法升級後學會的結界魔法製造的護盾，阻礙了手臂的動作。

洛伊德感到混亂，大力掙扎著想挪動動彈不得的手臂。

力氣大得驚人。護盾可能無法支撐太久。

不過瞬間的阻礙讓我得以踏出一步。

我的目標是祕銀之劍，將為了計畫失敗時構想的第二方案付諸實行。

握住那把劍，同時灌注魔力。

魔力注入祕銀之劍後，我成功把先前在洛伊德行動時文風不動的祕銀之劍插進牠的體內，毫無抵抗地刺了進去。

洛伊德發出叫喊，掙扎得更加厲害。

結界發出清脆的聲響破碎。

洛伊德表情扭曲地揮下手臂。

這下躲不過了。

於是前進半步，身體緊貼洛伊德。

會受到傷害也沒辦法。為了把傷害抑制在最低限度，我逼近到手臂難以移動的距離。而且靠得這麼近，就無法用劍攻擊吧。

雖然實際上還是感受到疼痛，不過那是拳頭的毆打。而且由於距離極近，似乎並未發揮原本的威力。但還是很痛就是了。

我試圖帶著魔力將那把劍橫掃，但卻做不到。劍稍微移動了一點，就傳來撞到堅硬物體的感覺，然後一動也不動。

再這樣下去無法打倒洛伊德。

該怎麼做呢？正當我苦惱之際，想起生活魔法的點火。

我讓流動的魔力產生變化。

歐克皮膚堅硬，肌肉也很堅硬，無論打擊或斬擊都效果不佳。

所以我想到了。

把魔力變化為火屬性。

「燃燒殆盡吧。」

意象是烤整頭歐克。

或許是想像這種事的關係，腦中瞬間浮現光一臉責怪的表情。

火焰宛如從內部開始燃燒般灌注進去。

洛伊德的反抗變得更加激烈。

那與其說是攻擊，更像是痛到在打滾掙扎。

揮舞的手臂打中我的身體。

揮舞的手臂打中我的頭。

衝擊竄過全身，腦袋遭到撼動，幾乎失去意識。

我猶豫著要不要使用護盾來迴避疼痛，但是立刻放棄那個想法。

咬緊牙關，注入魔力。

這是耐力的對決。

打擊消耗ＨＰ，魔力消耗ＭＰ。

我知道ＭＰ就像遭到吸取一般逐漸減少，同時感覺身體逐漸脫力。

這種倦怠感，或許ＭＰ已經耗盡。

在那個瞬間，體內有某種東西沸騰起來。

感覺魔力強制排出體外，接著感到被某種神聖的事物包圍。

洛伊德的動作似乎慢慢變得遲鈍，但還是感受得到遭到毆打的衝擊。

自己逐漸失去感覺。

意識逐漸沉入黑暗之中。

在身體失去支撐倒下的感覺之後，我的意識澈底中斷。

◇◇◇

我感到一股飄浮感，意識逐漸甦醒。

睜開眼睛，眼前就是蕾拉的臉龐。

她收斂氣勢的眼神，以擔心的模樣看著我。

我們目光交會。

蕾拉的臉蛋突然像著火似的變得通紅。

怎麼回事？如此心想的我感覺後腦杓傳來柔軟的觸感。這個姿勢該不會是……

可能是在作夢。享受一下吧。

我閉上眼睛，放鬆身體。

她搖晃我的身體，硬是叫醒我。

「你還好嗎？」

她開口問道。或許是在擔心我，語氣顯得很不安。

既然這不是夢，我不會做蠢事。

「嗯，後來情況怎麼樣了？」

我老實地想坐起身，一陣疼痛竄過身體。

查看狀態值，ＨＰ降到危險區，ＭＰ不知為何大幅回復，ＳＰ也減少很多。

不過靠著提升自然回復的效果，看來正在緩緩回復中。

「我打倒了歐克領主。」

蕾拉的表情扭曲。這才發現她的雙手手掌都燒傷了。

「妳的手……」

「這是榮譽的負傷。」

我鑑定蕾拉，她的等級升了10級。

這表示是她補上最後一擊嗎？燒傷則是因為用了祕銀之劍。

聽聞自己失去意識後發生的事，看來正如我所料，是她結束了洛伊德的生命。從不知是否還有意識的洛伊德身上拔出劍，砍下牠的頭顱。

「另、另外我很驚訝，因為你戴著面具，我以為臉上有傷，但、但是那個……很好看。」

她在說什麼？雖然我覺得那副略帶羞澀開口的模樣很可愛。

嗯？面具？

我伸手一摸，沒有東西，面具掉了。是在洛伊德揍我時掉的嗎！

「還、還有那個散發白色光輝的火焰是什麼？突然從紅色變成白色，感覺非常神聖！」

白色的火焰？神聖的感覺？她在說什麼？

「當時我的意識不太清楚，所以不知道蕾拉說的白色火焰是什麼。另外，因為黑髮黑眸似乎很顯眼，如果妳能幫我保守祕密，我會很感謝的。」

想不到什麼好藉口，便如此說道。

「或許的確是這樣沒錯。啊，不過小光的頭髮和眼睛也跟你相同，這代表你們是兄妹嗎？那麼一來，我、我也可以理解你們會抱在一起了。」

髮色。這麼說來，光也是黑眼睛呢。嗯？

我忽然發覺，在至今遇見的人當中，在受到召喚的同鄉之外，除了光不曾遇過黑髮黑眸的人。這是難道巧合嗎？

「我們不是兄妹。只是出於某些緣故由我收留罷了。關於面具……可以的話，希望妳不要追問詳情，我會很感謝的。」

道謝之後起身，發現面具掉落在洛伊德旁邊。

接著看見牠的頭顱也滾落一旁。

臉被火燒過，表情猙獰。直視會讓人感到不適。

我撿起面具戴上。沒有「安心多了～」的感覺呢。

祕銀之劍也掉在地上，靠近之後感受得到熱度。

我拿起劍，心想自己也會燒傷嗎？結果只是稍微感覺到熱度，沒有燒傷。因為這是我自己的魔法嗎？

然而保持這種狀態蕾拉便無法使用。我想像冷卻高溫的意象，注入魔力。

這樣子就沒問題了吧。試著鑑定一看，訊息變成【祕銀之劍Ｌｖ２】。

Ｌｖ２？嗯……當作沒看到吧。

「不可以逞強喔。說真的，你一開始悽慘到我還以為已經死了。」

「這樣嗎？那是妳照顧了我啊。」

她的臉頰又泛起紅暈，怎麼了嗎？

「我不要緊。啊，話說妳沒有藥水了嗎？」

「是的，已經用完了。」

藥水的庫存……還有五瓶，但只剩下低品質的成品。

總之拿出一瓶灑在她手上，勉強治好燒傷。

「感覺怎麼樣？」

「沒、沒問題。謝謝。」

我把祕銀之劍交給蕾拉。

她提心吊膽地接下劍。應該是想起之前的燒傷吧。

「然後關於這頭歐克，要怎麼處置？」

「怎麼處置的意思是？」

「不帶回去嗎？」

「空的道具袋還裝得下嗎？我的小袋子型道具袋已經交給約兒保管了。」

「我的還裝得下喔。」

我走過去把屍體收進道具袋……實際上是道具箱。光應該會很高興，但得確實做好分配才行。因為歐克肉好像可以賣出不錯的價格。

裡面總共收納了二十一頭歐克，不過還裝得下。包括藥水類在內的各種物質庫存減少也是一大原因。

『希耶爾，妳沒事吧？』

在回收歐克屍體的時候，我才發現希耶爾不在。

戰鬥結束後，感覺她會馬上衝向我，但卻不如我所料。重新環顧周遭，到處都沒有希耶爾的蹤影。

「那麼我們也回去吧。我擔心小凱西她們。」

「等等，我想姑且查看一下裡面。」

我指向歐克領主現身的洞窟深處。雖然也很在意希耶爾，首先要先處理這邊。

而且若是希耶爾，最起碼可以肯定在追溯締結契約的聯繫後回到我身邊。

忽然間，腦中浮現締結契約時的事情。

我會得救，該不會是多虧希耶爾吧？她因此耗盡力量，無法維持形體了嗎？

一旦開始思考，想法就會變得負面，但是話已說出口，我決定優先查看洞窟深處。

雖然反應微弱，察覺氣息感覺得到兩個人的反應。

「你說得對，她們說過還有兩個人。」

我和蕾拉並肩往裡面走。

只是沉默地前進。

感覺好尷尬。

我本來就不算擅長說話。

蕾拉也顯得心神不寧。她想要找我說話，卻又立刻放棄閉上嘴巴。感覺舉動十分可疑。

這股難以言喻的氣氛，一直持續到抵達終點的房間為止。

不對，是在抵達的瞬間，那種氣氛便一掃而空。

那裡是一片染上殷紅血花的異樣景象。

我倒抽一口氣。

說不出話來。

「妳、妳們還好嗎？」

首先回神的人是蕾拉。

我聽到她的聲音後也回過神來，跟了上去。

那裡有兩名臉色蒼白，連呼吸都很吃力的少女。

希耶爾就在她們身旁。她在兩人之間緊閉雙眼，身體顫抖。感覺希耶爾的身體在微微發光？

『希耶爾……』

我不由得呢喃出聲，希耶爾發現我以後，便連忙飛過來，像在催促般繞到背後做出推我的動作。

從那個行動可以感受到希耶爾正在叫我想辦法救人。

近距離一看，她們渾身是血的模樣令人痛心。歷經暴行後，一名少女的眼睛失明了。

靠近她們的蕾拉見狀之後停下腳步，伸出的手停在空中。

「蕾拉，讓開一點。」

我從道具箱裡拿出藥水灑上去，然而幾乎沒有效果。雖然部分傷口痊癒了，但都是小傷，她們的狀態沒有變化。

【名字「芙蕾德麗卡」 職業「村民」 Lv「2」 種族「人類」 狀態「衰弱．危險」】

藥水還剩兩瓶。因為品質和剛才使用的藥水沒有差異，就算使用也不會改變什麼吧。

希耶爾露出悲傷的表情。她的眼神看著我，彷彿在說：「不能為她們做點什麼嗎？」

然而不管我在道具箱裡再怎麼找，也沒有更多藥水了，就算想製作新的，也缺少藥草。我心想已經無計可施，正要這麼告訴希耶爾時，突然想起一件事。

還剩下唯一一個方法。

諷刺的是由於使用魔法的人不多，魔力藥水還有剩。

我一口氣喝下藥水，ＭＰ完全回復。

「治癒。」

隨著我詠唱治癒魔法，芙蕾德麗卡的傷口逐漸癒合。但是只施法一次無法讓她完全回復。或許是等級低的關係，魔法效果薄弱。

我也向另一個少女施放治癒，輪流回復她們。

之後又喝了兩瓶魔力藥水，這才成功治癒她們身上的傷口。然而使用鑑定後得知事情還沒有結束。實際上，她們並未恢復意識。

【名字「芙蕾德麗卡」　職業「村民」　Lv「2」　種族「人類」　狀態「貧血．危險」】

看來是血液不足。

如果散落在這個房間裡的鮮血全都來自於她們，那的確是大量失血。

治癒可以治療傷口，卻沒辦法回復失去的血液。

這下怎麼辦？

我看向蕾拉，她握住少女們的手，祈禱似的流著淚。

她們的呼吸不穩定，慢慢變得愈來愈弱。

我……

…………

…………………

…………………

……我打開鍊金術的清單。

搜尋項目，尋找。找到了！

從道具箱裡拿出兩具歐克的屍體。

我突然的舉動讓蕾拉很驚訝。她想說些什麼，但我加以忽略並加快動作。

剖開屍體，取出魔石。

材料是魔石、血，還有藥水。藥水的品質不佳，不過歐克的魔石品質還算高，應該沒問題吧。再來雖然想過血型之類的問題，但這是萬能造血劑，應該不用在意吧。本來就不知道這個世界的人的血型。

我在魔石上滴了幾滴自己的血，灌注魔力與藥水合成。

「餵給她喝吧。」

我拿了一瓶遞給蕾拉，然後抱起芙蕾德麗卡，把瓶口湊到她的嘴邊倒進去。一邊留意不讓她嗆到，一邊慢慢地餵給她喝。

當瓶內的造血劑剩不到一半時，少女的臉上恢復血色。

途中不時停頓，設法讓她全部喝下去。蕾拉那邊好像也餵完了。

再次使用鑑定確認——

【名字「芙蕾德麗卡」　職業「村民」　Lv「2」　種族「人類」　狀態「——」】

資訊變成這樣。這麼一來她們應該保住了一命。

「剛、剛才那個是什麼！」

喂喂，她們現在可是正在平靜休息喔？要保持安靜才行。

「妳說的什麼是指？」

「呃……就是你製作類似藥水的東西的方法。還有魔法也是。會用風魔法與土魔法，甚至還會神聖魔法！你到底是何方神聖！」

「……我只是個旅行商人。魔法是出於種種緣故，為了保護自己使用捲軸學會的……更重要的是快點離開這裡吧。我也擔心光她們。」

為了閃避蕾拉的問題，我改變話題。被人過度追問自己的事情並不是一件好事。

「對、對呀！分頭行動中的歐克也令人在意。」

或許是聽我這麼一說才回想起來，蕾菈不禁感到慌張。看來成功轉移了她的注意力。

「總之帶她們到外面去吧。有可能叫醒她們嗎？」

「睡得很熟，沒有辦法。」

「那麼我們揹她們走吧。雖然想慢慢休息，但外出的歐克如果回來了也很麻煩。」

蕾拉點頭同意我的說法，於是我們各揹起一個人走出洞窟。

我查看ＭＡＰ，沒有歐克的蹤影，光她們好像也平安無事。

「空能堵住這個洞穴嗎？」

這也是為了破壞歐克們的歸處，而且魔物好像有棲息在洞窟內的習性，放置不管很危險。

我使用土魔法摧毀洞窟入口，做得很澈底，避免入口再被挖掘出來。

然後我們朝著村莊前進，感覺大約走了一小時左右。

「妳還好嗎？」

「我、我沒事。」

一點也不像沒事的樣子呢。

雖然受過訓練，揹著一個人應該很耗體力。而且森林的環境難以行走，塔莉亞她們也不在，當然也有戰鬥的影響。

蕾拉看起來隨時對周遭保持警惕。儘管我用了探索魔法告訴她不用擔心，但還是會感到不安吧。

「今天就走到這裡為止吧。蕾拉也累了吧？如果妳現在逞強導致累倒，那我也很傷腦筋。」

我用土魔法整平地面後，接著準備露營。

蕾拉露出傻眼的表情，但我沒有理會。

鋪好床單讓少女們躺在上面。順便把湯鍋架在火上，煮起簡單的湯。說是烹煮，由於預先做好了準備，只是加熱而已。

「吃一點吧。然後睡一覺再繼續走。」

「我知道了。不過守夜必須輪流才行。」

大概是體力到達了極限吧，蕾拉坦率地聽從我的指示。不過她似乎擔心在森林裡露營會遭到魔物襲擊。

「我有驅除魔物的道具，就用那個吧。總之現在先休息。」

老實說，我戰鬥後的疲憊也尚未完全恢復。畢竟也流了不少血。既想攝取營養，也想休息為明天做準備。走路時明明不要緊，休息時卻覺得更加疲倦……

考慮到我可能睡著的情況，這次也讓平行思考發揮作用吧。

只是在那之前，我朝ＭＡＰ注入魔力，擴大顯示範圍。喔，看到歐克的蹤影了。牠們移動到比方才查看時更接近馬車的位置。雖然尚未接觸，看來牠們打算在今晚發動襲擊。

光一行人目前停止不動。由於同行人數很多，前進的速度果然快不起來吧。

在我想著這些事時，聽見睡著的呼吸聲傳來。

可能是連續面臨緊張狀態的關係，蕾拉似乎也在鬆了一口氣之後湧現睡意。

確認大家都入睡後，我把料理盛在盤子上。本來還在想她們聞到氣味會不會醒來，但是看樣子沒問題。

希耶爾也在東張西望查看周遭狀況，然後以跳水的動作一頭撲向盤子。她的肚子這麼餓嗎？我如此心想，又想起來精靈是不會餓的。

我半是無言地望著那副模樣，但是看到希耶爾滿足的表情，忍不住露出微笑。

在休息之前，先查看一下技能吧。

已習得技能

【鑑定ＬｖＭＡＸ】【阻礙鑑定Ｌｖ３】【身體強化Ｌｖ９】【魔力操作ＬｖＭＡＸ】【生活魔法Ｌｖ９】【察覺氣息ＬｖＭＡＸ】【劍術Ｌｖ９】【空間魔法Ｌｖ８】【平行思考Ｌｖ７】【提升自然回復Ｌｖ８】【遮蔽氣息Ｌｖ５】【鍊金術Ｌｖ８】【烹飪Ｌｖ８】【投擲・射擊Ｌｖ６】【火魔法Ｌｖ５】【水魔法Ｌｖ４】【心電感應Ｌｖ６】【夜視Ｌｖ７】【劍技Ｌｖ３】【異常狀態抗性Ｌｖ４】【土魔法Ｌｖ４】【風魔法Ｌｖ２】【偽裝Ｌｖ３】

高階技能
【人物鑑定Lv5】【察覺魔力Lv4】
契約技能
【神聖魔法Lv3】

魔力操作已升至LvMAX。因為最近這陣子用魔法的機會很多。我心想會不會出現高階技能，但是沒有看到。有點可惜。

其他各項技能也升級了，其中最明顯的是神聖魔法。我的確連續使用治癒，技能一口氣連升兩級。升級沒有壞處，所以這是無妨。

在那之後，我一邊等待蕾拉醒來，自己也稍微休息一會兒。如果醒來時看到有陌生的男人，她們應該會很驚訝，所以決定在離芙蕾德麗卡她們略遠的位置裹著墊布睡覺。

◇蕾拉視角

他是何方神聖呢？

我至今為止雖然見過形形色色的人物，但還是第一次碰到這麼多才多藝的人。

他明顯不希望別人提及，所以沒有過問……

我的確也有隱瞞的事情，那是不需要說出來的事。每個人都有一、兩個祕密。

只是為何會如此在意呢？

我看著裹著墊布睡覺的空，回憶起至今發生的事。

他在坦斯村用過我在學園裡不曾學過的魔法，還在洞窟內運用風魔法施展探索魔法。他好像是靠自己學會魔法的，但是那有可能做到嗎？

而且不只魔法，他連劍也用得很好。在我所知道的商人中，沒有人能戰鬥到這種地步。說他是冒險者反倒更能夠接受。

與歐克領主那一戰也是如此。我明明無法立刻行動，空卻可以。

還使用了我從未見過的武器。他告訴我那是他的傳家寶魔道具。只是在這次用壞了。記得圓筒？的前端破裂了。

還有最後的那個是什麼？空手中的祕銀之劍噴出火焰。

而且一開始是赤紅的火焰轉變為白色。白色的火焰？當時的我心想，那道火焰給我一種神聖的感覺。

最後空與歐克領主雙雙倒下，我設法對還活著的領主補上最後一擊。握住劍柄時，疼痛讓我差點忍不住發出慘叫。

倒地的空精疲力竭，我連忙使用回復藥水，他卻依然顯得痛苦。接著我使用了魔力藥水……那個，那算是不可抗力。不算數，是治療行為。

即便魔力藥水與回復藥水不同，必須直接攝取到體內，因為他不肯喝下還把藥水吐出來，所以我才會用嘴餵。回想起來就覺得身體發熱，所以不去想了。

在那之後，空也繼續打破我的常識。

他使用神聖魔法治癒治療重傷的她們，然後又用了另一種魔法……我認為是鍊金術。

你到底是何方神聖？我想這麼問他。

「唉，不行呢。」

我明明必須想著小塔莉亞還有小約兒她們，腦中浮現的卻全是空。

我到底是怎麼了……呢？

◇約兒視角

天亮了。我們平安無事地迎接清晨。

依照露露的說法，歐克正在找尋那些逃離的人，我想應該不會有事。

根據姊姊的考察，從中午到黃昏之間才是最需要注意的時段。

我與已經醒來的特麗莎一起準備早餐。

如果交給男人們做飯，不知會做出什麼食物。因此我們會帶頭下廚。雖然主要做菜的是特麗莎，不過我是幫手。村子的婦女們也會幫忙，所以很輕鬆。

吃完早餐後，輪班戒備的人以及補強旅館牆壁的人分頭展開作業。更重要的是要採取適度的休息。

大家在B級冒險者羅克先生的指示下俐落行動。沒有人出聲抱怨。或許是因為進行作業能夠忘掉不安。

其實折返回到前一個城鎮可能比較安全，但是他們去救援被抓走的人，我們不能這麼做。依照姊姊的性格，沒有不去救人這個選擇。雖然公共馬車的乘客中有人反對、有人主張應該返回城鎮，姊姊和羅克先生還是決定留下來，他們似乎只能接受。

儘管如此，一開始還是有人抱怨，但羅克先生用冷淡的一句「那你們自己回去吧」令他們陷入沉默。

今天晴朗無雲，天氣很好，只有敲打木頭的聲音響起。一派和平。

心想要是就這樣什麼也沒發生就好了。

這份淡淡的期待在中午前被打破。

擔任斥候的愛爾克先生高聲大喊。

羅克先生的小隊成員之一，吉尼先生奔向哨塔。

我停止準備午餐，走到二樓從窗戶往外看。

那是塵土嗎？定睛望去，馬車正在往這邊駛來。

馬車貨架的車篷破破爛爛。啊，馬車停下來了。

貨架傾斜。仔細一看，馬車的車輪壞了。

人們一個接一個從貨架下車，拔腿狂奔。

啊，有人雙腿打結摔倒了。然而沒有人想伸出援手。

他們筆直地朝村莊奔來。

跑到旅館前方，似乎對眼前的牆壁感到吃驚。

我聽見慘叫聲。

看向聲音傳來的方向，先前摔倒的人還在原地。

他在看著何處呢？沿著他的視線看去，有個黑影。

那個影子緩緩變大，是歐克。

先前逃跑的人們也發現了，慌張起來。

該怎麼做才好呢？

我應該呼喚他們嗎？

如果歐克繼續追逐那些人，我們說不定可以安全度過這關。

我不知道該怎麼做才好。

旅館內鴉雀無聲。

可能是大家都屏住呼吸，沒有聽見任何聲響。

一個人朝著村子外面跑過去。

剩下的人也跟著跑去。

就在他們即將跑出村莊時，有人發現了這裡。

他們改變路線，再度跑向這邊。

仰望四面被牆環繞的建築物，來到唯一的出入口敲打著門。

沉悶的敲門聲響起。

我能聽見大喊著什麼的聲音。

羅克先生站在腳踏台上與另一邊的人交談。

可以聽見咒罵聲傳來。

這在某種意義來說很驚人。

他們理解自己現在的處境嗎？

羅克先生呼喚艾薩克先生與吉尼先生。

兩個人奔向他。

看樣子他們打算開門。

大門打開之後，那些人爭先恐後地逃進來。我明白他們很急，但還是不禁覺得很醜陋。其中甚至有人咒罵：「為什麼不早點放我們進來！」

等到所有人進來後，他們關上大門。

人數共有十五人。

艾薩克先生與吉尼先生抓住其中兩人。

好像是出聲咒罵的兩個人。他們還在反抗。

啊，動手揍人了。那聲悶響連這邊都聽得見。

羅克先生說著些什麼。

大家都用嚴肅的態度聽他說話。

吉尼先生扔下被綑綁起來的兩人，帶著其餘十三人進入建築物。

我聽見吶喊聲。

那個聲音令我想起歐克。

一看之下，牠們正在毆打倒地的人。是圍毆。

等到歐克停手時，遭到毆打的人一動也不動。

看到那一幕的我感到恐懼。難以言喻的不安掌控身體。

為什麼呢？明明在地下城和歐克戰鬥過許多次。

我應該有能力戰鬥。就算這麼說服自己，也無法消除不安。

為什麼呢？我詢問自己。

……沒錯。因為姊姊不在。這裡沒有以前陪我一起戰鬥的同伴。

因此很不安。

為什麼我沒有跟著姊姊走呢？

我知道。姊姊擔心留在此處的人們。

由於羅克先生他們不會魔法，她把我留在這裡。

由於擔心可能會出現傷患，她還留下了特麗莎。
我只能相信姊姊她們會回來。
在她們回來之前，必須死守此地。
我如此說服自己。
「火焰箭。」
我對準正往這邊過來的歐克施放魔法。

◇露露視角

「怎麼了嗎？」
在即將穿越森林的時候，小光停下腳步。
「我聽見某個聲音。」
我什麼也沒聽見，看向塔莉亞，她也搖搖頭。
不過不覺得小光會說沒有意義的話。
我告訴凱西，自己要使用同調。
然後閉上眼睛尋找。如果有鳥類會很有幫助，不知道有沒有呢。
……找到了。

我配合鳥的意識，在下個瞬間看見鳥眼中的景色。

進一步深入同調意識，接管鳥的意識。

這樣我就可以用自己的意志操縱鳥移動。

這個同調技能的問題，是在使用時自己會變得毫無防備，以及同調對象與我離得愈遠，魔力的消耗就會愈大。特別是超過技能有效距離後，魔力的消耗量會大幅增加。等到魔力耗盡就會強制解除，反作用力將導致自己身體狀況變糟。

我讓鳥飛向村莊所在的方向。

漸漸聽到吵雜的聲音。

那是……歐克。他們正在與歐克戰鬥，數量有五頭。

約兒努力用魔法攻擊，卻不足以打倒歐克。

羅克先生他們好像也以防衛為優先，沒有勉強試圖打倒歐克。

他們或許認為只要趕走歐克就行了。

仔細看了旅館的院子，那些商人就在那裡。

這讓我察覺到一切。看來他們逃向這邊，因此引來了歐克。

不過再這樣下去，我們也不能靠近他們。

如果只有我們四人雖然辦得到，但和村中婦女同行就難以這麼做。

我調查附近是否還有歐克。

在距離村子很近的地方還有一群。

我查看大道前方。

可以看見馬車的殘骸，一旁散落著曾經是人類的殘渣。

不禁感覺想吐，但是要忍耐。我設法按捺住了。

比起放在馬車上的糧食，牠們似乎更優先吃人。

或許必須趕緊和他們會合才行。

我結束同調。

「情況怎麼樣？」

塔莉亞詢問我，聲音聽起來很擔心。

「他們遭到襲擊了。數量目前是五頭。我想應該不會馬上被攻陷，但再拖延下去就不確定了。因為還有另一個十五頭的群體正在接近。」

雖然現在還好，如果歐克數量繼續增加，他們可能會堅持不住。

那間旅館裡有很多普通人，可能會因為某些狀況就情緒失控。

「我過去。」

小光自告奮勇。

我贊成有人前去救援，但是不要緊嗎？

「我也一起去，凱西和露露留在這裡。如果歐克來了就保護她們。」

我對塔莉亞的發言提出異議。

「凱西也去吧，這裡由我來保護。我認為別花太多時間比較好。」

凱西苦惱了一會兒，還是接受了我的意見。

雖然責任重大，只要運用弓與劍應該能夠應付。

「打倒歐克後請發出信號。」

「我們其中一個人會過來通知。狼煙會太過顯眼，最好不要用。」

的確，如果前往坦斯村的人看見狼煙，認為發生狀況而折返也很傷腦筋。

三人檢查裝備後，一起跑了出去。

好快。我對速度也算有自信，卻比不過她們兩人。

……凱西加油吧。

「希望姊姊能追上我們就好了。」

聽到我漫無對象地喃喃自語，先前在旁邊關注的人們擔心地看過來。

不禁祈禱他們順利逃脫。

有可能是空先生的魔法讓入口崩塌的嗎？

至少，那的確是不該正面交手的魔物。

歐克領主，號稱「災厄的魔物」之一的魔物。我在地下城遇到過一次，看到那場戰鬥，我畏縮不已。

當時三支A級冒險者小隊聯手才終於打倒牠。即便無人戰死，還是有許多人身受重傷。光是回想起來，當時的恐懼便復甦了。

我擺脫不安的心情，拿著弓望著村莊方向。

做好歐克隨時過來也能應對的準備。

究竟經過了多久呢？

從森林的方向感受到氣息。

雖然偵察能力不如塔莉亞，我也能感應氣息。

「那是……姊姊！」

撥開樹木現身的人是蕾菈姊姊。

在她身後是兩名少女，然後是空先生。

「太好了。看來大家都平安無事。」

姊姊面帶笑容。

那是一如往常的笑容。

她為此感到欣喜。

不過那是我要說的台詞。

姊姊平安無事，真是太好了。

但是那兩位少女是怎麼回事呢？

「姊姊，這兩人是……」

我正要發問，我們救出的其中一名女子便跑過去緊緊擁抱少女。

她眼眶泛淚，就像再也不會放手般緊緊抱住她。壓低聲音哭泣。

「我們發現她們還在洞窟深處。雖然情況危急，她們還是成功恢復意識。」

看到那副模樣，姊姊也很高興。

沒想到洞窟深處還有被綁架的人，我都沒有注意到。

不，記得在逃離洞窟時，好像有人說過裡面還有人。

「姊姊，歐克領主怎麼樣了？」

他們果然是逃出來的嗎？

「妳放心吧，我們成功打倒牠了。」

咦，她剛剛說什麼？

是我聽錯了嗎？打倒？

我看向姊姊，然後看向空先生。

不明白發生了什麼事。

想問的問題變多了。

「沒有看見小塔莉亞她們，怎麼了嗎？」

姊姊反過來問我。

這個時候，一個身影掠過眼前。

「主人，歡迎回來。」

小光以極快的速度衝過去撲向空先生。

◇◇◇

正當我們和先前逃走的村民們會合時，我看到光從村子那邊以驚人之勢衝過來。

光看也不看旁邊一眼便跑過來一把抱住我。她緊緊擁抱我，身上傳來血腥味。

「妳、妳去打歐克了嗎？」

「嗯，主人。我打倒了。」

「這樣啊。幹得好。」

我摸摸光的頭，她瞇起眼睛露出還有些僵硬的喜悅表情。

從MAP得知村莊遭到歐克襲擊就連忙趕來，但看樣子戰鬥已經結束了。

「禁止擁抱。比起這個，希望妳說明詳細情況。」

蕾拉把光從我身邊拉開之後問道。

「歐克攻擊村子。我去除掉他們。」

光抬頭挺胸如此宣言。

「周遭已經沒有歐克了嗎？」

「嗯，沒有。」

「那我們過去村子吧。等到會合之後再來討論接下來怎麼做。」

雖然兩名少女得馬不停蹄持續走路，不過就快到了，要請她們忍耐一下。

其他人也很關心並且伸出援手，看來不會有問題。

我們聚集在一起行動。帶頭的是蕾拉等人，我和光負責殿後。

光有點高興地走在我身旁。她看起來有很多話想說，但還是察言觀色地忍住了。她成長了呢。希耶爾也對光平安無事感到高興，忙著在她周遭飛來飛去。

我們在日落前抵達村莊。

前往旅館途中，我在環繞旅館的屏障上看到有所傷痕，看樣子並未損壞。

正面的大門最為嚴重，清晰地殘留著攻擊的痕跡。

雖然有灌注魔力增加強度，但門的材質是木材，這也是無可奈何。

「姊姊，妳平安無事嗎？」

「小塔莉亞！我沒事。讓妳擔心了。」

「嗯，平安就好。我這就開門，等我一下。」

穿越大門後，眼熟的旅館就在那裡。兩個被綑綁的人躺在地上。其中一個人衣衫破爛，卻穿著高級的服裝……他是恩里克嗎？因為臉上沾滿泥巴，一瞬間認不出來。

「羅克先生，我們回來了。這邊也平安無事，真是萬幸。」

「嗯，看來你們也達成目的了。晚點告訴我詳情吧。唉，我們這邊是因為有小姐她們從背後襲擊歐克，所以得救了。」

在旅館裡重逢的村民們高興地互相擁抱。他們有的是情侶、有的是夫妻、有的是兄妹。那裡當然並非只有喜悅，也有悲傷的淚水。儘管如此，大家仍然感謝活下來的事實，喜極而泣。

我們決定到外面談話，把分配房間的事交給他們，讓婦女們可以好好休息。

「先從我們這邊說起吧。來襲的歐克有二十頭，其中有一頭歐克將軍。這也是因為有小姐她們的協助，我們才能打倒牠們。」

先前收拾掉的歐克正在放血。看來有助於減輕糧食缺乏的狀況。

「當時這些傢伙大約有十五個人逃進村子。躺在那邊的兩個人是用來殺雞儆猴。也可以說是無法理解狀況的蠢蛋。」

聽說他們擺出高高在上的態度放聲呼救。真是無可救藥。

「要怎麼做？他們很礙事，我認為在這裡處理掉也可以。」

他似乎是故意用對方聽得見的音量說話。兩人聞言臉色蒼白。

「我反對這麼做。」

光提出異議，兩人的臉上亮起希望之色。

「把那個當成誘餌就行了。」

「妳是指發生什麼狀況時充當誘餌嗎？」

「沒錯。」

雖然馬上就變得絕望。不過我用ＭＡＰ確認過，知道來自羅耶方向的馬車正在接近這裡，撐到馬車抵達就行了。從距離來看，很有可能明天就會抵達。

「只是很傷腦筋啊。婦女們獲救是好事，可是按照現在人數來看，旅館會有點擁擠。」

「關於這點我同意。糧食在一定程度上可以依靠歐克肉來解決，但要前往哪個城鎮距離都太遠。不知是否該就這樣等待與下一班馬車會合……」

「我想這個沒問題，因為來自羅耶方向的馬車正在接近這裡。」

當我說出探索的結果，羅克顯得很吃驚。啊，這麼說來羅克不知道呢。

「那麼只需要忍耐今天一個晚上嗎？不對。就算目的地是連特，也要在這裡住一晚，出發時間是兩天後嗎？」

「無論要去哪邊都需要準備。總之他們要是搗亂就麻煩了，我認為把他們綁起來丟進馬車裡就行了。」

聽到蕾拉的意見，被綑綁的恩里克漲紅著臉破口大罵，不過被蕾拉瞪了一眼便安分下來。臉上明明帶著燦爛的笑容，眼神卻不帶一絲笑意……

在那之後我們與車夫海爾、商人們的代表李特，以及村民代表愛爾克談論接下來該怎麼做。

由於對恩里克他們的印象很差，大家一心想早點把他們趕出村莊。

結果雖然得看下一班到來的馬車而定，我們決定把這十五人押送給城鎮的警備兵。

其中也有人提出應該殺掉他們的激進意見，但是遭到駁回。警備兵類似於我以前所在世界的警察，據說他們會在那裡被追究罪責。

「別、別以為做出這種事，我會善罷甘休！」

在羅克告知他們處置方式後，恩里克怒氣沖沖地瞪著他大罵。

隔天抵達的公共馬車一行人雖然對坦斯村的情況感到驚訝，更對恩里克他們的所作所為大吃一驚。

他們看起來不太想和恩里克等人扯上關係，不過勉強同意一起前往連特。

要前往連特的人有海爾與羅克他們三人，以及恩里克等十五人。一方面是拘押監視的人手不足，最重要的是很多人都不願意跟他們待在一塊。

被陸續塞進馬車的那些人裡有人道歉求救，有人臉色蒼白地顫抖。看來他們理解自己做出了什麼事情。

其中又以恩里克與商隊護衛隊長，直到最後都不改厚顏無恥的態度。

◇◇◇

在羅克他們出發的前一天。有人請託我做一件事。愛爾克介紹的老先生說他名叫馬哈特，是坦斯村的村長。馬哈特在歐克第一波襲擊時為保護妻子而受傷搞垮身體，現在總算恢復了。

「那麼，請問想找我談什麼事呢？」

「是的，關於空先生建造了環繞旅館四周的屏障一事，我有件事想拜託你。」

他的請託是想問我能不能建造環繞整個村莊的屏障。

儘管村子遭到破壞，若有可能的話，他們還想重建村莊。今後如何將會取決於國家高層，不過這裡是連接羅耶與連特鎮的重要地點，他似乎認為國家會讓村子繼續存在。最重要的是出生於這個村子的村民，不確定是否能在其他地方過活。

我會再停留一陣子，所以能夠做到，但其實我有想做的事情。

「當然我們會支付些許報酬，你覺得有困難嗎……」

或許是從我的態度判斷拜託遭到拒絕，馬哈特垂下肩膀。

他提出的金額的確不算多，但我之所以煩惱，是在思考另一件事。

而且建造屏障有助於提升技能熟練度，所以我並不介意去做。

「這個嘛。其實我想採集藥草。因為聽奈伊女士等人提過，在附近的森林裡可以採到優質的藥草。」

「是、是這樣嗎……」

「因此，在村民中有人能採集藥草嗎？如果用藥草來支付報酬，我願意接下建造屏障。」

聽到這句話，這次輪到馬哈特陷入沉默。

大概是才剛遭受歐克襲擊，他在猶豫是否該讓村民進入森林。

「主人，不去森林了嗎？」

「假如接下這個工作，就沒什麼時間去了。」

「……這樣啊。」

光顯得有點失望。因為森林是食材的寶庫，她和希耶爾充滿熱情地說好要在我採集藥草時，一起去尋找食材。

「關於這點我會試著和村裡的人商量。請容我明天早上再來找你談。」

隔天早晨目送羅克他們出發後，眾人分成幾個團體分別進行各種作業。
光按照預定計畫在森林中尋找食材。在那一行人中也有採集藥草的人們，他們採到的藥草將會成為我建造屏障的報酬。另外聽聞這件事後感到擔心的塔莉亞和露露也同行擔任護衛。
我和約兒一起行動，不過約兒主要是來參觀。她不知道從哪裡聽說馬哈特的請託，拜託我務必讓她參觀。
聽馬哈特說明要建造出什麼感覺的屏障後，我馬上展開作業。
由於魔力操作的等級提升，作業本身應該會變輕鬆，但是這次加入高度與深度的要求，整體難度變高了。
一開始聽到時，我心想他們打算建造堡壘嗎？不過才剛發生過慘劇，這或許也無可奈何。
「等到這個建設完畢之後，就不能再稱作村子了。」
還做不到四分之一，魔力便已經耗盡。一方面是因為牆有其厚度，而且為了提升強度，我不停灌注魔力，所以消耗了大量魔力。
為了應對這種情況，明明已轉職為大幅提升ＭＰ與魔力的魔術士，卻只是杯水車薪。
「不過果然很不可思議，我也想要用魔力操作技能。」
就算她對我這麼說也沒辦法，從那時以來，我就有個疑問，因此決定問問看。
「約兒使用魔法時是怎麼做的呢？」
「只是像平常一樣詠唱，唸出魔法名稱而已喔。」

「那麼……我想想。妳不是會施放火焰箭嗎？在施放時有辦法調整威力嗎？」
「調整威力嗎？我沒做過……不如說連想都沒想過。」
「我所做的大概就和那個一樣。」
我試著朝屏障施放發射石頭子彈的石之子彈魔法。第一發正常發射，第二發壓低魔力量。
約兒看得目瞪口呆。總覺得那不是妙齡少女該有的表情。
「好、好厲害。你是怎麼做的？要怎麼樣才能做到呢？第一發和第二發魔力的消耗量有所變化嗎？」
她連連追問。真的一談到魔法就變了個人。
「我也是多虧了魔力操作技能才做得到……妳會使用生活魔法嗎？」
「……會。」
從回答的反應來看，她不太擅長嗎？
「那可以請妳變出火焰嗎？」
我使出生活魔法點火時經常使用的火魔法給她看，約兒也跟著我使用火魔法。
我的火焰很穩定，可是約兒的火焰不穩定，沒過多久就無法維持而消失了。
「……我、我清楚是什麼情況了，所以沒關係。」
聽到我的話，約兒也許是覺得難為情，整張臉都紅透了。
「不過我想想，比方說像剛剛的火焰也是，可以有意識地加上強弱變化。」
我改變火焰大小，或是增強魔力改變溫度給她看。

「這說不定是最好的練習。練習過後不擅長生活魔法的問題大概也會改善，試試看如何？」

約兒聽到之後馬上展開練習。她真的很喜歡魔法呢。

側眼看著為了練習苦戰的約兒，我正要繼續自己的作業，這才忽然想到——

已經過了半天，我建成的屏障距離坦白說很短。照這樣下去，要建造出環繞村莊的屏障，不知道要花費多少時日。

我們的旅程雖然不急著趕路，但是難得有這個機會，我想參觀降臨祭。

所以不能在這裡花上幾十天。時間有限，那該怎麼做呢？

看向狀態值面板。可以使用的技能點數有2點。我想保留點數應付突發狀況，可是……

我看向村子裡，人們正在努力作業。有人在拆除半倒的房屋，有人在尋找可供生活使用的物品。大家都為了當下的生存拚命努力。

那麼，我認為自己也可以為了這些努力的人學習技能。

NEW
【土木・建築 Lv 1】

技能效果是獲得關於土木與建築的知識，提升作業效率。

我馬上準備建造屏障，腦中浮現類似設計圖的東西。那就發生在轉瞬之間，我卻不可思議地可以理解該怎麼做。而且或許是想用魔法建造，技能知識還告訴我要怎麼使用才蓋得出來。

我用土魔法建造牆壁，為了提升強度不僅灌注魔力，還混入火魔法。這麼一來好像也會提升防火性。

而且魔力效率似乎也有所改善，即使建造與先前同樣長度的屏障，ＭＰ也還很充裕。作業效率因此上升，我在太陽下山前完成一半的屏障。

看到屏障之後，不只馬哈特，其他人也很驚訝。最吵的人是參觀作業的約兒就是了。

「我也要早點變得像師父一樣靈活運用魔法。」

她不知為何開始稱呼我為師父。

晚上我從愛爾克那裡收到藥草，從光那裡收到蘑菇，我說想吹吹晚風，便溜出旅館做菜。

「光還要吃嗎？」

「嗯，大家一起吃比一個人吃的時候更好吃。」

光說了一句好話，可是希耶爾一直盯著烤蘑菇喔。

「希耶爾，要喝湯嗎？」

她對這句話做出反應。看到她像這樣眼睛放光，我當然不可能不準備。嗯？光也要嗎？

那一天，我們得以久違地三個人共度悠閒的時光。

第二天作業效率進一步提升，最終我用兩天半的時間完成了屏障。

「馬哈特先生，我有事想和你商量一下，可以嗎？」

走在村子裡，我想到的果然是關於房屋的事。有將近八成的房屋已經不堪使用，特別是受到歐克襲擊的森林一側完全是廢墟。順便一提，旅館建造在遠離森林的地方，所以才會沒事。

「你想商量什麼事呢？」

「我不知道是否做得到，但想試試看能不能用技能建造房屋。所以我想聽聽你們對於房屋格局的要求。」

這個提議似乎讓馬哈特感到困惑，不過我非常認真。

自己有信心可以用技能建造房子。實際上在發動魔法測試能不能建造房屋時，腦海中就像建造屏障時一樣浮現設計圖。

只是我基本上都住旅館，不清楚這個世界的一般住宅內部構造，所以希望他們告訴我。

「那個，即使請你蓋房子，我想我們也沒辦法支付追加的報酬……」

馬哈特以愧疚的模樣說道，但我告訴他這無所謂。

他們已經為我採集了數量頗多的藥草。儘管品質有好有壞，其中也包含魔力草與活力草。

我把品質差的藥草做成藥水後，分了一些給馬哈特。他感到很過意不去，但我自己還是用高品質藥水更好，所以沒有問題。當然了，我沒有把低品質的藥水全部給他，剩下的準備出售。

在那之後我一邊聽取村民們的意見與要求，一邊建造房屋。

第一天聽說消息的人聚集起來參觀建造情況，讓我有點緊張，但我成功用魔法建造房屋。村民們看到房屋內部後發出驚呼，一個接一個走進房裡。

希耶爾或許也對室內環境很滿意，躺在床鋪上。我們沒有要住在這裡喔？

順便一提，家具是用木材另外製作，我只是拿出存放在道具箱裡的東西而已。

「既然這麼氣派，真想請你也幫我重蓋房子。」

不知道是誰這麼說的。

接下來我一邊聽取每個人的意見，一邊持續作業，最後練到一天可以建造六棟房屋。

這樣的生活，在來自連特的馬車抵達時劃下句點。

第3章

在羅克等人出發之後正好經過十天時，兩輛馬車來到坦斯村。

一輛是聽說消息的領主派出的代理人，過來查看村子情況，他看到村子的狀態顯得很驚訝。因為明明聽說村子遭到歐克集團襲擊而毀壞大半，卻幾乎沒有遭受破壞的痕跡。不過領主派來的人與馬哈特熟識，也知道村莊原本的樣子，在聽完說明後似乎接受了。

即便使用魔法建築房屋，村中依然有尚未動過的部分，我向他實際示範建造房屋的場面也是一大原因。我受到熱烈的招攬，不過鄭重地婉拒了。

另一輛馬車則載著商業公會派來的人。他們給人的第一印象糟糕透頂，說話口氣帶著脅迫威嚇，把我們當作罪犯一樣對待。

特別是領袖最嚴重，其他成員雖然也嫌他煩，但沒有人試圖阻止。從我在馬車上聽到的內容來看，據說那名領袖任性又無藥可救，名聲極差。由於他的雙親頗有權勢，並且與連特的商業公會會長關係親近，沒有人膽敢抱怨，只能忍氣吞聲。

領主代理人的事情辦完後，我們……還有蕾拉等血腥玫瑰的成員與李特等商人，和村民們略作告別，就被強制命令搭乘馬車，坐著搖晃的馬車一路來到連特鎮。

因為在馬車上閒著沒事，我主要都在跟李特等商人聊天。

李特他們好像也是到處做生意，巡迴各個城鎮。他們預期降臨祭會有人潮聚集，正在前往聖都做生意的路上。

我們在三天後抵達連特。路程一般需要五天時間，這是以速度為優先趕路的結果。

沒有時間休息就被直接帶到商業公會，在那邊遭到公會會長史提特譴責。

他說這是在抗議我們不當對待公會成員，我卻毫無頭緒。羅克他們有先過來報告，我正想問情況如何，結果他們便被銬著手銬帶進來。

「發生什麼事了？」

我在擦肩而過時悄悄發問，羅克表示在會長收到那些商人們的報告後，他們就遭到這種對待。由於被商業公會的警備兵包圍，他們說會找其他人……就是我們過來，因此羅克他們沒有反抗，決定在我們抵達之前老實服從。

「這是怎麼回事？羅克先生他們的待遇也是，為什麼我們會被指控沒有根據的罪名！」

蕾拉生氣了。

「妳這個小丫頭在說什麼。你們顯然不當對待我們公會成員。包含支付賠償金在內，我們正在向冒險者公會抗議。還有那邊的幾個人，你們都是商業公會成員吧。你們要支付罰款，並且逐出公會！」

呼，幸好我和光牽著手。她現在超級生氣的，殺氣外洩喔。

李特聽到那番話也皺起眉頭，但是馬上變得面無表情。他真擅長克制情緒。

公會會長沒有察覺光的反應，絲毫不懂察言觀色，無中生有地唸出我們的罪狀。

是恩里克嗎？看來他對會長講了很多壞話。

「他們不但破壞公共馬車，還擅自離開，而且計劃周密地偷走糧食。」

「對啊。而且說我們把他們綁起來，他們為了逃跑把魔物引到村莊。既然做出危及他人的行為，理所當然要受到拘束。」

「沒錯，何況似乎還有人違反契約，被收買了嗎？」

蕾拉她們和李特也提出反駁並說明事情經過，他卻只是叫嚷：「別撒謊！」聽不進去。

公會會長的態度也讓我們越發感到不能信任。這已經不是偏頗的程度，看起來像是在理解情況的前提下無視我們的說法。他是共犯嗎？

正在爭論之時，那些商人出現了。有幾個人臉上浮現噁心的竊笑。

我和恩里克目光交會，看見他一瞬間揚起嘴角。

看樣子他是很愛記恨的類型。

我能想到這是記恨羅克與蕾拉在他們逃回村莊時的對待方式。對我則是記恨我拒絕護衛委託嗎？記得他當時離去時曾經口吐惡言。這麼一來，李特他們完全是受到牽連嗎？還是說身為同樣在商業公會註冊的人，他打算排除知道真相的人？是對他們沒幫助自己，反過來懷恨在心嗎？

……該怎麼說，真是心胸狹窄，而且還對公會會長鞠躬哈腰。

「他們沒有反省的意思呢。我認為把他們交給警備兵比較好，你覺得呢？」

「真不愧是史提特先生，目光如炬啊。」

他甚至還拍馬屁。做得真澈底。

在公會會長準備發出指示時，約兒上前一步。

我覺得她比光還要憤怒，是我的錯覺嗎？

「你對姊姊的那種態度……能不能適可而止？」

看向約兒的側臉，她的眼神十分銳利。

「幹什麼，小丫頭，妳有意見嗎？」

公會會長出聲威嚇。恩里克等人見狀，臉上的笑意更深了。

「那邊那位先生。」

約兒無視這一切，向櫃檯的職員開口：

「你去教會找真偽官過來。」

聽到那句話，公會會長等人臉色大變。

「妳在胡說八道什麼！沒必要聽她的。像這種小丫頭，根本沒有那種權限！」

不過公會會長立刻恢復原本的態度，放聲怒吼。

職員聽到那句話之後臉色一僵，縮成一團。

「你可以安靜一下嗎？」

約兒毫不畏懼地放聲說道。

那句話令公會會長漲紅了臉。

「約兒．阿波斯提爾要求真偽官到場。請立即聯絡教會。」

聽到那句話，現場為之凍結……我有這種感覺？

公會會長、恩里克等人、公會職員都是如此。

蕾拉等人看起來並不在意，但是我和羅克他們不明白現場氣氛為什麼會改變。

「果然如此。」李特喃喃說道，獨自意會過來。

「怎麼了？去呀！」

她散發不由分說的氣魄。

收到命令的職員連忙衝出公會。

「那、那個……」

公會會長向她開口，但被約兒瞪了一眼便閉上嘴巴。他的語氣沒有剛才的氣勢，然而我跟不上突然的變化。

「我說，這是怎麼回事？」

「啊～約兒其實是好人家的千金小姐。」

我詢問知道內情的蕾拉，她則是低聲回答。

好人家的千金小姐？意思是說她是貴族什麼的嗎？

我問起詳情，據說她的父親是高階聖職者，是聖職位次於教皇的樞機主教。

我對約兒的印象，用一句話來說就是魔法狂熱分子吧？說得好聽點是有探究精神，對魔法懷抱熱情，所以不太能想像。一方面也是性格隨和的緣故吧。

大概是因為這樣，看到她現在充滿氣勢的姿態，不禁覺得她有雙重人格嗎？這是同一個人？光也對那副模樣感到很驚訝。希耶爾……也許是厭倦了，正在睡覺。

不久之後，外出的職員滿頭大汗地回來了。顯得氣喘吁吁。

接著進來的神官打扮的男子一臉若無其事，呼吸平穩。這個人就是真偽官嗎？他的背後還有幾名穿著白衣，看似警備兵的人。

「真傷腦筋呢。要求我們出動需要辦理正規手續……」

真偽官的目光看向約兒。

「妳該不會是阿波斯提爾家的千金吧？這次是妳提出要求的嗎？」

他語帶嘆息地說道。

一眼就能看得出來嗎？難道說真偽官有人物鑑定技能？

「非常抱歉。只是我無法對這些人的不法行為置之不理。」

嗯，確實是這樣沒錯。但真正的理由有點不同吧？比起不法行為，約兒更氣憤的是他們對待蕾拉的態度吧。

「那麼我需要注視什麼呢？」

「請注視真相。」

約兒說明請真偽官出動的理由。

一旁的公會會長與恩里克等人已經臉色蒼白。

「真偽官卡克斯發問。請全部以『是的』來回答。」

「你是商業公會的會長，史提特。」

「你是奧羅拉商會的商人，恩里克。」

「你調查過商人恩里克的報告有無虛假之處嗎？」

「你率領商隊，總是採取正確的行動嗎？」

「你……」

「你………」

「你……………」

他提出各種問題進行確認，那樣就能判斷出來嗎？

所有問題在大約三分鐘後問完，卡克斯只是命令警備兵——

「羈押他們。」

發言十分簡短。

「那是怎麼回事？」

「我也不清楚。」

我詢問蕾拉，她說真偽官這種職業好像只有福力倫聖王國才有，她並不清楚。

「冒險者羅克，你們的名譽恢復了。我會給予這些人應得的處罰。」

「請、請等一下，我只是聽了這些人的話——」

公會會長還在找藉口，但是卡克斯沒有理會。因為剛才也有問到像是他們之間曾有金錢往來的問題。那是在確認是否有行賄吧。因為他們只回答「是的」，不清楚真假就是了。

最終公會會長等人被進一步調查，真相得以水落石出，他們過去的營私舞弊相繼曝光。恩里克等人淪為犯罪奴隸，據說這件事對奧羅拉商會造成很大的打擊，還要支付一大筆賠償，但那些事我們無從知道。啊，不過我有收到一點不便費用。

「之後可能還會聯絡各位，各位有什麼打算呢？」

「如果有什麼事情，就聯絡冒險者公會吧，不過我們計劃去看降臨祭，依照馬車出發的時間而定，可能不在這個鎮上了。」

「明白了。那麼請等候大約兩天。我也會叫他們準備往聖都的馬車。」

卡克斯瞄了約兒一眼，對商業公會的職員如此說道。

他似乎是在對商業公會施壓，要他們安排馬車和旅館。

「姊姊，我們要怎麼做呢？」

「先去一趟冒險者公會，有許多事需要報告。羅克先生也方便過去嗎？」

帶著歐克屍體的我，看來也非得跟著去不可。

李特他們好像在這裡還有事情要做，我們決定之後在旅館會合。

「空是第一次來冒險者公會嗎？」

「我以前來過幾次。來調查有怎樣的委託，還有怎麼做才能發布委託。」

其實我以前是冒險者，雖然主要是以雜務及採集為主。

我們走進冒險者公會，由於有個陌生的團體進門，因此引起眾人注目。大概是蕾拉她們的關係。畢竟女冒險者很吸引目光。

羅克擔任代表前去櫃檯辦理手續。

羅克等人與蕾拉直接被帶到二樓的房間，其餘的人被帶往解體專用倉庫。

「聽說你們討伐了歐克？」

進行解體的公會職員這麼問我。最近公會沒發出討伐歐克的委託，他不禁感到疑惑。

「我應該拿出來放在哪裡呢？」

「放在那邊空著的地方吧。」

他看著兩手空空的我，語帶懷疑地說道。

我對此毫不在意，在職員指示的地方拿出歐克屍體。拿出三十頭時，已經放不下了。

「喂喂，還有嗎？」

有幾頭已當作食材吃掉了，不過包含歐克領主與歐克將軍在內都還有剩。當我這麼告訴他時，他便帶我到更裡面的倉庫。

「那麼把剩下的放在這裡吧。」

我把剩下的歐克拿出來後，又拿出將軍與領主，職員顯得慌慌張張。

「喂喂，這是在什麼地方狩獵到的啊。」

他的語氣為之動搖。聽到消息趕來的其他職員，看見三頭高階種也很驚訝。

特別是看到燒焦的歐克領主，有人對於牠的存在感到吃驚，也有人失望於這樣作為素材的價值會降低，分別展現不同的反應。

「喂，哪個人去叫公會會長過來。」

可能是因為情緒激動，倉庫裡面十分吵鬧。

先前待在兜帽裡的希耶爾突然飛起來環顧四周，她先前都很安靜，該不會是睡著了？

聽到那聲呼喊，職員們也忙著開始行動。

不久之後，冒險者公會的會長過來向職員做說明。看來他已經聽聞蕾拉等人談過此事。在他身後可以看到蕾拉他們。

或許是第一次看到歐克領主，羅克他們真的很驚訝。因為我一直把領主的屍體收在道具箱裡沒動。

我們談論要保留哪些部分，我要求留下幾個歐克的魔石，還有歐克肉、將軍的肉與領主的肉。光與希耶爾滿意地點點頭。儘管收到的錢會減少一些，這也是沒辦法的事。

順帶一提，將軍與領主的肉會請他們送到今天住宿的旅館代為烹調。當然了，那些肉與我們應得的收入另外計算。

「還有領主的魔石裂成兩半了，你們要怎麼處理？」

他們表示雖然價值降低，仍然願意以不錯的價格收購。

我使用鑑定之後，詢問蕾拉可不可以分我一半。

蕾拉說要全部給我，但我覺得那樣實在太多，所以拒絕了。我手上的錢不夠買下另一半，如果隨便白白收下，擔心之後會有麻煩。因為俗話說得好，沒有比免費更昂貴的東西。

「不過你的實力足以打倒歐克領主。雖然你是商人，要不要也在冒險者公會註冊呢？」

「請容我回絕。我是靠著傳家寶魔道具才能與歐克領主戰鬥，而且魔道具也在那場戰鬥中損壞了。目前看起來無法修理。」

至少我在這邊的世界還沒看過手槍這種武器。蕾拉也說她是第一次目睹。

我告訴蕾拉，手槍是我家代代相傳的傳家寶，拜託她保密。還強調如果讓別人知道，可能會發生危險的事。

實際上假如傳聞散播開來，傳進知道手槍的人……和我一起遭受召喚的人耳中，可能會發生麻煩。

然而蕾拉似乎對另一件事產生危機感，保持沉默。

歐克的收購金額……不是一筆小數目。

羅克他們推辭不肯收下在洞窟討伐歐克的那份收入，不過我們決定均分。因為有他們負責防衛村莊，我們才有辦法討伐。

可能是因為歐克將軍與歐克領主（雖然價格因為燒焦而降低）的收購價很高，每個人都賺了三十枚金幣。與光的收入合計有六十枚金幣。除此之外，我還免費得到兩頭歐克的肉、部分將軍及領主的肉當作搬運費。如果領主的狀態更好，金額還會更高，但這也沒辦法。當時的我們沒有餘力顧及這點。

辦完在冒險者公會的事後，他們帶我們前往事先安排的旅館。距離吃飯還有段時間，我決定出去購物。

我和光走出房間時，正好碰到蕾拉她們，大家決定一起出門。

我們先去採購食材，這也是我的目的。

商店裡有許多第一次看到的調味料，不過約兒對調味料很熟悉，提供了很多幫助。另外還看到類似黃豆的豆子，我多買了一些。她們覺得很不可思議，這也是很正常的事。這些豆子是要用來研究能不能以魔法與鍊金術製作出類似醬油與味噌的東西。

至於武器防具店，由於聖都的商品種類應該會更豐富，所以就不去逛了。

而消耗品的藥水類，我收到許多素材藥草當成在村子蓋建築的報酬，所以不需購買。雖然還是有使用鍊金術製成藥水這項作業要做。

我們採購完畢返回旅館，料理已經準備好了，我們便和羅克他們一起用餐。就在這時，李特他們也過來會合，聽到肉的來源後吃了一驚。

「我們真的也可以吃嗎？」

他們非常惶恐。

的確，如果是自掏腰包買來吃，帳單會相當昂貴吧。

我們一邊聊天一邊吃飯，度過了一段愉快的時光。

看到羅克他們暢快喝酒的樣子，光說她也想喝喝看，我費了一番工夫才阻止她。歐克將軍與領主的肉比起歐克肉來得柔軟，特別美味。

美味到讓我擔心如果吃慣這個，會吃不下普通的肉。一方面當然也是廚師的手藝很好，不過簡單用胡椒鹽調味的肉排也非常好吃，這是因為肉質不同吧。

『希耶爾要忍耐喔。』

我提醒隨時可能撲向肉類的希耶爾。她的嘴角滴下口水。

聽到我這麼說，希耶爾看向我們的眼神彷彿在說：「叛徒！」但是現在的狀況我也無能為力。就算妳的眼睛泛著淚光也沒用喔？

當天晚上大家盛大地熱鬧一番，得以久違地度過快樂的時光。我姑且確保要給希耶爾的肉，等回到房間後再拿給她吃，討她歡心了。

順帶一提，約兒戴的項鍊上好像有證明家族紋章的裝飾，真偽官看到便能理解她的身分。

◇◇◇

我們搭乘商業公會安排的快速馬車，前往聖都彌沙。

一般搭乘這種馬車可以縮短路程所需的時間，相對的車資也比較昂貴，除了趕時間的人和有錢人以外，大家都不太熟悉這種馬車。我當然也是第一次搭乘。

馬車總共有三輛，排成一列奔馳。

貨架好像是特製的，幾乎不會晃動。話雖如此，也是與普通馬車比較就是了。馬車結構是怎樣設計的呢？晚點問問看吧。儘管這可能是商業機密。

第一輛馬車載著羅克小隊三人、李特等商人，以及商業公會安排的護衛和廚師。

第二輛馬車載著蕾拉小隊、光與我。當我回答自己乘坐前一輛馬車時，不知為何遭到她們駁回了。

第三輛馬車載著以史提特與恩里克為首的商人和商隊護衛。由於是囚車型的馬車，他們被當作罪犯對待，待遇很差。車夫旁還坐著衛士。感覺車身也搖晃得很厲害。

原本需要七天的旅程縮短為三天。

距離降臨祭舉行還有一段時間，本來覺得不用急著趕路，但他們的目的似乎是想儘快將罪犯移送到聖都的商業公會。順帶一提，公共馬車的護衛是接下委託的冒險者，因此交給連特的冒險者公會負責處理。

我看向囚車，雖然沒有同情的餘地，但所有人都是臉色蒼白。

旅途很舒適，廚師烹調的料理超級美味。我知道有烹飪用的魔道具，卻還是第一次看到有人使用。不過由於是以魔石當燃料，而且這類魔道具尚未量產，據說價格非常昂貴。

在馬車上主要都在聽蕾拉她們說話，不過受到約兒請託，正在思考有沒有其他練習魔力操作的方法。

實際上，由於會有危險，在馬車上不能使用火焰，需要想一個在室內也能練習的方法。蕾拉可能對此也有點興趣，問我是否有任何人都可以做到的方法。她說自己無法使用生活魔法。

蕾拉會感興趣，是因為她知道祕銀之劍在蘊含魔力的狀態下有多鋒利吧。當然了，我沒有說自己是在劍上灌注魔力刺過去，但是看到劍冒出火焰，聰明人應該都會有所察覺。

在馬車上確實很閒，這時候做一個可以練習魔力操作的道具也不錯。

從使用蕾拉的祕銀之劍時開始，我就一直在想這件事。不過與其說是為了約兒她們，更多還是為了光。後來我試過能不能把魔力注入自己的佩劍，以結論來說是做到了。但要維持魔力比祕銀之劍來得困難，需要一定程度的練習。

這讓我想到，無法使用魔法的光說不定也能讓武器蘊含魔力。特別是光用的武器是短劍，又有體格因素影響，往後或許還會遇到力氣不夠導致攻擊失效的魔物。

如果在這種時候，蘊含魔力的攻擊可以奏效，應該會成為殺手鐧。特別是光的短劍，可以從傷口賦予麻痺狀態，這個效果更是不可估量。

因此我在連特鎮購買了曾經用在魔道具上的魔石。魔石在流失魔力後也會失去顏色變得透明，人們會將其磨碎丟棄或是用來製作飾品，所以能夠輕鬆買到。

其實對使用過的魔石注入魔力，就可以積蓄魔力。只是問題在於魔力無法固定在當作容器的魔石上，一旦停止注入魔力就會消散。另一個問題是或許只有我的魔力顏色是無色透明，按照現狀，視覺無法分辨是否真的有注入魔力。

那麼我為什麼會知道呢？因為多虧魔力操作和察覺魔力，可以得知魔力動向。

所以我要做的是加工使用過的魔石，好讓視覺能夠看出魔力的流動。只要有材料，應該可以製作出讓魔力固定的東西，但目前還不需要。

「師父，你在做什麼呢？」

約兒看到我在馬車上攤開道具，於是如此問道。

「我想製作練習魔力操作的道具。」

對於成品抱持的印象，就像幼童會玩的魔法棒吧？

當魔力注入手持的握把部分時，最終會傳遞到裝在棒子頂端的魔石，改變魔石的顏色。如果有祕銀素材大概很容易製作，然而因為沒有，於是使用魔礦石。再用鍊金術合成染料與用過的魔石就完成了。呼，有點累了。

「師、師父，剛剛那個是什麼？還有這個呢？」

我邊說明邊教她用法。握住握把部分注入魔力，裝在頂端的魔石就會發光，結構很簡單。實際示範給她看，這樣比較容易理解吧。

當我注入魔力時，棒子前端的魔石便會發出光亮。設計時有考慮到保護眼睛，即使發光也不至於刺眼。

「約兒先試試看。如果妳掌握到那種感覺，可以向大家說明嗎？我想比起自己來說明，由妳說明會更容易理解。」

我完全是靠技能的效果在使用，因此說明無論如何都會變得訴諸於感覺。

約兒在這方面似乎會一面進行各種考察一面嘗試，應該也擅長指導吧。

「希望妳也能指導光。」

考慮到學不會的情況，我也在構思其他練習方法，但目前還沒有想到什麼點子。

除了我以外，包括約兒在內的女生們馬上開始練習。

首先由約兒扮演老師在示範的同時注入魔力，可惜魔石沒有反應。看到她面紅耳赤的模樣，我不禁笑出聲來，這時蕾拉靠了過來。

啊，好的。還想要一根道具啊。我再做吧？

結果得追加製作四根道具。

數量不夠？可惜材料沒了，沒辦法再做了。

在那之後的旅程也很順利，我們按照預定時間抵達聖都彌沙。

聖都的街景是城鎮中央有一座大教會，西北、東北、西南與東南四個方向也分別建有教會。規模比中央教會略小，但依然很大。

另外有寬闊的道路從中央教會通往四間教會和東西南北的大門，給人城鎮是以教會為中心建造的印象。

儘管是我擅自認定的印象，說到教會就會想到白色，聖都的建築物外牆基本上都是統一為白色。只是並非完全沒有色彩，城鎮各處都栽種著花卉，也有其華麗之處。

不過由於不像其他城鎮那樣喧囂，這裡令人產生時間流動變慢的錯覺。

根據約兒的說法，隨著時間接近降臨祭，聖都會逐漸變得熱鬧起來。

「可是，為什麼一個城市會有五間教會呢？」

位於中央的教會天頂為圓拱型，四方的教會是尖塔，所以造型不同，但是需要那麼多間嗎？

「啊～雖然現在人還不多，隨著時間接近降臨祭，人的數量也會增加，如果不分散開來，信徒們會沒辦法禱告。」

約兒像是導遊一般為我解開疑問。

除了我以外，好像還有人也感到疑惑，點點頭表示原來如此。

「我們打算在這個城鎮待到降臨祭結束為止。若有什麼事，就到冒險者公會留下消息吧。」

我們與羅克他們在進入城鎮後告別。聽說他們要去見熟人。

告別得很乾脆，或許可以說是很有冒險者的風格。

李特他們也說：「可以的話，請過來買些東西吧。」便快步消失在街上。

剩下我們與蕾拉一行人。蕾拉她們之後好像要住在約兒家，我們也得找旅館才行。

「那個，可以的話你們要不要來我家？在這個時期大概很難找到旅館，我家還有空房間，所以沒問題。」

我們正要與蕾拉她們告別時，約兒如此提議。

我猶豫了一會兒，決定接受她的好意。距離降臨祭還有十五天也是接受的理由。

◇◇◇

「大小姐，歡迎回來。」

約兒帶領我們前往的房子非常大。

進門之後，有管家與女僕迎接我們。屋內不算豪華，不過十分清潔，可以感受到生活不受拘束的柔和氣氛。

就任樞機主教這種重要職務，原本以為家中會更像暴發戶，卻是並非如此。沒有炫耀地擺放看似很昂貴的花瓶。只是神職人員的家裡出現管家與女僕這種組合還是很奇怪。這是偏見嗎？

蕾拉她們也是第一次來訪，但是不怎麼緊張地走進房屋。光也跟在後面。希耶爾東張西望靜不下來。我有同伴了。

我？這對身為小市民的我來說門檻好高。雖然曾在城堡裡面走動，然而已經不記得那是怎樣的地方了。

再加上這可是拜訪女孩子的家耶？即使不是一個人過來，依舊忍不住感到緊張。

「姊姊！」

我們前往客廳，一名少女靠過來抱住約兒。

「尤莉！好久不見。妳長大了。」

「誰教姊姊都不回家。」

她鼓起腮幫子抗議。

據說這是約兒就讀魔法學園後第一次回家探親。儘管經常寫信，但即使放長假也沒回來。一方面是專注於學習魔法，冒險者的活動很忙碌似乎也是原因之一。

「我來介紹，她是我妹妹尤莉。尤莉，她們是我在學園的學姊蕾拉姊姊，我的同學特麗莎、凱西、露露、塔莉亞。還有這兩位是我的師父空先生以及小光。」

我們各自打招呼。看來她對我的師父稱呼還是沒變。

約兒介紹我時，尤莉的視線釘在我的臉龐……正確來說是面具上。驚訝使得她的表情微微抽搐。嗯，這才是普通人的反應呢！

「初次見面，姊姊給大家添麻煩了。我是她的妹妹尤莉．阿波斯提爾。」

不過她馬上振作精神打招呼。鞠躬姿勢十分端正，一舉一動都顯得很熟練。

我在約兒一開始自我介紹時沒感覺到這一點，是因為她長時間從事冒險者的關係嗎？

「請、請問，你和姊姊是什麼關係呢？」

因為約兒介紹我是師父，她才這麼問嗎？其他人的事情似乎在信上提過了。

「我們在旅行途中相遇，我受到很多幫助。這次我們不清楚降臨祭就來到聖都，因為可能找不到旅館，於是她便邀請我和光一起來家中住宿。另外她會叫我師父，是因為我會使用少見的魔法……嗎？」

「嗯，收到邀請。受你們關照了。」

光依然我行我素，毫不膽怯。

「呃……這樣呀。姊姊信上沒提到你們，因此我很吃驚。」

「沒錯，師父很厲害喔。他在操縱魔力方面的能力還在學園的老師之上。還想請師父以後繼續指導我呢！」

「如果空先生願意當家庭老師，姊姊就會一直待在家裡嗎？」

「咦，這個……」

尤莉以期待的眼神看著約兒。她認真地陷入思索。我覺得這樣很符合約兒的風格，這是正確答案嗎？

「真像約兒會做的事呢。」

蕾拉露出苦笑。

「約兒，妳要離開學園嗎？」

塔莉亞寂寞地說道。她認為這對於約兒來說，是可能發生的未來吧。

「別、別擔心。我還有很多東西想在學園學習。而且如果小光就讀學園，師父也會陪她過去，沒有問題。」

咦？我在馬車上看到她們親近交談，你們有談過這種事嗎？

還有光也別用期待的眼神看過來。對了，她曾經對自己無法使用魔法一事感到很可惜，莫非她想學習魔法嗎？

「哎呀，還想說怎麼吵吵鬧鬧的，原來是約兒回來了。」

在我們談話時，新的人物出現了。是一位長得與約兒和尤莉很像的婦人。看來似曾相識。

僕人應該會去通知，她卻不知道消息，是從外面回來的嗎？

「初次見面。小女總是給大家添麻煩了。我是她的母親璐．阿波斯提爾。你們會在降臨祭期間住在這裡吧？請當成自己家好好放鬆喔。」

大家都預設約兒會給人添麻煩嗎？

「話說回來，妳居然會帶男孩子回家。如果不先說一聲可是很傷腦筋喔。主要是妳爸爸。」

她露出感興趣的笑容，但我可不是那種重要人物。

「雖然有很多事情想問，不過你們經過長途旅行，應該都累了吧。先帶他們去房間。」

她如此指示在房間角落待命的女僕。真是體貼周到。

「小光也和我們一起住如何？」

「不用，我和主人一起。」

在分配房間時起了點爭論，這在某種意義算是慣例嗎？為什麼蕾拉每次都那麼認真呢？

床是至今睡過的床鋪當中，躺起來最舒服的。一躺下去身體就沉浸在柔軟之中，讓人忍不住放鬆全身力道。背部感受到輕微的反彈，溫柔地支撐身體，感覺很舒服。讓人可以忘卻時間一直躺下去。希耶爾也做出驚訝的動作，下一瞬間便愉快地在床上跳來跳去。

「主人，我想就這樣直接睡覺。」

「這點我同意，但現在還是大白天呢。」

這個提議很有吸引力，不過還不能睡覺。

當我抗拒著誘惑從床上爬起來時，發現房間外面有點吵。牆壁似乎有一定程度的隔音效果，但有些微的聲響與說話聲傳來。

我一邊心想這是怎麼回事一邊打開房門，男性的吼叫聲便傳入耳中。聲音聽起來非常激動，宛如情緒爆發一般。音量大到令人冒出這會傳遍整棟宅邸的錯覺。

希耶爾搖搖晃晃飛過來，不耐煩地看著聲音傳來的方向。

隔壁房間的門打開，蕾拉探出頭來，不由得皺起眉頭。

過了一會兒後，響起一道悶響，然後就此安靜下來。

面露疲倦之色的約兒過來說聲希望我們到客廳，所以大家一起過去。

客廳裡坐著一位癱軟的大叔。他穿著以白色為基調的寬鬆長袍。白袍上縫著不過度張揚的少許裝飾，令人印象深刻。

約兒走近大叔，緩緩地捶了他一拳。聲音很響亮，不要緊嗎？

那位大叔像是打開開關一般睜開眼睛。

「他是我的父親丹．阿波斯提爾。我想他不太常待在家中，不用記住也沒關係。」

「等等，約兒。這是什麼草率的介紹，妳可以更親切地介紹爸爸喔？」

約兒露出非常厭惡的表情。

丹面帶笑容對蕾拉她們打招呼，然後目光看了過來。

他用幾乎聽得到嘎吱聲響的僵硬動作看向約兒，視線再度移過來的時候，露出可怕的表情瞪著我。

「嗯？你是誰呢？真傷腦筋～擅自跑來我家。還有那個面具是什麼？在家裡遮住臉，你是罪犯嗎？隆德，抓住他趕出去。」

「老爺，他是大小姐的客人。」

那位整齊穿著管家服裝，看起來慈祥和藹的老人以勸說的語氣對著激動的丹開口。

「哈，開什麼玩笑！我才不信！小子～你有麻煩了喔？這可是非法入侵，把你扔進大牢裡喔？」

他的笑容好可怕，眼神沒有笑意。

「咚！」又是一道悶響突然響起，丹翻著白眼倒下。

「家父是個笨蛋，真的很抱歉。」

從他背後出現的約兒，一臉愧疚地道歉。

蕾菈見狀露出苦笑。

她的父親該不會也是這個模樣吧？

在那之後，約兒深深地向我道歉。

看到寶貝女兒相隔數年回家，還帶著陌生男人，這對做父親的人來說是正常反應嗎？

順便一提，大叔被來自教會的司祭接走了。

據說明明還在準備降臨祭途中，他聽到約兒回家的消息就衝了出來。

樞機主教是相當重要的職位吧？這樣沒關係嗎？

結果到了晚上，丹也沒有回來。

只能說我因此得以度過平靜的時光。

第二天，大家一起在聖都逛街。

約兒……應該說是尤莉為我們帶路。

她一開始黏著姊姊，或許是年齡相近，很快便和光打成一片。

因為光不會表露情緒又很直率，原本擔心她們合不來，但尤莉開心地找她說話，看來是沒有問題。儘管遲早會離開這個城鎮，希望她能在我們停留這段期間與光好好相處。如果她們感情變好，也可以寫信……沒辦法嗎？我們現在不會固定待在一個地方。話說光會寫字嗎？

去的第一個地方是武器防具店，在那邊購買新裝備。雖然花掉幾枚金幣，如果這樣可以買到安全，那麼便很划算。蕾拉她們也毫不妥協地挑選了好貨色。

接著前往服裝店。我不在意服裝，但光也是女孩子，偶爾也該打扮一下，女生們也說每天都穿同樣的衣服不太好。

因為尤莉主動為光挑選衣服，於是我買衣服給她當成謝禮，不知為何變成連蕾拉她們的份也要一起買。雖然不明白，不過能夠近距離看到盛裝打扮的女生，這樣算是獎勵嗎？

聽說陪女生一起購物是件苦差事，這就是理由嗎？從旁人角度來看，我像是被一群女孩簇擁的現充，就想成自己在支付這個代價就行了嗎？

老實說周遭的男人看我的眼神都帶著刺，但也只能甘心承受。

即使逃避現實也無可奈何，回到現實吧。光打扮過後，魅力增加不只一倍。感覺她看起來也很高興。希耶爾雖然也稱讚她的打扮，但是現在失去表情，顯得消沉憂鬱。因為她吃不到看似很可口的甜點。

沒錯，我們目前身在聖都熱門的甜點店裡。經過排隊後進入店裡。在我目光所及之處的餐桌上，都擺滿一整桌的甜食、甜點、甜食、甜點。因為這個很重要，所以要多說幾次。

在我吃一口的期間，旁邊的女生們邊聊天邊開心地大口吃著甜點。光或許也很喜歡，一道接一道吃個精光。她吃的分量之多，讓我不禁心想那些甜點都消失到那個嬌小身軀的哪裡了。她平常的胃口就好，但感覺今天吃得更多了。

我的確也對甜點的滋味感到驚訝，並為那股美味而感動喔？畢竟很久沒吃到蛋糕，可是吃不下那麼多。

店裡的客人以女性壓倒性地居多，不過也有少數的男客人。他們想必是被帶來負責付帳的，臉頰正在抽搐喔？儘管我搞不好也是這樣。同伴啊，雖然不曾交談過，彼此都要堅強地活下去喔。

唉，女孩子陶醉的幸福表情。既然可以坐在貴賓席觀賞那副毫無防備的模樣，這點程度的花費或許很划算。

「光，好吃嗎？」

「嗯！」

還能看到不太表現情緒的光燦爛的笑容。

回去時還買了蛋糕當成伴手禮。心想她們還要再吃嗎？不過好像是買給璐和女僕們的。這部分是由蕾拉付錢。

啊，順便一提，我也偷偷買下伴手禮的蛋糕。當然是給希耶爾的。

◇◇◇

第二天，我決定和光前往位於聖都的豪拉奴隸商會。啊，希耶爾當然也一起。原本不高興的她在吃完蛋糕之後，心情也完全復原了。今天久違地只有我們單獨行動，總覺得她很高興。

地點已經事先調查過了。和其他城鎮一樣，開設在距離市中心有段距離的地方。

奴隸商人開店的區域大都有點昏暗，不過聖都卻不是這樣。

「主人，希望可以找到。」

光，這就叫立旗啊。對了，她也知道我們去找奴隸商的理由。

不過昨天我捐過不少善款（在服裝店和甜點店），應該會碰到好事（大概可以）。

「哎呀，先生。今天您要找什麼樣的人呢？」

一個面帶可疑笑容的駝背男子以謙遜的態度向我攀談。他名叫德雷特。他自稱是我在伊多爾鎮豪拉奴隸商會遇見的奴隸商人的親哥哥。嗯，兩人長得不太像呢。

「您是從德雷克那裡聽說而光臨本店的嗎？那麼讓我稍微研究一下吧。」

如果那是真的，我會很高興。

「我們算是到處做生意，因此走遍各地。近來漸漸變得騷動不安，我想尋找可以充當護衛的奴隸……有符合條件的人選嗎？」

「這樣啊。那麼我去做準備，請稍待片刻。」

坐在他勸我入座的椅子上，光也老實地坐在我身旁。希耶爾靜靜地待在光的頭上。

他一共帶進來八個人。男性的比例比較高。大都是前冒險者，另外似乎還有前警備兵與前衛兵。我心想從事收入穩定職業的人為什麼會淪為奴隸，這才知道有的沉迷賭博破產，有的受傷支付不起治療費，有著各種原因。

使用人物鑑定一看，他們的等級不算高。連光的一半都不到。題外話，光目前等級是33。

「還有其他人選嗎？聽說獸人和尖耳妖精的戰鬥能力很強。」

「這個……有是有，但有一點問題……」

稍微想了一下之後，德雷特帶領我到某個房間。

「她在大約十天前透過某個管道來到這裡。與其說是我們購買的，更像是熟人硬塞過來。據說她很難處理，在上一個地方也曾發生許多問題。」

那是一個受到嚴加看管，換一句話說就是有如牢房一般的房間。雖然有可供生活的最低限度家具，但絕對稱不上舒適。不過倒是挺乾淨的。

當我們來到房間前，坐在床上的那人便咄咄逼人地瞪過來。隨著她的移動，鎖鏈叮噹作響。

氣勢與剛才見到的那些奴隸截然不同。

光突然握住我的手，希耶爾也迅速逃跑似的躲進我的兜帽裡。

我們看了一眼，返回原先的房間。

光有點害怕，我則對一件事感到很在意。

貓、耳！

真要說來，我認為自己是狗派，然而貓也不錯。

不對，我是第一次看見獸人。原來真的存在啊。這就是奇幻世界嗎？看來見到尖耳妖精或矮人的日子說不定也不遠了！不過這個世界有沒有矮人還是個謎。

我明明在這裡生活了很久，回想起來這還是第一次遇見獸人。雖然說到奇幻元素，已經有魔法、魔物、魔人等等，但和這個有點不同。

「正如同您所見，她似乎特別憎恨我們人類種族。」

「發生過什麼事，才會導致怨恨變得這麼深嗎？」

「這個嘛。我也是聽人轉述，不清楚詳情，據說她原本在黑森林作為戰鬥奴隸被迫作戰。」

「黑森林嗎……」

黑森林是凶惡魔物棲息的地方，據說森林深處有魔王居住的城堡。特別是當初魔王復活時，據說從黑森林湧出的魔物造成不少傷亡。

「是的，她在淪為奴隸之後，好像在那裡戰鬥了許多年並生存下來。而且和她一起組隊的人據說無人生還。當這樣的事情連續發生幾次之後，人們好像認為她令人感到很詭異……只是她能在黑森林生存下來，實力與A級冒險者相當，或者在那之上。」

「既然這麼強，感覺應該會受到優待啊？」

「是啊。原本這麼做也不奇怪，但是因為友軍全滅而被稱為『死神』，加上她以前所在的國家是帝國，聽說待遇很差。」

記得那個國家有崇尚人類至上主義的風氣吧？這代表即使締結停戰協定，迫害也沒有改變。

「最後對此感到不快的奴隸主貴族，以教育為藉口企圖加害她，反而遭到無情的反擊。就算是奴隸主，惡意企圖加害奴隸也是違法行為，需要自負責任。」

「意思是說事情鬧大了嗎？」

「是的，聽說一時之間造成問題。如果用這個理由處決她，愛爾德共和國勢必會有所反應。大概是因為這樣吧。為了避免混亂，他們才把她送往國外……送來聖王國，輾轉來到這裡。」

明明送回共和國感覺更能解決問題，不這麼做是有什麼理由嗎？

「原來如此……假使要購買她的話，大約是多少錢呢？」

「我想想。她雖然不好應付，不過能力很強，所以要五百枚金幣。」

「五百枚金幣嗎……」

好貴……不過我用鑑定看到她的等級是66，比那個歐克領主洛伊德還要高。

在我至今用人物鑑定看過的等級當中，無疑是最高的，而且……

「我現在手頭的錢不夠……但我想預約，會在約好的日子前存夠錢，請你在那一天之前別把她賣給別人，可以這麼拜託你嗎？」

「……這個嘛。假如您願意支付她直到在約定之日為止的生活費，那倒是無妨。我本來不會做出這種約定，但您是德雷克介紹的客人。」

把我現有的錢全部加起來，大約有三百枚金幣吧？要在降臨祭結束前湊齊剩下兩百枚金幣，會很困難嗎？倘若採集藥草量產藥水又是如何？

總之我拜託他別在二十天內出售，並支付了這段時間的生活費。

最後表示想再和她談談，請德雷特讓我與她單獨談話。

「我叫空。想和妳談一談，可以嗎？」

「…………」

「其實我是旅行商人。一直以來都在尋找能擔任護衛的人，聽說妳很強，我在考慮找妳當護衛。」

「那你去找別人吧。這裡應該有其他具備戰鬥能力的奴隸。」

「老闆的確帶我看過幾個人。但我不認為他們有妳那麼強。我希望護衛至少有跟高階種戰鬥時能夠逃脫的實力。」

「高階種？你雖然說是要找護衛，其實是要叫人去當冒險者賺錢嗎？」

「怎麼可能。只是在我前來這裡的路上至少聽過兩次高階種的傳聞，實際上也碰到過一次。現在只是單純旅行就有那麼多危險。所以若是要僱用，想找強者也很正常吧？」

她聽到我這番話之後沉默了。好像在思考什麼，沒有回答。

「而且我計劃要跨國旅行經商。如果有機會，說不定會經過愛爾德共和國喔。」

她猛然抬頭，感覺第一次在她眼中看到憤怒以外的情緒。雖然不知道那個情緒是什麼。

「就是這麼回事。假如我買下妳，可能會遇到那樣的未來，妳只要記住這點就行了。現實的問題是首先我必須再多賺一點錢。」

「那麼等你準備好錢以後再說吧。」

她說話的口氣很粗魯，但是不像一開始那樣話中帶刺。

哎呀，或許愛爾德共和國的國名對她來說就是那麼特別。或者是她對盧莉卡她們的感情就是那麼深。

「我會努力回應妳的期待。賽拉，我還會再來的。」

最後拋下這句話之後，我回到德雷特那邊。

接下來要忙碌起來了。主要是忙著賺錢。唉，有沒有好的賺錢機會呢？

先回去和蕾拉她們商量看看吧。

◇◇◇

「五百枚金幣？你打算買什麼樣的奴隸？」

「……是獸人奴隸。為此需要賺錢，想請蕾拉帶我去冒險者公會。」

「你打算成為冒險者嗎？」

「怎麼可能。我最想要的情報是藥草叢生地的地點，不過也想知道在那附近有什麼魔物。」

聽到藥草之後，蕾拉似乎意會過來。沒錯，我打算用藥水賺錢。

我們一起走進冒險者公會，或許是時間已過中午，相對的人比較少。

看來不管是哪裡的冒險者公會，若是不一大早過來就很難接到好委託。

查看委託，有許多警衛類的工作。由於許多人因為降臨祭聚集在此，容易發生各種事件。因此除了正規人力之外，他們好像還僱用了冒險者進行支援。

「也沒有條件不錯的討伐委託呢。啊，採集委託好像有不少。」

價格以行情來說算是普通。若是這樣，還是自己採集製作藥水販售更有賺頭。啊，身為商人的我，無論如何都沒辦法接冒險者公會的委託。

話說像搬運等雜務類的委託，在聖都的數量很少呢。

「不好意思，可以請妳幫忙問問採集地的注意事項嗎？」

「我知道了。」

蕾拉走向櫃檯，我決定再看一下委託。

討伐委託大都是哥布林和狼。針對高階冒險者的委託有討伐虎狼，在通往共和國方向的大道有目擊情報。以蕾拉她們的實力來說，的確是會覺得大材小用。

再來是討伐殺手蜂與採集蜂蜜嗎？蜂蜜可用於各種用途，很受歡迎。特別是聖都，好像會用來做甜食。

至於有機會賺大錢的委託……討伐龍？真不愧是奇幻世界。竟然還有龍存在啊。不是龍造成什麼損害而是想要素材嗎？一頭龍報酬五枚白金幣。委託者是鍊金術公會。

「你在看什麼？」

蕾拉隔著我的肩膀頭探頭看向告示欄，並且這麼問道。臉靠得好近、好近。

「我在看討伐龍的委託。」

「啊～每間大型冒險者公會都會張貼這個委託。假如實際有龍遭到討伐便會舉行拍賣。」

「是這樣嗎？」

「沒錯。以這個報酬來說，是討伐小型或是亞種龍可能有賺頭的程度，若是成年龍，這個價格並不划算。」

「原來如此，蕾拉看過龍嗎？」

「我沒看過。但是在地下城深層有過目擊紀錄。雖然不知是真是假。」

地下城有龍嗎？難道那裡有龍出沒的樓層嗎？

那是地獄呢。儘管對於有實力狩獵龍的人來說，或許算是天堂。

「總之我打聽了關於藥草的消息。在這裡談可能有點問題，我們先回小約兒家一趟。」

為了外人打聽情報，的確可能損及蕾拉的名譽。

於是我跟著蕾拉一起回去。

「空在降臨祭之前這段期間要做什麼？」

「總之我會採集藥草製作藥水賺錢。然後如果方便，妳可以陪我練習一下嗎？」

「練習嗎？」

「對，我想多學習用劍戰鬥的方法。就這一點來說，蕾拉很擅長用劍吧？」

「我的本領沒有好到足以指導別人，不過進行模擬戰鬥或許不錯。不光是跟我，若是你也能跟其他人交手，會是很好的學習。而且和小隊成員以外的人戰鬥，對我們也會是很好的經驗，我很歡迎。」

「那麼妳們有空時就再拜託了。妳們還得寫做業吧？」

「真的。我忍不住會想，如果沒有作業就好了。」

聽說為了請長假，學園出了好幾份作業給她們。學生也很辛苦呢。嗯，真的很辛苦。

但是她們在坐馬車時好像完全沒在讀書……是投宿旅館時好好地用功了嗎？

下午我們稍微進行模擬戰鬥，晚上則是舉辦學習會。光與尤莉也來參加。

她們都對魔法感興趣，似乎也在學習基礎知識。約兒與高采烈地指導。我也聽了一會兒，她的教學方法的確容易理解，教得很好。希耶爾，不用安慰我也沒關係喔？啊，妳是在催我準備吃的嗎？

第二天。我做好露營準備，踏上兩天一夜的採集藥草之旅。

光也說要一起去，不過這次難得有機會，我要她跟尤莉好好相處，所以不讓她跟來。光起初不太情願，但我告訴她美味露天小吃的情報，並交代調查稀奇調味料的任務，這才接受了。

希耶爾這次會和我一起行動。在進行確認時，她表示出要跟著我的態度。

只要來到城鎮外面，的確就可以吃到現做的熱騰騰料理。

最靠近的藥草叢生地，位於步行約半天路程之處。不過我不需要休息，應該可以用更短的時間抵達。

我一大早出城門時，已經有人在等待進城。是時機不巧，未能在昨天進城的人吧。從人數之多，可以看出降臨祭的重要性。特別是對信徒來說很特別吧，在等候人群當中，有許多像是信徒的人。

我一邊側眼看著那些人，一邊走向叢生地所在的森林。這裡好像有多個叢生地分散於森林中，是熱門採集地點，但是今天完全沒有其他人的反應。

我想起張貼在冒險者公會的委託單。採集藥草的報酬的確不算高，但若是能採到很多數量，也能賺到足夠的錢。然而那僅限於能夠採到很多藥草的人。考慮到這一點，或許更多人會選擇可以在城鎮裡工作，報酬也不錯的警衛工作。

進入森林後，我重新打開MAP，使用察覺氣息。聽說這一帶本來魔物就不多，顯示出來的MAP上的確沒有魔物的反應。

「這邊是野獸的反應嗎？」

倘若不是有害野獸，應該可以忽略吧。

「我要前往藥草的叢生地，希耶爾有什麼打算？」

因為（蕾拉）在冒險者公會打聽了幾個地點，我決定先過去那邊。

希耶爾一開始和我一起行動……啊，原來如此。因為午餐時間快到了。

去過兩處藥草叢生地後，到了期待已久的吃飯時間。準備料理時，看到我擺出好幾個鍋子，希耶爾以感到不可思議的視線看過來。

「喔，我還想煮一點待在城鎮時給妳吃的料理。」

我們還要在城鎮裡度過十五天以上，不需要預作料理。因為即使收進道具箱，也無法保存那麼久。

只是在約兒家裡沒辦法拜託他們多做給希耶爾吃的料理，我必須準備好回房間後能給希耶爾的食物。

當各種湯品快煮好時，最後煎烤當主菜的肉。

「要對光保密喔？」

我拿出歐克將軍的肉。啊，我自己那一份是用普通歐克肉。

嗯？這個妳也要吃嗎？點頭不用那麼用力喔。

吃完飯之後，我們迅速移動。可能是吃得太飽，希耶爾待在兜帽裡休息，不過感覺不到重量，不會妨礙作業。兜帽正好套著她，即使劇烈活動也沒問題。

我前往各個叢生地，如果附近出現有害野獸也會加以狩獵。即便是有害野獸，跟魔物相比只是小意思。輕鬆閃避衝撞過來的野獸，在擦身而過時一擊打倒牠。

「嗯？怎麼了？」

正當我在採集藥草時，睡醒的希耶爾爬出來靈巧地用耳朵拍打我。

我抬起頭看著希耶爾，發現空中看得到月亮。被樹木環繞還看得見月亮，代表月亮已經上升到滿高的位置。

關閉夜視技能，周遭一口氣被黑暗包圍。看樣子自己熱衷於採集，甚至忘了時間。

「我都沒發現。謝謝妳告訴我。」

她大概是在催我做飯，儘管有技能的效果，我也需要休息，她的提醒很有幫助。

我迅速做好菜，把裝著料理的盤子放在希耶爾前面。

自己也一邊吃一邊查看狀態值面板，漫步的等級好不容易上升1級。果然是因為所需經驗值變高了。

搭乘馬車可以節省時間，相對地會失去賺取經驗值的機會。

雖然抵達聖都後沒發生什麼麻煩……這種想法算是立旗嗎？

好，再走一小段路賺取經驗值，同時尋找睡覺的地方吧。

由於在坦斯村蓋過很多房屋，我打算尋找大一點的地方活用這個技能。如果可以蓋建築，往後的露營應該也會有很大的變化。問題是建築物很顯眼，需要遠離大道才行嗎？還要確認遭到魔物襲擊時會不會損壞。

還有一個問題是在森林中難以找到符合條件的地方。

有個地點看起來不錯，但有幾棵樹長在微妙的位置，於是加以砍伐。用風魔法把木頭切成小塊之後收進道具箱。以後當柴燒吧。

「嗯～就選這裡好了。」

清出空間後，我建造簡易小屋。烹飪會在屋外進行，真的只是用來睡覺的地方。這次周遭沒有魔物，由於是第一次建造，我加厚牆面以強度為優先，結果變得很大間。

在地板上鋪好床單躺下，假如有攜帶式的床，會睡起來更舒適嗎？

正當我一面想著這種事一面準備躺下時，聽到長嚎聲傳來。

若非可以用MAP查看位置，或許每次聽到都會感到不安吧。一個人待在森林裡時，有時就連聽見風吹過樹木的沙沙聲都會感到害怕。被高聳的樹木環繞，有時也會感受到壓迫感，心頭湧現言語無法描述的不安。

以前在日本時，我也曾獨自走在寂靜的獸徑上，當時雖然被踩到樹葉發出的聲響嚇到，如今也已化為美好的回憶。那種聲音在習慣之後，聽起來也變得很悅耳。該說是習慣了旅行嗎？因為我已經深入森林許多次。

我在睡前再度以MAP查看周遭情況後，那一天就此入睡了。

第二天吃完早餐後，我選擇走另一條路，在採集的同時返回城鎮。

連午餐都不吃專心採集，然後在回程路上邊走邊吃。如果被蕾拉她們看見了，會說我沒規矩嗎？不，冒險者肯定會碰到需要邊走邊吃的狀況，她們不會這麼說吧。

給希耶爾的食物是早上烤好的肉串，希耶爾咬著我拿在手裡的肉串。

結果在這趟採集途中，連一次都沒有遇到魔物。MAP上也從未顯示過。

等候進城的隊伍大排長龍，但我還是順利進城了。

隔天使用鍊金術製作各種藥水。回復藥水三百瓶，魔力藥水兩百瓶，精力藥水三百瓶，解毒及解除麻痺的藥水各一百瓶。也許是轉職為鍊金術士的關係，製作過程很順利。

由於數量龐大，我把等候MP回復的時間用來和蕾拉她們進行模擬戰鬥與學習。

我在製作藥水之後去念書，等待MP回復後再製作，然後進行模擬戰鬥，結果用掉一整天的時間。不過拜此所賜，鍊金術等級終於升到MAX。滿級了。

我查看有沒有出現可以學習的新技能，找到了【賦予術】。

賦予術——可以把學到的魔法賦予在各種東西上。另外有部分技能好像也可以。

我覺得這個技能可以提升戰力，同時也能用來賺錢。

例如對子彈賦予魔法，便可以製作出帶屬性的子彈。若賦予火魔法讓子彈爆炸，說不定能做出像散彈槍子彈一樣殺傷力很高的成品。只不過用來射擊魔物會炸爛素材，可能很難找到使用的時機。

至於賺錢方面，我想如果能在普通袋子上賦予空間魔法的收納魔法做成道具袋，應該可以賺到不少錢。下次試試看吧。

總之這個技能很有用，我決定學習。

NEW
【賦予術Lv1】

這麼一來技能點數又用光了，不過只要明天再走路，漫步還會繼續升級，應該沒問題吧。我這麼說服自己。

至於模擬戰鬥，我和血腥玫瑰的前鋒們打得有來有往。露露主要是用弓，但也擅長用劍。她與對手保持距離的方式很獨特，用難以掌握步調的戰鬥方式讓我陷入苦戰。

其中又以蕾拉特別強，一開始她的動作不太協調，我的勝率較高，但是隨著動作慢慢變得流暢，最後完全打不贏她。由於在打倒歐克領主時等級升了10級，看樣子她是受到提升之後的體能影響。

「感覺彷彿不是自己的身體。」

她本人才是最驚訝的。

璐和尤莉這對母女在旁邊參觀模擬戰鬥，最後尤莉也下場參加了。不過與其說是參加模擬戰鬥，更像是接受約兒以防身術為中心的指導。

「主人，要去哪裡？」

吃完早餐後，我按照約定和光一起出門。

「在聖都散散步吧？璐女士說露天攤位的擺攤數量差不多愈來愈多了。不過也要讓我逛一下道具店喔。」

光和希耶爾一聽到露天攤位，頓時很感興趣，但是攤位未必都是賣吃的喔？這個要過去看看才知道。

「對了。一開始先給妳這些吧。今天可以用這筆錢買想要的東西喔。」

我把幾枚銅幣交給光。以後可能也有像上次那樣分頭行動的時候，為了替那種情況做準備，需要練習怎麼使用錢。

聖都裡外出的人群比上次大家一起逛街時更多，街道兩旁的攤位也多了起來。或許因此讓路面變窄，才會明顯感覺到人變多。

雖然不是因為這樣，我握著光的手往前走。感覺光的腳步也變得輕快起來。

「主人，那個看起來很好吃。」、「主人，這是賣什麼的攤子？」、「那邊的攤子味道好刺鼻。」

光說了很多話，給人比平常來得興奮的印象。

露天攤位的食物大多是可以邊走邊吃的東西，但也有些地方設置讓人坐下來品嘗的位置。

光踏著小碎步走向一個攤位，付錢之後接過肉串。她馬上吃了起來，然後連連點頭。妳才剛吃完早餐耶。

『啊，希耶爾也想吃吧。現在不行，晚點再給妳。』

在我和希耶爾對話時，光又拉著我往前走。

這次我們走向的攤位賣的麵包與平時吃的造型略有不同。這個世界的麵包基本上呈球狀，不過這個攤位的麵包是薄麵餅，在切開的地方夾入肉類與蔬菜。我記得這個是叫皮塔餅？

光很感興趣地注視著，或許是第一次看到的食物，她好像還在猶豫。能花多少錢是固定的，可能也是使她遲疑的原因之一。因為售價比其他同樣販賣麵包的攤位再貴一點。

我點一份，吃了一口。餡料相對於麵餅來說放得很多，吃起來很有飽足感。調味有點重，不過麵餅巧妙地中和了滋味，吃起來並不膩。

正要吃第二口時，發現光的視線直盯我手中的麵包。

我把皮塔餅湊到她的嘴邊，她便一口咬下，嚼了幾口臉上浮現驚訝的表情。

『我知道。妳也想吃這個吧。』

我用心電感應與希耶爾交流，她則是蹦蹦跳跳。

「嗯？那個是什麼？」

在並排的許多攤位之中，有一攤特別引人注目。攤位上賣的不是食物，而是全白的雜貨類。既有飾品緞帶，也有遮住眼睛的面具。

「喔，小伙子要不要也買一個？這邊的貨色比你戴的那種面具更好喔！」

「這些東西的用途是什麼？」

「儘管並非有什麼規定，從以前開始，大家就有在降臨祭穿戴白色物品的習俗。我想大概是為了營造一體感吧。所以才會賣白色雜貨。至於那邊的小姑娘……這個護腕滿適合她的。」

光是女孩子，一般不是應該推薦緞帶嗎？啊，這是看到她手中的肉串與沾在嘴角的醬汁才這麼提議的嗎？

我看了一下周遭，的確每個人身上都佩戴著一件白色物品。

有句話叫入境隨俗，我們也買一個吧。自己買了面具，給光買了緞帶。

「不過，為什麼會做面具呢？」

一問之下，老闆表示司祭當中也有人戴面具，所以製作仿造品。真是這樣嗎？

在那之後，我們去了幾間道具店，等我的事情辦完之後，又回來逛露天攤位。

半路上也在類似食品雜貨店的地方看了調味料。

「光可以吃辣嗎？」

「……太辣不行！」

『希耶爾……不能吃辣對吧？』

我用心電感應加以確認，她也點頭回應。

那就買一點點自己用的吧。發現我購買少許鮮紅的粉末，希耶爾睜大眼睛看了過來，但我不是為了整妳才買的喔？這是我要吃的。

「我們找個地方休息兼吃午餐吧？雖然先前買了各種吃的，妳還有什麼好奇的食物嗎？」

聽到我的問題，光神采奕奕地拉著我的手往前走。

光帶我來到一間店，正在燒烤厚到可以揍人的肉塊。呃，那個不是棍棒吧？

「主人，我也想吃吃看這個。」

這是又稱漫畫肉的帶骨肉。看起來確實很好吃，但是不會太大嗎？而且價格也滿高的。光先前沒有買，是因為錢不夠嗎？

可能是經過低溫慢烤，滴落的肉汁散發焦香味，刺激食慾。體格壯碩的人一個接一個地購買。他們是冒險者嗎？

我們也買了三根（我的那一份選了稍微小一點的），考慮到營養均衡，又買了蔬菜湯才更換地點。因為想和希耶爾一起吃，必須在沒有人的地方用餐。

『希耶爾，附近有沒人的地方嗎？』

希耶爾飛到上空環顧周遭之後才飛回來。

我們就這樣讓希耶爾帶路，走到一處像是公園的地方。

一踏進公園，眼前滿是色彩繽紛的鮮花，令人心情寧靜。這個地方本來大概是聖都居民休憩之處，但或許是降臨祭的關係，附近不見人影。

即使如此，也可能突然有人來訪，因此我們走到更裡面一點的地方，在那邊坐下吃午飯。

光笑容滿面地挑戰肉塊，希耶爾也咬住和她一樣大的肉塊。不知肉都裝到哪裡去了，但她一開動就沒停，直到吃完為止都沒有放開肉塊。

「主人，很好吃。」

啊啊，嘴巴周圍沾滿油亮的肉汁。我用洗淨魔法幫她清理乾淨。

不知道魔法對希耶爾是否有作用，但是使用洗淨魔法之後，她被肉汁染色的身體變得雪白。希耶爾見狀顯得很高興，我很訝異魔法對希耶爾有效。

「妳想做什麼呢？要在街上多逛一會兒嗎？」

飯後休息之後，我這麼詢問光。

我們已經逛過許多露天攤位，考慮到整個城鎮的規模，那還只是一部分而已。或許是旅行者很多，還是有許多稀奇的東西，每個攤位看起來都生意興隆。販賣白色雜貨的攤位也不少，我正好看到一對情侶在購買白色面具。另外還有女生拿剛買的緞帶綁頭髮。

與我用不同視角逛街的光和希耶爾完全無視雜貨，只顧著挑選食物。因為她們已經吃了很多，我把買來的食物一一收進道具箱裡。即使她們露出渴望的表情，但我狠下心要她們忍耐。不希望兩人吃太飽拉肚子，那樣我也很傷腦筋。

聽到我這麼說，光老實地點點頭。看樣子肚子痛會吃不了東西這句話有效。希耶爾擺出「我沒有問題」的模樣，可是看到希耶爾吃東西光也會想吃，因此我拒絕了。

我們就這樣到處閒逛，回過神時已經來到行人稀疏的地方。看來想走小路抄捷徑不是個好主意。

「來到奇怪的地方了。返回原處吧。」

迷路時不能往前走，回到認得路的地方才是可靠的做法。

正準備掉頭時，光忽然停下腳步。

還想問她怎麼了，便聽見匆促的腳步聲響起。一個人從巷子裡衝出來，背後跟著幾個人。

那人穿著寬鬆的長袍，用兜帽遮住臉，那人發現我們後先是停下了腳步，但是立刻跑過來大喊。

「有人在追我。救救我！」

那人拚命大喊並繞到我背後。這是把我當成擋箭牌嗎？兜帽壓得很低所以看不出性別，不過從聲音聽起來似乎是女性。

我瞥了背後一眼，接著看向眼前的群體。

他們全都穿著灰白色的長袍，脖子掛著同款式的項鍊。

【名字「雷格魯斯」　職業「神官」　Lv「11」　種族「人類」　狀態「──」】

鑑定顯示他是神官。

「可以請你交出那位大人嗎？」

聽到那句話，我回頭鑑定那名女子。

【名字「米亞」　職業「聖女」　Lv「6」　種族「人類」　狀態「——」】

聖女？記得聖女是最早收到女神神諭的人吧。我還以為看錯了，但是再鑑定一次結果也沒有改變。眼前的人毫無疑問就是那位聖女。

追逐聖女的神官……這是那種情況嗎？常見的身居高位之人偷溜出門，給周遭帶來麻煩的情境。還以為那只存在於故事當中，原來在現實當中也有可能發生啊。

如果在這裡扯上關係，很可能會被捲入麻煩。我有這種預感。

「請便。」

我用鄭重的語氣說道，舉起雙手表示沒有反抗的意思。

「你在說什麼，這些傢伙是壞人！」

她出聲責怪我。請別在我耳邊大喊大叫，耳朵會嗡嗡作響。

剛才開口的人可能沒想到我會老實同意，對我的答覆感到困惑。為什麼？光則是一副不感興趣的樣子，希耶爾有些慌張地左顧右盼。

我回過頭，與少女……米亞交換位置，在她背後輕輕推了一下。

措手不及的米亞往前走了一、兩步，身體前傾。

雷格魯斯見狀連忙上前，張開雙臂準備抱住她，但是米亞在第三步站穩腳步，像是拒絕一般推開他。

被推開的雷格魯斯一頭撞上在他背後待命的長袍集團。好幾個人接連被撞倒，沒有受到波及

的人傻傻望著這一幕。

「你、你幹什麼啊。居然推開楚楚可憐的女孩子！你是惡魔嗎！白癡嗎！不是人嗎！」

米亞開口罵我。或許是情緒激動，從兜帽下方露出的臉龐漲得通紅。不過理會她就輸了。我可不想被捲入奇怪的騷動裡。已經受夠了。

看到她毫不留情地推開試圖幫她的雷格魯斯，我才感到退避三舍。

「主人，要走了嗎？」

「嗯，當作沒看到吧。我們什麼也沒看見。」

察覺到什麼的光開口問我，於是順勢答應。

「等、等等呀！」

我的視野角落看見米亞接近。

「主人！」

就在這時，光以焦躁的聲音大喊。

耳朵聽見破風聲，見到黑色的物體朝這邊飛來。

我轉身踏出腳步，伸手把米亞推向背後。

掌心感覺到柔軟的觸感。這、這是不可抗力。

米亞的身體飛向雷格魯斯等人的方向，手臂掠過一陣衝擊。

我險些發出慘叫，還是咬緊牙關忍住。

望向疼痛的源頭，只見一支箭刺進手臂。

我忍痛發動MAP、察覺氣息與察覺魔力。

可能是奇襲失敗的關係，有一道反應以極快的速度離開現場。不射第二箭就撤退，做得很徹底。

對於眼前發生的事態，別說是米亞，追趕她的那群人也驚愕不已。

「主人，你還好嗎？」

光擔心地看過來。

聽到那句話，米亞有了動作。

「給、給我看看傷口。」

看到她伸手想要碰觸，我抬手加以制止。

「等等，箭上可能塗有毒藥。很危險，別碰。」

我忍著痛如此叫道。扯到傷口了～

光顯得擔心，於是我要她鎮定。

我把右手移到方便用左手拔箭的位置。鑑定之後，得知箭頭塗有毒藥。

先用風魔法切割中箭的地方，下定決心拔出箭。喔～血噴出來了。

我彷彿無事不關己地看著這一幕，但是這樣下去將會大量出血。

得用回復魔法治療才行。正當我如此心想時，身旁傳來一聲：「治癒。」

米亞詠唱了回復魔法。

等到手臂的傷口癒合後，她又詠唱「恢復」，然後就像渾身無力一般癱倒。

恢復……記得特麗莎說過，那是治療異常狀態的魔法。雖然我具有抗性可讓毒失效，因此沒有效果，不過她是在聽到箭上有毒，才會為我施法吧。

米亞從兜帽縫隙露出的臉龐顯得一片蒼白。我忍不住一把接住她，感覺到纖細的身體難以想像的重量。她完全沒有力氣了。

我對這種症狀有印象。發生的原因是ＭＰ耗盡。

是神聖魔法消耗的ＭＰ比其他魔法更多嗎？她的等級好像不高，是因為這樣嗎？

如果給予魔力藥水，應該能夠恢復意識，但是要對失去意識的人使用藥水……奇怪？當時的我明明失去意識，不知為何感覺回復得很快……

「你打算怎麼處置那位大人？」

當我正在思考這件事時，雷格魯斯重回戰線。

老實說，我還在煩惱該怎麼做。剛才那支箭的目標毫無疑問是米亞。

雷格魯斯他們看似為了保護米亞而行動，但是那一箭使得情況為之改變。

還有她馬上試圖救助先前粗魯對待她的人的舉動。之前給我任性妄為的印象，實際上或許並非如此。

剛才的我不願被捲入麻煩而做出武斷的行動，此時應該謹慎思考……然而沒有任何東西可以當作判斷標準。

那麼拜託教會相關人物裡能夠信任的人，會是最好的做法嗎？

「主人，要怎麼做？」

「遇到難題時，就去問問了解的人吧。」

「啊！你打算去哪裡！」

「安靜跟我來。老實說我很猶豫能不能相信你們。」

「你、你說什麼！」

有人對我的話反應過度而發怒，這也是沒辦法的事吧。因為情況與先前遇見時有所變化。我收好箭，特別留意箭頭的部分，然後邁步前進。

那些年輕男子還在說些什麼，不過雷格魯斯似乎決定跟著我。

他應該是判斷我不會危害米亞吧。

我當然沒有前往教會，而是直接回到阿波斯提爾家。

真不愧是教會相關人員，他們似乎知道阿波斯提爾家。紛紛露出驚訝的表情僵住不動。

我留下面對宅邸一動也不動的眾人，對著大門守衛開口，請他找管家隆德過來。

「歡迎回來。那麼請問這幾位是？」

他來回看著我懷中的少女與站在背後的那群人問道。

「我好像被捲入到一點麻煩中，可以請你找大……丹先生過來嗎？」

「好的。那麼請空先生先進宅邸。我會派人安排可供休息的房間。」

我把人託付給女僕，決定暫時到客房等候。

「在這個時間找我過來，你可真了不起。別看我這樣子，可是很忙的。」

開口第一句就說這種話嗎？想抱怨的人可是我。

而且擺出那種態度好嗎？你的大女兒正在用看垃圾的眼神瞪著你喔。

更何況嘴巴說很忙，前陣子卻丟下工作不管蹺班回家了吧？

「那麼……」

丹這時第一次發現還有我以外的人在場。他甚至連女兒都沒有看見嗎？

看到隔著一段距離的那群人，丹皺起眉頭。

「久疏問候，大人。我是擔任聖女大人首席貼身隨從的雷格魯斯。」

「唔，首席隨從來我家有何貴幹呢？」

聽到那句話，雷格魯斯瞥了我們一眼。那可能是不太能公開談論的話題吧。

「看來妨礙到你們了，我們就此離開吧。」

「主人，外出的後續呢？」

「今天受到干擾了，到此為止。下次再去吧。」

公會明天再去就好。

複雜的事情交給大人去談吧。光和我，然後還有約兒起身走出房間。

「師父接下來要做什麼呢？」

「主人，如果不出門，我想學魔法。」

「……看來是這樣。」

她想用功學習啊。我從沒想過這種事呢。當時只覺得念書很麻煩，只有留下為了升學死記硬背的記憶。

感覺那份純真的想法很耀眼。

啊，不過學習魔法說不定很愉快。

「那麼我馬上找大家過來。今天我一定要掌握魔力操作的訣竅！」

這裡也有個熱愛學習的人嗎？雖然可能僅限於魔法相關方面。

在那之後，我們在常用的學習室集合，以灌注魔力的方法為主持續用功學習。

儘管光無法使用魔法，卻逐漸學會如何把魔力注入魔石。由於在實際戰鬥中使用很花時間，還無法實用化就是了。

另外約兒和蕾拉的資質似乎也不錯。我用察覺魔力仔細觀察，可以感受到微妙的魔力動向，因此在旁邊看著也有收穫。

「大小姐，請問空先生在嗎？」

有所節制的敲門聲響起，一名女僕走了進來。

「老爺有事情找空先生。可以勞煩他前往剛才的房間嗎？」

聽到是丹找我而有所防備，但是如果拒絕的話可能會給女僕添麻煩，因此我點點頭。

「那麼我過去一下。」

我回到那個房間，只見他們眉頭深鎖，面面相覷。

「聽說你有事找我？」

「沒錯，詳情我聽雷格魯斯先生提過了。據說你救了聖女大人一命。我要代替教會向你道謝。謝謝。」

「我可以問一個問題嗎？聖女大人是指方才那名女孩子嗎？」

儘管已經用鑑定查出資訊，我還是帶著確認的意思發問。

「正是如此。她正是這一代的聖女大人……」

「那麼你不只是為了道謝才特地找我過來吧？」

如果只是要道謝，應該不需要雷格魯斯在場。

「沒錯。」

丹瞥了雷格魯斯一眼，或許是確認他點頭同意才開口：

「關於聖女大人之事，我們決定讓她在我家待上幾天。」

「做出這個決定的是教會人士吧？我想沒有必要告訴我吧？」

「的確是這樣沒錯。不過在她暫住我家這段期間，可以的話希望你能關照她。這是雷格魯斯先生的希望。」

「說來慚愧，我們在聖女大人——米亞大人遇刺時，沒有人能夠行動。你卻在瞬間保護了她。我相信你的實力，所以想拜託你。」

「就算你這麼說……我救她只是偶然喔？而且既然有危險，我認為別讓她外出比較好吧？」

如果出了什麼事要叫我負責，那可受不了。

麻煩事最好要拒絕。

「關於此事有種種緣故。而且米亞大人自己可能也感覺壓力很大，有時精神狀態不太穩定。

所以一方面也希望能讓她喘口氣。」

感覺雷格魯斯的話語充滿真摯的感情。

「為了米亞大人的安全，我們當然也會派護衛跟隨。只是實在……沒有和米亞大人年齡相近又有實力的人選，護衛和她在一起可能會引人側目。我想避免這一點。而在這方面，樞機主教大人千金的同窗們目前暫住在這個家。若是可以，希望能讓她與年齡相仿的女孩有所交流。」

我明白他想說什麼。雖然這是想像，她或許是受到過度照護，過著令人窒息的生活。既然有那個地位，就難以重回普通的生活。嗯，這是我擅自的想像就是了。

不過她意外地感覺是個與深閨千金這種印象相差甚遠的野丫頭。

「……總之不只是我，也和蕾拉她們說明情況，獲得她們的理解會比較好。只是要和她一起相處，或許就會面臨某些風險。還有，請決定是否可以離開這座宅邸。」

我們並非一直都待在宅邸裡。至少蕾拉她們，主要是特麗莎很期待降臨祭。她們有時也會到外面看看吧。

蕾拉等人也是來到很少有機會過來的城鎮，或許有想去的地方。

我們接下來還有很多事要做。今日雖然逛過聖都，但還有很多細節部分尚未體驗。而且聽說更接近降臨祭時，舉辦的活動也會增加。

「說得也是。隆德，不好意思，去把大家叫來吧。」

大叔們向召集過來的大家說明狀況。啊～可是接下這件差事，就沒辦法去籌錢了嗎？那樣也滿頭痛的。如果買下賽拉，存款就會……

「……情況我明白了。不過我們也有事情要做，沒辦法隨時和她在一起。另外，如果我們外出時她說想同行，請問該怎麼做呢？」

「希望你們盡可能回應聖女大人的要求。」

「我們也有計劃離開城鎮到周邊散步。假如她說想跟到城鎮之外，又該怎麼做呢？」

「……倘若事先決定行程，那就無妨。我也會準備聖女大人的身分證。」

丹的擔心，是考慮到聖女米亞的個性嗎？還是在城鎮外面有機會抓到對米亞下手的人呢？關於這點不得而知。

不過他們應該會派人做好周密的警備工作，確保她沒有危險吧。

還有儘管不是護衛費，他們也會提供一點津貼。從丹皺起眉頭的表情，無法得知他是看出我的心聲，還是背後有什麼內情。

◇米亞視角・1

「這裡是……」

我睜開眼睛，眼前是陌生的天花板。

試圖起身，身體卻無法活動自如。

我記得這種感覺。那是什麼時候的事情呢？記得小時候曾發生過一次。

那個時候真好。

雖然生活的確貧窮，但是一家人聚在一起，過著笑口常開的生活。有爸爸、媽媽，還有剛出生的小白。順帶一提，小白是我們家的寵物狗。

記得名字是我取的。現在想想取得真簡單，但是當時覺得那是最棒的名字。

沒錯，這種感覺，以前小白受重傷時，我哭泣、祈禱、哭泣，感到有某種東西從體內湧了出來，就此失去意識。下一次醒來時，就有和現在一樣的感覺。

在那以後，我的生活改變了……

我轉頭環顧室內。

至少可以知道這裡不是我的房間，也不是教會。房間給人簡樸的印象，卻不可思議地令人安心。是淡色系配色讓我這樣覺得嗎？

躺了一會兒，感到身體逐漸恢復力氣。

慢慢坐起身來。感覺有點累。

口也好渴。床邊桌上擺著水壺，我倒了一杯水。因為忍耐不住了。

啊～復活了。總覺得身體也恢復力氣。

這時候敲門聲傳來，房門跟著打開。

移動視線看到幾名女子走了進來。都是陌生人。

依照順序，看到最後進門的男子我才回想起來。雖然面具不一樣，但是我不會認錯那頭極具特色的黑髮。

自己明明向他求救，他卻推開我。

啊，對了，我一時衝動推開雷格魯斯先生……之後得挨罵了嗎～

不對，不是這樣。不是這樣……

我不禁覺得生氣。嗚嗚，因為想起那個觸感。

「你、你、你這個變態笨蛋！」

回過神時，我已經放聲大喊。

臉頰好燙，搞不好都紅透了。

不知是哪來的力氣，我充滿氣勢地站在床上。

女生們同時望向我指示的方向。

手指前方當然是那個男子。

其中一個人……身材苗條的高個子成熟女子轉身露出微笑。

一股寒意竄過背脊。我頓時感到毛骨悚然。

「突然說些什麼呢？很失禮喔。」

突然大叫或許很失禮。

我是陌生人，他們兩人一定認識。真要說來肯定會相信他的主張。

但這是不能輸的場面。這、這是我的……

嗚～總之不能原諒他。

「那、那個，這個人摸了我的胸、胸部。我被他摸了！」

我打從心裡發出吶喊。

沒有輸給那個恐怖的微笑把話說出來了。真想稱讚自己。

啊，笑容消失了。接著感到她的全身冒出怒火。

女子轉身踏著重重的腳步走了過去，兩人開始爭吵。

不對，好像是男子單方面挨罵。

感到疲憊的我在床上坐下。回顧自己氣勢洶洶地站在床上的樣子，突然感到難為情。

「那個，米亞大人。初次見面，我是阿波斯提爾家長女，約兒・阿波斯提爾。」

阿波斯提爾……記得有一位樞機主教的姓氏就是這個。

「我是米亞。請問我為什麼會在這裡呢？」

我忘記了。確認現狀很重要。

「那個，您不記得了嗎？我也只是聽說，不清楚詳細情況，但是聽說您遇刺時師父救了您。還聽說當時是您治療了受傷的師父。」

我的臉上猛然失去血色。

被襲胸的衝擊讓我忘記這件事。記得有箭飛過來，然後……

想起來了。是他救了我。

那個行動絕不是故意為之。一定是不可抗力……

我為此感到尷尬，自己竟然這麼情緒化，單方面責怪他。

「那、那個，我想起來了。那麼……希望妳能夠阻止他們。」

這才發現男子顯得精疲力竭。發火的女子看似更加激動了。

約兒聽到我說的話，面帶苦笑走去那邊。

可以聽見「姊姊」、「這是誤會」等話語傳來。

可能是談話告一段落，他們走回來了。我有點緊張，不過透過交談可以發現他們的態度和藹可親。

她們是丹樞機主教的女兒約兒就讀的學園學生，一起組成冒險者小隊。

在六人當中，我特別在意的是特麗莎。她用閃閃發光的眼神看著我，而且還握住我的手，高興地上下揮動。她說自己使用神聖魔法，能見到我這個聖女非常感動……可是我不覺得能跟她相處得來。那、那個胸部……

然後那名男子叫空，身旁竟然帶著奴隸。他是變態嗎？

還有那個面具又是怎麼回事？他面具下方的眼睛說不定正用下流的眼神看著我。因為看不見他的表情，我必須保持警惕。不過他算是我的救命恩人吧？姑且先道謝。

光——空的奴隸狠狠瞪著我。嗚～有種想要緊緊抱住她的衝動。因為想起小白嗎？我起身想要靠近，她立刻躲到空的背後。

尤莉——約兒的妹妹有禮貌地向我打招呼。我覺得她看起來最為沉著，是我的錯覺嗎？

介紹完畢之後，他們告訴我往後的安排。

看來我不用回教會，在降臨祭之前都可以在這裡生活。

自己不擅長在不熟悉的地方生活，但是這也沒辦法。雖然沒有自由，不過我在他們外出時可以跟著去。

這樣不要緊嗎？這當然比起被軟禁在房間裡來得好，我也很開心就是了。

啊，可以的話想去實習神官提過的甜點店。下次試著拜託他們吧？

閒話・1

一名少年……小孩坐在擺放於全白房間裡的辦公桌前方做事。稚氣猶存的臉龐像是笑容貼在上面一般開朗。

「這樣啊。襲擊以失敗告終了。」

這是令人高興的報告。

沒想到在我進行準備的這段期間，那個人會單獨行動。

「嗯～教皇陛下也真令人頭痛。還是說他很焦慮呢？」

我需要好好調整一下韁繩才行。

這麼一來又得做那件事了嗎～雖然有點麻煩，但也沒辦法。

「現在要以不讓他做出多餘的事為優先。那麼該用什麼措辭好呢？」

我苦思新的神諭。心情不由得煩躁起來，湧現破壞的衝動，但我按捺下去。

那個準備正在逐步進行，這個難題需要確實解決。

「教皇陛下，感謝您撥出時間。」

「唔，你要和我談的事情是什麼？」

「是關於聖女大人之事。」

對於那個詞彙反應過度，真是心胸狹小。

「……那件事嗎？其實呢，我收到了新的神諭。」

「這是真的嗎！真不愧是教皇陛下！」

一聽到我的吹捧，先前的不滿表情就像假的一樣消失無蹤。真是個好懂的人。

「唔，不過神諭的內容……」

看著興高采烈開口的教皇，我費了一番力氣才忍下來。

「果然是這樣嗎……那麼……」

我在此時提出某個提案。

「嗯嗯，這樣很好。這將會更加鞏固我的權威吧。而且這是神諭，身為使徒必須達成才行。最重要的是，必須要讓那個女人面對欺騙我們的報應。」

這就是這個國家的統治者嗎？真滑稽。

「那麼關於暗殺命令，就這樣暫時擱置好嗎？」

這樣就能阻止暗殺。

我本來就對她個人不帶任何仇恨，對方只是被選為聖女而已。

自己沒有方法鑑定，但是那個人確認過了，不會有錯吧。

聖女對那位大人來說是有害的存在，因此絕對必須剷除。

然而時間並非現在。因為暗中除掉她也沒有效果。

先是大張旗鼓地舉行處決，然後發現那是個錯誤時，這次的慘劇將會導致教皇……教會的權威掃地，造成重大打擊吧。而期望那件事發生的人們也……

「嗯，那邊就交給你了。」

「是，一切都是為了教皇陛下。」

聽到那句話，他滿意地頷首。

等到知道一切時，這個男人會露出怎樣的表情呢？

我從現在就開始期待。不只這個男人，想像人類絕望的模樣就感到滿心雀躍。

昏暗的森林裡。我前來看看情況時，發現有人來過附近的痕跡。

「嗯～被找到了嗎？」

這沒什麼好隱藏的，所以沒關係。不，首先我不認為能夠完全藏住。

可是現在如果造成騷動，難得的計畫就會化為泡影。

乾脆現在就解放吧？如此心想的我隨即打消這個念頭。

因為那麼一來，自己的魔法也會遭到解除。

「冒險者公會不會擅自公布，由我來調整就好了吧。」

我花了好幾年的時間，用半吊子的方式結束，並非我所期望。而且只有這麼一個帶來的衝擊也不夠巨大。

「真是的，明明光是呼吸同一個地方的空氣都覺得噁心，我卻一直忍到現在。」

也忍著想與那個人見面的心情。
那麼為了不讓自己後悔，我得好好去做才行。

和米亞的重逢讓我非常疲憊。主要是因為蕾拉的言語攻擊，可是她為什麼那麼生氣？

如今的氣氛不再像剛才劍拔弩張，大家圍在桌邊，平靜地開著茶會。儘管這次的嘉賓？米亞精疲力盡。她似乎受到精神上的傷害。

在她身旁，平常文靜內向的特麗莎高興地接連發問。沒有人打算幫助米亞。

「好像在問魔法問題的約兒一樣。」

當我不禁這麼開口，約兒向我抱怨。

可是另外四人並沒有否認喔？

尤莉可能也很感興趣，坐在另一邊側耳聆聽。

既然是聖女，身分似乎高到一般人很少有機會見面。生於神職家庭的人或許會覺得很光榮。

雖然從約兒身上很可惜地感覺不到這一點。

我喝了一口茶，使用察覺魔力技能。

就我目前看到的狀況，米亞的ＭＰ尚未完全回復，但魔力量還滿高的。因為她的等級低，還以為魔力量也不高，看來並非如此。

明明是這樣，她卻只用了治癒和恢復兩個魔法就耗盡魔力。在那之前已經用過魔法了嗎？

「那個，聖女大人。」

「……叫、叫我米亞就行了。什麼事？」

她的聲音還有點僵硬。

這樣警惕地遮住胸部怎麼回事？就算是我還是會受傷的。

「我有幾個問題想問妳，可以嗎？」

也許是從我的語氣當中感覺到什麼，米亞挺直背脊。

「聽說妳用神聖魔法為我治療，今天還有用過其他魔法嗎？」

「不，今天沒有。」

她會露出尷尬的表情，是回想起自己跑出教會的事情嗎？

「那麼妳平常會使用神聖魔法嗎？」

「在有傷患來訪時偶爾會使用，我最多會為大約十人做治療。」

聖女也會做這種事啊。我不禁覺得她那有點自豪的模樣很可愛。

「那時候妳曾像今天一樣昏倒過嗎？」

「沒、沒有。怎麼了嗎？」

原來如此，越發不明白了。

「為什麼要問這種問題呢？」

當我默默思考時，不安的話聲傳來。

抬起頭來，發現米亞露出擔心的表情看著我。

「啊～就我所見，妳的魔力並不算少，所以在想為什麼會昏倒。」

「對呀。如果平常有在使用，不會只用兩次魔法就昏倒。」

約兒聽到後也不解地開口。就算神聖魔法消耗的魔力更多，畢竟她平常就有在使用。米亞本人好像也不清楚。

記得聽克莉絲說過，使用魔法會使魔力量微幅增加。

我的情況是就算使用魔法，ＭＰ也不會增加，但是我的狀態值，應該說升級方法在各方面來說都很奇怪，不能當作參考吧。

「以前也發生過類似的事情嗎？」

「以前……在我還小的時候，小白，我養的小狗受傷時，曾不顧一切地用魔法而昏倒。」

「那麼，妳這次使用魔法時又是如何？」

「我、我很慌張。因為眼前發生那種情況……」

近距離看到有人中箭確實會很吃驚吧。但是感覺沒什麼會令她臉紅的因素吧？難不成她覺得只用兩次魔法就昏倒很丟臉嗎？

我尋找兩件事的共通之處。慌張……是情緒不穩定時，魔力的控制出了問題嗎？這代表精神狀態也與魔法的成功與否有關嗎？

「原因單純是魔力控制失敗嗎？那麼平常不用特別在意吧。正常使用至今都沒問題。」

那句話讓大家都以可以理解的態度點點頭。不，唯獨一個人看起來不能接受。

「請、請問，這代表以後還有可能會昏倒嗎？」

我點頭回應這個問題。

「有什麼方法可以防止這種事發生嗎？」

也不是沒有。

「只要提升等級，魔力量應該就會增加……」

「等級？」

奇怪？她們沒有等級這個概念嗎？

「啊～打倒魔物之後會有某些成長對吧。這麼一來魔力量似乎會增加。蕾拉妳們明白嗎？」

「打倒魔物後，有時候的確覺得自己變強了。」

「嗯，有時候會感覺身體變得比平常更輕盈。」

「有時是魔法的威力提升，有時是可以使用更多次。」

「我也覺得和以前相比，魔法持續的時間變長了。不過我以為是透過使用魔法而成長。」

那個王城裡的人知道等級的概念，所以我以為這是常識，然而一般來說不是這樣的嗎？

可是經過談話，察覺這不算是解決方法。

這麼說來米亞處於浪費魔力的狀態。那麼比起增加總量，訓練如何控制魔力會更好。

所以這件事最好交給約兒。米亞好像沒有年齡相近的朋友，這也是個轉換心情的好機會吧。

我想製作手槍……以第五代手槍代替損毀的第四代。儘管用到的機會不多，當作護身符帶著會安心一點。手槍實在不能在有外人的地方製作。

「可以拜託妳們嗎？」

米亞不安地詢問蕾拉她們。

「當然可以。米亞大人，一起加油吧。」

特麗莎充滿幹勁，約兒也在她背後露出笑容。是因為同好增加而感到開心嗎？

有種同好會的感覺呢。

我望著吵吵鬧鬧的模樣如此心想。

◇◇◇

為什麼會變成這樣？

米亞坐在眼前，光乖巧地坐在我身邊。

由於大家一如往常地聚集起來召開學習會，我把後面的事情交給她們，回房間打算用鍊金術製作各種東西。實際上也確實拿出道具，製作了各種產品。

那是短短兩小時前的事。

米亞與光隨著輕輕的敲門聲一起來到房間，米亞無力地垂下肩膀。

「妳說做過各種嘗試，但是完全做不到嗎？」

她無力地點點頭。才開始一個小時，我認為現在放棄還太早喔？

現在蕾拉和約兒她們也根據自己的經驗指導光與尤莉，我想學習會的確有其成果。

然而卻失敗了。特別是米亞好像從頭開始接受關於魔法的說明，並針對神聖魔法進行過修正，但她卻聽不懂她們在講什麼。

話說來找先前這麼排斥的人不要緊嗎？還是說她就是那麼走投無路呢？我問了光，米亞一開始好像打算獨自來找我，不過蕾拉要光一起過來。看樣子米亞十分努力想要強化魔力操作。

「有哪裡不明白嗎？」

「對於她們所說的一切。」

她自暴自棄地開口。

「我說，米亞學會神聖魔法後，有人好好教過妳使用方法嗎？」

「沒有。因為那是不知怎地在腦中浮現，就變得可以用了。」

這麼說來，她在使用治癒及恢復時也沒有詠唱。

感覺是詠唱魔法名稱就立刻發動嗎？難道說神聖魔法從根本就與其他魔法不同？可是特麗莎呢？我這麼想著，記得她說過自己也會使用生活魔法等等。

「那麼，妳可以再用一次治癒嗎？」

「知道了……治癒。」

果然就連察覺魔力也沒能感覺到發動前的魔力波動。

「怎、怎麼了，很奇怪嗎？」

以感覺來說，米亞使用魔法的方式跟我比較接近。在使用魔法前沒有漫長的詠唱。

「妳看過練習用的道具了嗎？」

「嗯。」

「試著對道具灌注魔力了嗎？」

「我聽完說明後加以嘗試，但是完全做不到。因為完全感受不到魔力。」

嗯～傷腦筋。感受魔力是這個練習的起跑線。要是做不到，那可就束手無策了。我的情況是有魔力操作這個技能，所以能夠感受魔力。

可是真要這樣說，光也是如此，倘若花更多時間去做，應該做得到……啊，她是因為沒有時間才感到焦慮嗎？

當我沉默地陷入思考時，米亞不安地看過來。看到她的表情，讓我不禁想起被拋棄的小狗。

「有、有什麼好笑的？」

我笑了嗎？她不安的表情消失，以鬧彆扭的模樣鼓起腮幫子。

米亞也能露出與年齡相符的表情啊。

她散發出虛張聲勢的氣氛，看起來像在勉強自己，但是那種感覺在一瞬間消失了。

處在聖女這種高貴的地位，或許很少有可以放鬆的時候。

「兩手伸出來一下。」

我握住她伸出的雙手。她面露驚訝之色，臉慢慢地變得通紅，並且低下頭去。

做出這樣的反應我也很傷腦筋啊。自己也會莫名意識到這一點。

「不知道會不會成功，但我會試著把魔力流向妳。如果有感覺到什麼就說一聲。」

確認米亞點頭後，我讓少許魔力從右手流向她。

我在那之後思考過很多，摸索有沒有更容易理解的方法。然後想出的方法就是這個。將自己的魔力流向對方，讓對方感受到變化。

你問我為什麼不對蕾拉她們這麼做？當、當然是因為難為情啊！

那麼現在呢？假如有人發問，我會回答自己很難為情。可是米亞非常拚命，所以我也強行忍耐。

「怎麼樣？有感覺到什麼嗎？」

「……不知道。」

「那我再加強一點試試看。有感覺就說。」

我增加流出的魔力量，一邊看著米亞的表情一邊調整。

嗯，她的眼角有不自然的動作，感覺到什麼了嗎？

「有種怪怪的感覺，總覺得從左手掌有某種溫暖的東西流進來。」

「這樣啊。那我再加強一點喔。」

我慢慢地加強魔力，米亞的呼吸開始紊亂。

「妳、妳還好嗎？」

「嗯、嗯。我沒事。可以請你再加強一點嗎？感覺快要掌握什麼了。」

她皺起眉頭露出認真的表情。我可以感覺到她正在拚命想要掌握什麼。

於是我回應米亞的希望，進一步加強流出的魔力。雖然有所調整，但是魔力以奇怪的方式流動，不會爆炸吧？我有點不安，不過就我所見魔力沒有異常變化，應該沒問題吧。

右手流出的魔力經過米亞的身體回到左手。

……感覺她的身體正在顫抖，不時發出性感的聲音……本人沒有發現嗎？

總覺得看到不該看的東西，於是將注意力從米亞身上轉開。

坐在我身旁的光，正以很感興趣的視線看著米亞喔？

喔喔，感覺把視線從米亞身上移開後，奇怪的心情反而更強烈了。看不見使得想像力逐漸膨脹。這是某種考驗嗎？話說如果那扇門在此時打開……我肯定會被處決吧？不過有證人光在場，應該沒問題。前提是她們願意聽我辯解。

在一片寂靜的室內，只有米亞紊亂的？呼吸聲響起。

專注。我要專注。

不知經過多久，聽見米亞大大地吐出一口氣的聲音。

「已經沒問題了。總覺得隱約可以明白了。」

她雖然滿頭大汗，還是露出打從心底感到高興的笑容。

那個燦爛的笑容有點……不對，是相當動人。我忍不住看得入迷。

「怎麼了嗎？」

「我覺得妳的笑容好美。」

啊，說錯話了。被她這麼一問，我便不禁脫口而出。

米亞的臉蛋又漸漸變得通紅。

我們依然握著手。在我發現此事的同時，米亞好像也發現了。

她想鬆開手，但我稍微加重握手的力道，不肯放手。

「我、我不是要捉弄妳。咳，趁著還沒忘記現在的感覺，換成妳把魔力流向我試試看。」

「嗯，知道了。」

她不再害羞，露出認真的表情。

「以妳自己的時機開始吧。」

我放鬆身體力道等待。

米亞反覆深呼吸幾次，過了不久便屏住呼吸。她閉上眼睛，集中精神。

時間逐漸流逝。

我把注意力集中在掌心，但是什麼也沒感覺到。

只有時間逐漸流逝。

絲毫感受不到任何東西。

呼～米亞用力吐出一口氣。等她抬起頭時，表情顯得有點想哭。

我放開她的手，掌心冒汗了。

「沒有人打從一開始就做得到。不要著急，持續去做就行了。」

她低著頭沒有反應。

我擦了擦手，輕拍米亞的頭然後摸了摸。

和抬起頭的米亞目光相對。

「我再說一遍。沒有人打從一開始就做得到，明天再加油就行了。」

「嗯。」

「那麼今天先休息吧。明天再嘗試。」

集中精神練習挺花時間的，從窗戶射入室內的陽光色澤發生了變化。

我把米亞送回房間，接著光要我陪她做同樣的練習。

當我流出魔力……

「嗯，癢癢的。」

聽到她這麼說。

不過光似乎掌握了什麼，她朝著道具伸手灌注魔力，魔石儲存魔力的速度比以前快上許多。

「很、很厲害嘛。」

我不由得出聲誇獎，光的臉上浮現燦爛的笑容。

看著那個笑容，我想是否能夠製作讓米亞也感覺得到魔力的魔道具，可惜的是在鍊金術的清單上沒找到這種道具。

果然沒辦法事事稱心如意呢。

◇◇◇

隔天早上米亞拜託我陪她做魔力練習，果然還是沒成功。

她沮喪的樣子令人有點心痛。我想告訴她不用那麼消沉也沒關係，因為才剛開始練習。

前往商業公會之前，我們進行了模擬戰鬥活動身體。我試著找米亞一起過來當作轉換心情，她便跟來了。

老實說我會窘態畢露，所以不希望她過來，果然不出我所料，我毫無辦法。對上蕾拉的時候被打得慘兮兮。不過對上其他人還是可以一戰喔。

「空真的也有做不到的事啊。」

「這個世界就是這樣。有擅長也有不擅長的事，沒有人從一開始就什麼都做得到。我也是來到這邊以後做過各種嘗試，然後設法生存下來。所以就算沒有馬上得到結果，米亞也不需要焦慮。」

如果可以不擇手段，我或許能夠打贏蕾拉，但是這麼做就失去訓練的意義。希望她指導我劍術的基礎，也可以說是自己想累積經驗。

我對自己和蕾拉她們施放洗淨魔法。這個宅邸有浴室設備，不過白天想使用很麻煩。主要是會麻煩到進行各種準備工作的人們。

他們要準備並燒熱洗澡水。因為是運用魔石加熱，比一般家庭來得輕鬆，但魔石是消耗品。和按下一個按鈕就能完成所有準備的那個世界不一樣。

如果併用水魔法與火魔法，就可以備好洗澡水嗎？若有機會，下次請他們讓我試試也不錯。

我問她們有什麼行程，蕾拉、凱西、約兒和特麗莎四人要去冒險者公會。只有進行模擬戰鬥會讓身體變得遲鈍，她們好像想去看看有沒有適合的委託。

塔莉亞和露露兩人留守。她們有事情要做。看到兩人雙眼無神，是要念書嗎？

米亞、光和我三個人決定先去道具店販售藥水。由於穿著白袍的聖女風格服裝很顯眼，米亞決定換上向約兒借來的城鎮女孩風格服裝一起前往。

「妳感覺還不習慣呢。」

「……我基本上都穿著教會準備的長袍，這也沒辦法吧。」

「原來如此，不過從現在開始習慣就行了吧？」

我說了什麼奇怪的話嗎？米亞驚訝地睜大眼睛。

「主人，快點走吧。」

當我和米亞說話時，光在一旁催促。

我可是知道喔？她很期待今天上街閒逛吧。還有很多地方沒去過。而且米亞好像想去甜點店，之前不該說溜嘴，表示可以順道過去的。

因為當時光臉上浮現幸福的笑容，所以再去一次也不錯，不過這得看藥水的販售價格而定。優先事項是買下賽拉。而且每次多個人就去一次甜點店，比起花費，我的胃會先受不了！甜點就是偶爾品嘗即可……至少對我來說是這樣。

在離開宅邸前用了結界魔法，避免被人發現。施法的對象是米亞。這樣可以抵擋一次攻擊。雖然也會用ＭＡＰ與察覺氣息提防，然而如果遭遇奇襲，有可能會來不及應對。

走在街上，米亞比光更加東張西望。啊，她差點撞到前面的人。

以米亞的年齡來說，要像對待光一樣牽著手走路的門檻太高了。聽她說過自己比我大一歲。所以我拜託光。光雖然朝著我伸手，但是三人並排會造成困擾，所以沒和她牽手。而且如果買了東西，不空出手就沒辦法吃吧？

米亞或許是覺得很稀奇，看著擺放在露天攤位上的商品問了各種問題。嗯，有很多東西我也不知道呢。不過光接連回答那些問題，幫了大忙。反倒是有些東西我不知道用途是什麼，在聽到光的說明之後受到衝擊。

結果我在商業公會賣出藥水。

那去道具屋有何意義呢？雖然這麼想，但是我透過談判賣出高價。如果不清楚售價，說不定會被壓低收購價格。當我不露痕跡地刺探時，對方便說商人必須隨時掌握市場狀況。

即便說得有道理，企圖低價收購這件事還是沒變吧？好吧，因為我也企圖高價賣出，沒資格說別人就是了。

再來果然是收購量吧。拜此所賜，我得以在一次交易中賺到兩百五十枚金幣。雖然手頭的藥水數量也減少了一半。

而且從逛道具店得知的消息不只有這個。

舉例來說，最有用的是關於毒與麻痺狀態的解毒藥。我覺得價格格外昂貴，於是便向道具店老闆打聽，他說解毒藥的品質尤為關鍵。

由於毒也有強弱之分，對於劇毒使用品質差的解毒藥也不會生效。因此要和帶有劇毒的魔物戰鬥時，就需要高品質的解毒藥。諸如這些的我學到了很多。老闆雖然有點傻眼，但在意就輸了。

「錢也賺到了，我想去奴隸商館，可以嗎？」

儘管臨時更改行程，兩人都說沒關係。

有點猶豫要不要帶米亞過去，但她堅持要跟去，於是我退讓了。一方面也是擔心她會自己跑去其他地方。

「你為什麼要買奴隸？是特殊奴隸嗎？」

就算在這個厭惡奴隸的國家，特殊奴隸似乎也是另當別論。不過遺憾的是並不是特殊奴隸。我連有販售特殊奴隸這件事都不知道。

她是戰爭奴隸，但那是為了贖回自己，所以算是債務奴隸嗎？

「姑且算是戰爭奴隸？或是債務奴隸吧。我會購買是因為想要護衛。絕不是為了性喔？」

我為了自己的名譽辯解。要說不感興趣也是在撒謊……但是這種話不能大聲說出口。

「我是第一次去奴隸商館。」

如果是一般人，應該很少會去那種地方吧。

「主人，你要買那個人嗎？」

「嗯，我是這麼打算的。」

「……那個人很危險，希望你別這樣做。」

賽拉露骨地表現敵意，因此光會擔心吧。

「別擔心，交給我吧。」

雖然不知道要交給我什麼，為了讓她安心，我摸摸她的頭。

「你要買那麼危險的人當奴隸嗎？」

米亞也被影響了。

「別擔心、別擔心。由於有契約，奴隸無法違抗主人。」

即使好像有漏洞。

「對了，米亞是聖女對吧？」

「是這樣沒錯。」

「妳不出名嗎？聖女是名人，走在路上卻沒有人發現妳耶。」

「嗯，就跟你一樣。我平常都戴著遮住眼睛的面具，好讓人看不出長相。雖然你好像是個在家也會戴面具的怪人。另一方面也是因為我不常出現在一般人面前。」

儘管她講得很過分，但是我理解了。如果不認得長相，現在的米亞看起來只是稍微可愛一點的城鎮女孩，完全沒有神聖的氣息。

「沒這回事。主人很帥。」

這是在稱讚面具嗎？妳一開始也說過戴面具很可疑吧？

適應真是件可怕的事，光也看習慣了吧。

就在我們閒聊這些廢話時，已經來到奴隸商館附近。

由於附近有紅燈區，偶爾可以看到早上下班準備回家，打扮暴露的大姊姊。米亞看到她們的身影變得面紅耳赤，不知為何以輕蔑的眼神看過來。

這與我無關吧？不過就算是聖都，果然還是有人們宣洩慾望的對象啊。

不知為何受到傷害的我裝作沒發現，敲響了豪拉奴隸商會的門。

一看到我進門，老闆德雷特露出驚訝的表情，但是馬上擺出業務笑容對著我開口。真不愧是專業人士。

「我來買那個奴隸。」

當我表明來意，老闆便帶我們前往那個房間。

還是老樣子，一進入房間就感受到強烈的敵意。

米亞一開始還發出低聲尖叫。或許現在還是很害怕，她不安地抱住我的手臂。嗯，還在成長階段，寄望於未來吧。

「你有什麼事？」

「我存夠錢了，過來買下妳。」

「……你今天是為了增加女人數量特地過來的嗎？」

那番措辭讓德雷特也面露苦笑。儘管覺得身為奴隸商人做出這種反應不太好，他一定是知道賽拉的情況，即使想生氣也沒辦法吧。

至於賽拉則是刻意惡言相向，企圖藉此破壞印象避免有人買下她嗎？

但是當我提到愛爾德共和國的國名時，她表現得有點猶豫。

不，莫非是相反嗎？她有可能還是無法坦率相信人類……人類種所說的話。

「無論如何，妳沒有拒絕的權利。還有……」

「還有什麼？」

「相信人類最後一次吧。我不會讓妳後悔的。」

如果盧莉卡和克莉絲在場，她應該會老實地讓我買下吧。只是她們目前在拉斯獸王國。在有旁人在場的時候……別說出她們的名字比較好。

再說她好像有個危險的外號，不過若是只考慮戰力，說不定會有人買下她。據說獸人很受歡迎，力氣也比人類種更大，如果不說話，外表看起來很可愛，因此我很擔心。畢竟到頭來只要有錢，奴隸是無權拒絕的。

「那麼空先生，我可以先確認款項嗎？」

「好的。」

我出示公會卡。

「已確認卡片裡有五百枚金幣。那麼請確認契約內容。」

禁止危害契約者，但是奴隸本身面臨危險時不在此限。

「相當簡單呢。」

「戰爭奴隸的契約內容通常都是這樣。另外，這個『危險』的適用範圍廣泛。例如企圖強迫發生性關係也符合危險的範疇。其中也有奴隸希望早日重獲自由而同意的。」

「我沒有問題，照這樣就可以了。」

「明白了。賽拉，過來這裡。」

契約要在魔法陣中執行。

四肢的手銬腳鐐一一取下。

這才發現賽拉穿著類似貫頭衣的服裝，感覺有點色。明明比我矮一個頭，身材卻是前凸後翹，讓我不知該看哪裡才好。那個項圈看起來更色了。

也許是感受到我的尷尬，米亞要我給她長袍。當我遞出長袍，她便交給賽拉催她穿上。

但對賽拉本人來說只是普通的服裝，看起來並不在意，還是被那股氣勢壓倒而老實照作。

「你爛透了。」

這是不可抗力！就算我高聲吶喊，米亞也不會認同吧。所以我不找藉口。用那種眼光看待她也是事實，只能甘願承受了。

「那麼，契約締結完畢。就請您多多關照了。我先回去了，各位離開時請告知職員一聲。」

就算身為奴隸商人，本性也不壞吧。因為知道賽拉的際遇，才會格外擔心地這麼說吧。

「別擔心。我不會虧待她的。」

我只能這麼說，對方是否相信則是另一回事。

「首先……需要幾套衣服和武器吧。不過在那之前得再次自我介紹。我是空。這邊的可愛女孩是光。她是我的特別奴隸，也是妳的前輩。」

「我叫光。我是前輩，有問題儘管問我。」

「還有這邊的……算是我的學生吧？米亞。」

「……我是米亞。」

「她沒有朋友，雖然時間不長，跟她好好相處吧。」

我試圖緩和現場氣氛，卻被米亞狠狠地踩了腳。好過分。

「我是賽拉。」

「其他沒什麼要介紹的嗎？」

「沒有。」

態度很冷淡呢。希望她能更加敞開心房，但是一時半刻不可能吧。

我們先前往服裝店買賽拉的衣服。在走去店鋪的路上，賽拉東張西望環顧四周。米亞找她攀談，卻遭到徹底無視。雖然眼角有點泛淚，但是她真的很有勇氣。一開始明明那麼害怕。

我們抵達服裝店，先購買了三套普通的便服。由於需要修改成獸人的規格，稍微花了一點時間。我問賽拉只買這些就夠了嗎？她粗魯地回答無所謂。

這時也給米亞買了衣服。因為她一臉羨慕地在旁邊盯著看。

一開始顯得有些猶豫，小心翼翼地挑選衣服，最後拿了許多衣服詢問我的感想。我覺得每一件看起來都一樣，不過米亞說不一樣。我的回應被光駁回，賽拉也顯得有點傻眼。

可是我毫無這方面的品味，就算問我的意見也沒用吧？咦，跟這點沒關係？我告訴米亞買喜歡的衣服就行了，她卻回答不是這麼回事。

我準備把衣服收進道具箱裡，米亞卻興奮地抱著不肯鬆手。除了目前穿著的衣服以外，賽拉的倒是都交給我保管。

接下來前往販售旅行服裝的商店。這裡主要是做冒險者的生意。

賽拉似乎對這邊比較熟悉，認真地看著商品。我說過買下她當成護衛，因此她在仔細挑選耐用的東西吧。我決定好預算，命令她在預算內買下包含備用品在內的必需品。因為如果只是提出要求，她不太願意聽從我的意思。

在這間店裡的米亞也有點興奮。她平常應該沒機會過來，覺得很稀罕吧。頻頻詢問光各種問題。

最後我們來到武器店。賽拉選了兩把柄長約七十公分的雙刃斧。

「這一把是備用的嗎？」

「不，雙手各拿一把戰鬥。」

「不會很重嗎？」

「嗯？這點重量不成問題。」

聽說獸人的體能很優秀。我要她讓我試著拿拿看……奇怪？感覺沒有那麼重。不過做不到雙手拿著斧頭揮動。

「也挑選模擬戰鬥的練習用木劍之類的東西吧。」

「要打模擬戰鬥嗎？」

「啊～我正在訓練自己，好讓我起碼可以戰鬥。也打算找妳對練。」

我反對她用那把斧頭進行模擬戰鬥，手臂搞不好會被砍下來。

「這樣就買齊了吧。」

現在的賽拉是城鎮女孩的打扮。至於一整套冒險者裝備暫時保管在我的道具箱裡。

如果要直接回約兒家，穿著冒險者打扮也可以，可惜我們現在要去那家甜點店。本來就說好要去，而且我覺得如果不去拒絕，米亞可能會暴怒。

「我們回去吧。」

當我這麼說的時候，她那絕望的表情至今還烙印在腦中。

抵達甜點店時，米亞就像可以和憧憬對象見面一樣感動不已。妳一直站在那邊，會給其他客人造成困擾喔？

一走進店內，眾人的目光便聚集過來。主要受到矚目的人……不是米亞，而是賽拉。可能是因為獸人很少見，那些目光投注在她的耳朵與尾巴上。

賽拉也感受到那些目光而顯得不自在，但是吃了一口甜點之後便不以為意。

「對了，米亞從以前就知道這家店嗎？」

據米亞所說，這家店在教會裡也很有名，聽說以後就想來一次。然而之前由於身分的關係沒辦法如願。

這該不會是妳跑出教會的理由吧？咦，為什麼別開目光？

甜點是另一個胃裡。即使世界不同，這一點好像也沒變。我重新強化了這個認識。

回到現實吧。光和上次一樣吃得很多，不過米亞也吃得很凶。賽拉也吃了不少，不過沒有她們倆來得多。從那渴望的眼神來看，應該是有所保留吧。

不過她們三個都是吃一口就露出陶醉的表情，一口一口幸福地品嘗那個滋味。可能是想吃到各種甜點，她們還三人分享一個蛋糕。

可以看到三人吃得開心的模樣是很好，不過甜點的甜味幾乎讓我頭暈。

包含伴手禮在內花了不少錢。但還不至於要用到金幣。

雖然這個世界的甜點算是奢侈品，但是只算她們三人吃掉的分量還不至於花那麼多錢。那是因為我買了很多伴手禮。這個補充說明是為了她們的名譽。

或許是一起吃過蛋糕的關係，感覺三人突然拉近距離。直到剛才都還是為了避免走丟才牽手，現在的氣氛卻完全不一樣。她們像是感情很好的姊妹一般，米亞也在愉快說笑。可能是對賽拉放下戒備，米亞勇敢地找她攀談。賽拉雖然有點困惑，還是確實地回應米亞。

即使覺得有來這一趟真好，我還是暫時不想靠近甜點店了。

◇◇◇

回到約兒家後，賽拉首先面臨追問攻勢。尤莉的興奮情緒達到最高點，那股衝勁令賽拉也為之困惑。璐則是愉快地看著那一幕。

好不容易重獲自由的賽拉累得精疲力竭。辛苦妳了。

我一邊側眼看著她們，一邊對管家隆德開口，告訴他如果丹回來了，有事情想和他談談。

在用餐過後休息時，丹回來了，為了談事情，我帶著賽拉過去見他，對方一開始露出嫌棄的表情，這是因為見到我？還是因為看到賽拉的項圈？

「你有什麼事情嗎？」

「如果明天在冒險者公會接到委託，我想離開城鎮一下。」

因為採集藥草類的委託數量不少，我想接下那些委託。還有想找機會談論在城鎮裡不方便說的事情。

「嗯？你不是隸屬於商業公會嗎？」

「在冒險者公會註冊的人是這邊的賽拉。從明天起，蕾拉她們也要出城做委託，我想和你商量這段期間米亞要怎麼辦？」

「唔……」

丹雙手抱胸思考，並叫隆德找米亞過來。

「樞機主教，你找我嗎？」

不久之後前來的米亞如此問道。

「非常抱歉找您過來。此人說要到城鎮外面工作，因此想請教米亞大人有何打算。」

「打、打算是指什麼？」

「如果米亞大人希望，我會做好讓您可以安心同行的準備。本來想交給小女她們，但是她們接的似乎是討伐委託，讓米亞大人同行太過危險。」

米亞瞥了我一眼……

「假如可以，那個……我想去城鎮外面。」

她這麼回答。

「我知道了。我會派人準備方便戶外行動的衣服。」

儘管先前說過如果米亞希望，與我們一起出城鎮也無妨，但沒想到丹會真的同意。確認米亞離開後……

「你很意外嗎？」

聽到丹的問題，我老實地點頭回應。

他稍微思考了一會兒開口：

「我想想，你對於神諭了解多少？」

「神諭？」

「對，大約三年前，由女神大人降下的神諭——告知魔王的誕生。最早收到神諭的人是米亞大人。她一開始的定位是什麼也沒學過，卻會使用神聖魔法的奇蹟之子。在收到神諭之後成為聖女。當然我們也有經過查證。」

丹呼出一口氣，彷彿在懷念當時一般繼續說道：

「一開始大家都覺得那是什麼無稽之談，沒有人相信。魔王復活？那對我們來說只是傳說。有如童話故事一般。因此誰也不相信。但在不久之後，許多人都收到那個神諭。到了那時已經不再有人懷疑。大量魔物從黑森林來襲的事件，也是提高神諭可信度的理由之一。」

他說最先遇襲的是波斯海爾帝國。

然而這似乎改變了米亞的定位。

「沒錯，人人都視她為聖女加以崇拜，向她求助。即便是求助，也不是要她打倒魔王之類的。我想是期待她能成為心靈支柱吧。話說到底，對於住處遠離黑森林的我們來說，魔王復活是遙遠國度的事情，只要現在的生活過得安穩，沒有人會感到困擾。」

丹疲憊地嘆了一口氣，神情沉痛地往下說：

「然而到了現在，許多事都已改變。在艾雷吉亞王國目擊魔人的情報成為決定關鍵。為了消除那股不安，決定舉行聖女的認定儀式。她會遇到暗殺，應該是對此感到不快的傢伙搞的鬼吧。」

「也就是說教會內部也有權力鬥爭嗎？」

「正是如此。而且在被認定為聖女後，她將失去自由吧。最終很可能派遣到黑森林。正因為如此……我想盡可能實現她的願望。」

米亞和約兒年齡相近，他或許把兩人的身影重疊在一起了。

那就拜託你了——丹在離去時這麼說道。他表示之後會告訴我關於暗中護衛部隊的情報。

第5章

「那麼我們出發了。」

整頓好裝備的蕾拉一行人早上從宅邸出發了。

丹很擔心地一直嘮叨到最後，但是約兒沒有理會加以忽略。璐與尤莉說了一聲之後，便默默送行。

蕾拉她們最後好像接了聯合討伐委託，行程是三天兩夜。委託好像有安排前往討伐地點的馬車，她們很高興可以不用走路。我問為什麼參加聯合委託，好像是因為這和地下城不同，而且羅克他們也會參加。

距離降臨祭終於剩不到幾天了。米亞也說等到接近降臨祭就要回去，想到這段生活再過不久即將結束，雖然感到有點寂寞，但這也是無可奈何。明明才剛認識就有這種感覺，是因為我們共度的時間就是這麼充實嗎？

正當我想著也去冒險者公會尋找工作吧，丹叫住了我。

「昨晚忘了問你，我聽女兒提到你有效果非常好的藥水，想請你轉讓一點給我們。」

「教會有神聖魔法不就夠了嗎？」

總覺得神聖魔法的使用者夠多就不需要藥水，於是我提出這個問題，然而丹回答正因為如此，才想要藥水為緊急情況做準備。

告知商業公會的收購價格後，他以稍高一點的價格買下藥水。我心想這背後或許有什麼原因，丹告訴我藥水就是有這麼高的價值。

據說教會人員從商業公會購買了一部分藥水，並且對其效果感到驚訝，想再補充一點存貨。順帶一提，他為何會知道那些藥水來自於我，好像是聽尤莉說的。老實說，不需要向我炫耀跟女兒的對話。

至於尤莉之所以會知道，好像是從光那裡聽說的。

丹用八十枚金幣分別購買了回復、魔力與精力藥水各五十瓶。

我正在擔心身上的錢不夠，這真是場及時雨。晚點把一些錢轉進公會卡吧。

雖然出門時一陣忙亂，我們依然按照預定計畫前往冒險者公會。

光穿著平常冒險用的那套黑衣。

賽拉也換上冒險者裝備。賽拉的裝備是以方便活動為優先，使用魔物素材製作，具有與外觀不相襯的防禦力。斧頭在城鎮裡會礙事，因此收在我的道具箱裡。真想要個專用的道具袋。她平常腰際掛著也可以用來解體的短劍，不過那套裝備可以用護手甲與護腿進行格鬥，在城鎮裡似乎沒有斧頭也沒有問題。

試著問她為什麼選擇那些裝備，她回答需要有就算沒有武器也能打倒魔物的裝備。黑森林可能比聽說的更加危險。

由於米亞的衣服還沒準備好，她在平常的城鎮女孩服裝外面套著長袍。儘管會有點熱，我要她忍一忍。對了，因為那是我的備用長袍，因此有點鬆鬆垮垮。

進入冒險者公會時沒看到蕾拉她們的身影，似乎已經出發了。

只是隱約感覺氣氛和上次過來時不同。

米亞好像是第一次過來，好奇地東張西望。這樣很顯眼喔，米亞小姐。我們本來就是一男二奴隸和一女的奇特組合了。

比少見的獸人還顯眼，這在某種意義上來說算是才能嗎？

「賽拉，妳在冒險者公會註冊過嗎？」

「沒有。」

「那就去櫃檯註冊吧。」

「主人不註冊為冒險者嗎？」

「嗯，我在商業公會註冊過了，所以不需要。」

不知為何，她對我的稱呼變成了主人。好像是因為光叫我主人而改口的。不是因為她不想叫名字吧？另外，我沒有要光叫我主人喔？

在賽拉註冊時，側耳聆聽周遭的會話。如果放著不管，我怕米亞會跑到別處，因此叫光牽住她的手。這樣都分不出誰才是小孩了。

總結冒險者們所說的內容，據說魔物的數量減少了。我心想這不是好事嗎？然而他們去做討伐任務時到處都找不到魔物，好像有因此引發了各種問題。而且還不是只在一個地方，發生的案例為數不少。

「主人，登記完畢了。」

說話措辭還很疏遠啊。這讓我感覺到隔閡。她和光她們明明好像打成一片了。

「難得有機會，去接採集藥草的委託吧。」

因為目的是在城鎮外面走動，沒有必要接委託，不過難得有機會，最好還是接下來。不在情況允許時接委託，有可能會超過期限而導致公會證失效。

賽拉拿著委託書走到櫃檯，幾名冒險者充滿興趣地看著她。身分是奴隸又是獸人，這樣或許格外顯眼。

在那之後我們走在路上，感覺到氣氛有一點變化。

「裝飾增加了呢。」

聽到米亞這麼說，我也注意到了。

綁在建築物之間的繩索上，綴有彩色刺繡的布條隨風飄揚。

另外或許是錯覺，街上裝飾的鮮花數量好像也增加了。

路上行人的數量也增加了三成左右？大多數人的白色飾品都是選擇綁上緞帶，不過意外地也有人戴面具。

明明還是一大清早，最近去過的甜點店門口已經大排長龍。

「米亞至今參加過降臨祭嗎？」

「我雖然一直住在聖都，頂多只有逛過一次而已。」

她說要幫忙準備儀式等等，有很多事情要忙。這是幕後人員的辛苦之處呢。

「所以能像這樣悠閒地走在街上，感覺真的很不真實。雖然動機不純，我現在覺得有到外面來真好。」

她的側臉看起來有些寂寞，但立刻露出笑容。

那一天我們考慮到明天的行程，早早回去了。

賽拉問我不用為外出做準備嗎？不過道具箱裡已經準備齊全，沒有問題。

因為有時間，決定打一會兒模擬戰鬥。理由是好奇賽拉的戰鬥能力如何。我們好歹要去城鎮之外。

我戰鬥時很注意戰略，結果被她的力量壓倒而落敗。久違地在力氣上輸給別人。

反而是光活用她的速度，先發制人地擊敗了賽拉。

「妳的戰鬥方式很豪邁，為什麼用這種方式戰鬥呢？」

「魔物沒有什麼固定招式。受到魔物攻擊會處於劣勢，所以養成了在被攻擊前打倒牠們的習慣，我想應該是這樣。」

喔喔，她坦率地告訴我了。

理解了。賽拉的戰鬥方式的確不是考慮到與人類交手的打法。說得好聽點是攻擊沒有多餘的招式，說得難聽點是太過直接，完全沒有假動作。

模擬戰鬥結束之後，賽拉雖然抗拒，還是被光、尤莉與米亞三個人拖去浴室。比起使用洗淨魔法，在浴室慢慢泡澡更能消除疲勞。

「聽說她是奴隸，不過是很坦率的好孩子嘛。」

璐笑咪咪地看著那一幕，走過來對著我說道。

「她看起來對於同性的態度比較沒那麼尖銳，另外似乎還不知如何掌握距離感。」

「呵呵，你看得挺仔細的。」

「……以後我們將要一起生活。我多少有用點心思注意。」

「你對我的客氣語氣也反映了這一點嗎？用跟女兒她們說話時一樣的語氣也沒問題喔？」

她在調侃我嗎？某種意義上來說，她是這個家中最難以捉摸的人。

晚餐後是自由時間，女生們聚在一起加深情誼。我有一點事情想做，因此離席了。

得以獨處後，我開始進行各種作業。首先是製作到一半的第五代手槍。在製作時提升了連射功能，並且注重耐用度。由於提升耐用度會使槍身變厚重，製作過程並不順利。最後透過混合其他礦石的方式設法做出來了。

不過這次的重點不是製作手槍，而是製作施加賦予術的產品。

首先製作子彈。除了普通的子彈，我使用賦予術試著賦予屬性、賦予魔法，嘗試製作各種東西。困難之處在於不試射就不清楚效果如何，只能下次到城鎮外面再測試。我成功賦予了火水風土四種屬性，但是用神聖魔法賦予聖屬性的嘗試失敗了。

另外還對投擲用小刀也施加賦予術。可以的話明天想試試小刀，不過得看米亞的護衛而定。

再來是製作抑制聲響的零件，消音器。蕾拉之前聽到槍聲時好像非常驚訝，一方面是因為當時在洞窟裡，回音特別大，但是未來可能會有需要暗中使用的時候，必須做好準備。

事前準備就這樣一步步進行下去，丹在晚上回來後，又找我們過去。

「這四個人從明天起擔任護衛。如果你們誤會是刺客就麻煩了，先看過他們的長相吧。」

光、賽拉和我被找過去。我拜託過丹，表示想在出發前一天核對護衛人選，避免我們，特別是光誤以為是可疑人物。同時也記住四人的反應。

這時候我對賽拉詳細說明了米亞的情況。

「那麼米亞大人就拜託你們了。」

◇◇◇

穿過大門後，米亞停下腳步眺望眼前的景象。

根據她所言，雖然曾經離開聖都，不過都是搭乘馬車移動，自從被帶到聖都以後，這是第一次步行走出城鎮。聽到這件事讓我不禁啞口無言。原來她真的是籠中鳥嗎？

「總之站在原地會擋路，繼續走吧。」

儘管與進城的人數相比壓倒性來得少，也能零星看到離開城鎮的冒險者。

我們由光和賽拉帶頭，排成兩列走向採集藥草的森林。那和我上次單獨前往的是同一座森林，但目的地略有不同。

就算去同一個地方，藥草也已接近採光，我想幾乎沒有剩下了，這次不會去森林深處。雖然得取決於米亞的腳力，我想走到某個地方。

「空氣好舒服，這種感覺……多久沒有過了呢。」

米亞踏著大道，感覺有點喜不自禁。

我從至今的經驗確實學習到，類似這種時候最危險。

所以我們經常休息，慢慢邁向目的地。米亞顯得有點不滿，不過這是為了妳著想喔。

「因為按照這種步調，走不到璐阿姨所說的地方耶。」

「妳很期待啊。反正明天不回去也沒關係，慢慢走吧。」

「這樣不要緊嗎？」

「我事先和丹大叔說過，可能會延長一天。所以糧食什麼的也不用擔心喔。」

或許是聽到這番話之後放心了，米亞過來對我說如果步調能再放慢一點，她會很感謝。果然是在逞強嘛。

到了吃午餐時間，目的地的森林終於出現在前方。

如果一個人走，現在已經進入森林裡了。我一邊這麼想，一邊開始烹飪。

「主人要做菜嗎？」

「對啊？這並不奇怪吧？」

賽拉看著光與米亞。光一派光明正大的模樣，米亞則是微微轉開目光。

面對我端出的料理，除了光以外都感到遲疑沒有動手。妳們也是這樣嗎？真失禮。

「主人做的飯很好吃！」

聽到光強而有力的宣言，她們似乎終於下定決心開動。可是閉著眼睛吃東西不太對吧。也不必在吃下一口的瞬間，瞪大雙眼大吃一驚吧。

「真不敢相信。」

「我同意妳的意見。」

儘管說話很失禮，既然妳們又添了一碗，就原諒妳們吧。不過要注意別吃太撐了。

「原來空會做菜耶。」

「因為我和光兩個人旅行。」

米亞可以接受這個說法。

「我以為出門在外基本都吃保存食品。」

賽拉是這麼說的。這點我也不是不懂，但是那種食品很難吃。

聽到我這麼說，她點頭同意確實沒錯。

也許是吃過東西恢復了體力與精力，我們終於抵達森林。記得她告訴我的地點，是在森林中有小溪流過的地方。位置應該在上次最初發現的藥草叢生地附近。

「往這裡走。」

我們跟隨光往前走，的確聽見水聲傳來。

「只要沿著這邊走就行了嗎？」

但是路況有點難走。地面的野草肆意生長，讓人看不清腳邊，差點被樹根絆倒。

「好熱，汗流個不停。」

不習慣旅行的米亞忍不住開口抱怨，但是沒有叫苦說不想走了。對她有點改觀。

在太陽即將下山時，我們終於抵達目的地。

那是一片開闊的地方，巨大岩石林立。岩石附近有泉水湧出，把手伸進去，便會發現既涼爽又舒服。

「總之來準備露營吧。」

我隨著這句話開始建造小屋。有兩個人很吃驚，不過既然有建設空間，那麼當然要蓋吧？

「從沒聽說過這種事。」

「在我心中有某種東西壞掉了。」

就算妳們拉遠目光，或是一再揉眼睛，眼前的房子也不會消失。

「說是房子，也只能遮風避雨，裡面什麼也沒有。」

這麼一來就確保了睡覺的地方，接下來是準備晚餐。

我生火把湯熱一熱，另外……

「難得有機會，要不要試著做菜？」

我詢問米亞，她小聲地說自己不擅長做菜。

做費工夫的料理的確很麻煩，不過這次沒有那種必要。

「妳會切菜嗎？」

聽到我的問題，她回答這點小事沒問題，並接過充當菜刀的小刀，但是那副模樣看得我很緊張。

米亞拿刀的姿勢不錯，可能還是不習慣，切的時候提心吊膽。切出來的蔬菜也尺寸不一，她看到結果之後非常沮喪。

看到米亞求助般的表情，我差點笑出來，不過設法壓抑。

我把蔬菜修整到一定程度接近的形狀，便準備鐵板開始加熱。

「等到鐵板變熱之後，把蔬菜丟上去就可以了。」

「……這樣可以嗎？」

「只有我們幾個人要吃，又不是付錢去吃飯。野外料理就是這樣啦。」

我拿出各種歐克肉，切成骰子狀。

簡單地用胡椒鹽調味就夠了吧。特別是歐克將軍與領主的肉流出的肉汁，應該會明顯地提升美味程度。

「真好吃……」

米亞吃了一口，毫不隱藏地感到驚訝。

「像這種食物也不錯吧？」

「是呀。如果可以再做一次，我想大家一起做菜。」

我在細細品嘗食物的米亞眼中看到泛著水光的東西，於是假裝沒有看到。

在用餐過程中始終笑得很開心的米亞，現在顯得有點睏了。

只是還不能睡。若是睡著，過來這裡就沒有意義了。不過躺下來的確會讓人昏昏欲睡。

所以我們一邊閒聊，一邊等待那個時刻到來。

隨後我躺著仰望夜空，看見滿天閃爍的星斗。聽說這是在森林中但視野不受遮蔽，周圍又像經過計算一樣被樹木環繞，形成恰到好處的暗度才能看見的景象。先不論那是不是真的，這真是美妙的景象。

「好美……」

美到讓人忍不住喃喃自語。順便一提，剛才那句話出自米亞之口。

我沉默地欣賞了一會兒，聽見睡著的呼吸聲傳來。

這才發現米亞好像睡著了。

「總之也需要有人守夜，我們輪流休息吧。」

不習慣的出遠門，似乎使得米亞的體力完全達到極限。一方面也可能是吃飽之後躺下來的緣故。

我抱起米亞讓她睡在小屋裡，叫光第一個去休息。

根據MAP看到的資訊，跟來的四名護衛也保持著相當一段距離，而且沒有別的人類反應。

「其實賽拉也可以去休息，但我有話想單獨跟妳說。」

聽到我的話，賽拉以不帶情緒的眼眸看過來。

原本以為我們關係已經稍微拉近一點，但在兩人獨處時，她的表情還是很緊繃。

接下來要說的話是祕密，雖然附近沒有反應，還是需要保險。

我以自己為中心，在半徑三公尺的範圍內展開空間魔法和風魔法的組合魔法——寂靜。這麼一來我們聽得見外界的聲音，但內部的聲音不會傳到外面。

「剛剛那個是什麼？」

「是遮蔽聲音的魔法。我接下來要說的話不可外傳，這是身為奴隸主的命令。」

「知道了。」

或許我說的話前所未有的強硬，賽拉的表情也變得嚴肅起來。

「首先，是買下妳的原因。這不是巧合也不是一時興起。當然了，能在聖都找到妳純粹是巧合。」

「……這是什麼意思？」

「賽拉，我知道妳是誰。是盧莉卡和克莉絲告訴我的。還有，對了……這也是因為我用技能鑑定過了。」

【名字「賽拉」　職業「戰爭奴隸」　Ｌｖ「66」　種族「獸人」　狀態「憤怒」】

這是當時對賽拉進行人物鑑定得知的訊息。

這次賽拉的表情改變了。她的眼睛因為困惑與混亂而不停轉動。

「她們兩個正在旅行，尋找賽拉和愛麗絲妳們兩人。」

我訴說自己與盧莉卡她們的相遇及兩人的情況。

在我說話的這段期間，賽拉靜靜聆聽。

「你說的是真的嗎？」

「對，即便叫我證明也很困難。再來就是我聽說過摩莉根女士與精靈護身符的事吧。」

「……這樣啊。雖然很擔心姊姊，幸好她們平安無事……」

賽拉的眼中閃爍著淚光。她露出放心的表情，又哭又笑。一定有種種情緒正在那嬌小的身軀裡盤旋吧。

「然後呢。在妳理解之後，我想向妳介紹一個孩子。」

看到我突然準備料理，賽拉面露訝異之色。

『希耶爾，妳能過來嗎？』

「唔！剛剛那是什麼！」

「那是我學到的心電感應技能。可惜只能單向通話，妳沒辦法對我發送訊息。還有希耶爾是指這個孩子。」

或許是黑夜之中突然出現白色物體，就連賽拉也感到很驚訝，竟然沒有發出尖叫聲，果然厲害。

看樣子賽拉也看得見希耶爾。

希耶爾至今為止沒有出現在賽拉面前是有原因的。一方面是米亞在場讓我錯過說明的時機，賽拉在奴隸商會對我們散發強烈的敵意也是原因之一。她因此害怕得沒有現身。

「這傢伙是我在旅行途中締結契約的精靈希耶爾。為什麼能締結契約是個謎團，不過她也算是一起旅行的同伴之一，所以請妳多關照。」

也許是很驚訝，她沒有反應。

希耶爾也觀察著賽拉的樣子，但是接著便專心吃起我準備的料理。

「今天有好多吃驚的事。」

「我在一定程度上從德雷特先生那裡聽說了妳的情況。我想妳沒辦法馬上跟我們，不如說是跟我拉近關係，不過以後還請多多指教。」

賽拉和光已經拉近了不少距離。她們不只是單純一起吃過甜點就感情變好，而是因為意識到兩人同樣是奴隸伙伴吧。

「另外除了我以外，只有光看得見精靈，米亞看不見。我認為這大概和奴隸契約有關。所以在別人面前對希耶爾說話會遭到異樣眼光看待，需要注意。」

賽拉對於這句話半信半疑，但第二天早上看到待在光頭頂的希耶爾時吃了一驚，而且由於米亞沒有任何反應，她似乎明白了我的意思。

「賽拉也去休息一會兒吧。我來守夜。」

一連串發生了這麼多事，即使是賽拉也露出疲倦之色，因此我要她去休息。

獨自留下的我望著火堆，從道具箱裡拿出一個魔道具。

對了，忘記告訴賽拉使用冒險者公會的傳話服務聯絡盧莉卡她們。回去後要記得拜託她。

我抱著進行確認的意圖對魔道具注入魔力，查看兩人身在何處。

不過與其說是知道正確的位置，這只能知道大致的方向……感覺還在拉斯獸王國境內嗎？

她們說過離開拉斯獸王國後會前往艾法魔導國，我們的下一個目的地也決定是那裡。

為了避免錯過，最好約在某個地方碰頭……我記得蕾拉她們說過自己來自瑪喬利卡。那裡是有地下城的城鎮，暫且嘗試在那裡碰頭吧。如果蕾拉她們就讀的學園有類似體驗入學的制度，光

說不定也會很高興。

好吧，再來視盧莉卡她們的移動速度而定，選在別的地方或許也行。

儘管昨晚早早入睡，最晚醒來的人還是米亞。她本來過著室內生活，只是去遠一點的地方也會感到疲倦吧。

「早安。」

吃早餐時希耶爾就像要對賽拉證明什麼一般乖巧地坐在光身邊，但是米亞完全沒有提到這件事。希耶爾的身體之所以在顫抖，我想是因為大家都吃得很香，所以她在拚命忍耐。絕對不是因為憤怒吧？

只是覺得米亞的目光有時候會突然看向希耶爾，應該是對光的吃相感到吃驚吧。實際上賽拉就很驚訝。

在那之後我們去了一處藥草叢生地，採集了要交給公會與用來做藥水的藥草。

米亞可能有點感興趣，跑過來問我問題，我一邊教她分辨方法一邊採集。雖然採集量因而減少，但像這樣也不壞。

不過我在王都的冒險者公會努力學習的知識能在這裡派上用場真好。如果當時沒有學習，就無法教她如何分辨藥草和魔力草了吧。

「在回去前，我有點事情想試試看，可以嗎？」

吃完午餐後，我請她們先休息一會兒。

用土魔法做出幾個標靶，對著標靶投擲賦予過魔法的小刀。

火與水兩種都會爆炸，風讓小刀變得更加鋒利。至於土則是提升了打擊力？特別是賦予火魔法的小刀隨著命中標靶而起火爆炸，還燒掉一點地面的草。

「剛剛那個是什麼？」

「啊～是賦予魔法的小刀。我試著確認一下效果……」

泥土製成的標靶已經摧毀。技能等級愈高效果好像也會愈強，等技能成長後應該頗為有用。

這樣便實際證明賦予術的效果。

在那之後我們踏上返回聖都的歸途。可能是已經走過一次的路，在一定程度上能掌握到達目的地的距離，得以順利歸返。

先前擔心的襲擊也沒有發生，ＭＡＰ上除了四名護衛以外，從未顯示過其他反應。

我一直在提防有事發生，但是什麼事都沒有，讓我鬆了口氣。

這是已經放棄了，還是……距離降臨祭還剩下不到五天。

◇◇◇

我們在傍晚時分回到城鎮，決定明天再去冒險者公會交貨。返回阿波斯提爾家的宅邸時，約兒她們已經回來了。

不過其中沒有蕾拉的身影，聽說只有她還沒從冒險者公會回來。

「辛苦了。我收到了報告，沒發生什麼問題吧？」

「是的，我們這邊沒有問題。你們那邊如何呢？」

「這邊也沒有顯眼的動靜，但是我感覺教皇派正在暗中活動。」

這樣不要緊嗎？雖然我對權力鬥爭不感興趣，還是擔心處於鬥爭漩渦之中的米亞。

我和米亞之間發生過不少事，但是至少知道她的為人。

而且也有一小部分讓我產生共鳴。

儘管情況不同，我把突然被召喚到異世界的自己，與突然被奉為聖女的米亞稍微重疊。

不同於遭到解除召喚者職責的我（雖然是單方面被趕走），米亞想要認真做好那份職務。至於她有點耍任性溜出教會的事，想到即將發生的未來，那也是無可奈何的。那股沉重的壓力，大概是我這種小人物無法理解的。

想著這些事情時，敲門聲響起。

打開門一看，米亞站在門外。

「剛才樞機主教對我說，是時候該回去了。」

她頻頻看著房間裡，是想進來裡面再說嗎？

我直到前陣子都和光一起睡，不過她現在和賽拉一起住。

找希耶爾過來當證人，預防發生什麼事吧。雖然不認為會出事，但在重新意識到之後，總覺得很緊張。或許是因為我直到剛剛都在思考米亞的事吧。

「我想向你們道謝，剛剛也對小光她們說過了。」

「這樣啊……」

「嗯。我玩得很開心，也做了想做的事。這一定是因為當時空救了我才能實現。所以想好好地向你道謝。謝謝你。」

她深深鞠躬的姿勢，動作完美到讓我不禁幾乎看得入神。

「怎麼了嗎？」

「不，我想想……我知道問這種事情也沒用。但是米亞已經做好覺悟，要以聖女的身分活下去了吧？」

「……呵呵，雖然還不太懂，如果有人因此而得救，那麼也沒辦法吧。」

不知道米亞對於聖女的職責理解程度有多少，但感覺得到她心中抱持某種堅定不移的意志。

我認為她和盧莉卡與克莉絲兩人很像。感覺她們也抱持堅定不移的決心在尋找賽拉她們。

「這樣啊。那我送妳一個禮物當作紀念。」

米亞對那句話表現出與年齡相符的興趣。果然還是這的模樣更讓我安心。

從道具箱拿出歐克領主的魔石，還有其他需要的各種道具。

這次要製作的是護身符，不過是魔道具的護身符。

我用鍊金術製作出底座，合成歐克領主的魔石製成飾品……一條項鍊。如果只到這個步驟就只是普通的飾品，接下來還要進一步加工。

我發動賦予術，為魔石賦予魔法。這次使用的是空間魔法的結界魔法。設計成當持有者面臨危險時，護盾就會發動。

我一邊想像畫面一邊灌注魔力，這與對小刀施法時不同，感覺魔力逐漸被吸收進去。從狀態面板查看ＭＰ，數值正在迅速下降。

我從道具箱中拿出魔力藥水喝下一瓶又一瓶，但是ＭＰ依然不停減少。控制不起作用。不知為何也無法半途中斷。我緊盯著魔石無法移開目光，只能相信一定會成功並等待魔法完成。喝下第五瓶時，ＭＰ的回復速度明顯變慢。聽說短時間內連續攝取會導致藥水效果不佳，原來是真的。

無法再喝更多魔力藥水了。當魔力快要耗盡的瞬間，魔石發出耀眼的光芒，遮蔽我的視野。它發光了一會兒，不久之後強光平息，從紅色變成藍色的魔石閃爍光輝。

「剛、剛剛那個是什麼？」

米亞詢問發生什麼事，但我發不出聲音。

「你、你還好嗎？」

我的身體往旁邊倒下，無法保持坐姿。ＭＰ雖然還剩下一點，然而反覆大量回復和消耗使得倦怠感襲來，身體為之脫力。不行，我要躺下來。

正當這麼想時，米亞突然抓住我，將我的頭枕在她的膝蓋上。為什麼？

「這是璐阿姨教我的。她說這樣對待疲憊的男人最好……」

我的確是疲憊不堪，但那個人都教了些什麼啊……呃，希耶爾小姐，妳那是什麼眼神？該不會在想掌握了我的弱點吧？

眼前就是米亞的臉龐。她的臉蛋好像有點紅，如果覺得害羞，我認為沒必要勉強這麼做喔？

「更、更重要的是，剛才那個是魔法嗎？」

也許是為了掩飾害羞，她的音量比平常更大。聲音有點變調了喔。

我的耳朵會嗡嗡作響，克制一下音量吧。

「剛才那個是鍊金術喔。」

假如胡亂隱瞞遭到追問也很傷腦筋，我說出可以透露的部分。因為比起鍊金術，更想隱藏的是賦予術。

「剛剛那個是鍊金術……你說過藥水也是用鍊金術製作的，所以並非不可思議吧。」

我說過嗎？沒有印象，她或許是從別人那裡聽說的。

「第一次見到鍊金術，真不可思議呢。」

「我的鍊金術是自學的，可能和一般不太一樣。」

「是嗎？」

「嗯，和妳的神聖魔法一樣。因為是從某個時候開始變得可以用，我有點無法說明為何做得到、該怎麼做之類的問題。」

「是呀。這樣的確很難說明呢。」

大概是把自己代入我的情況，看來她能夠接受這個說法。

「總之我可以起來了嗎？我想已經沒事了。」

身體正在恢復力氣，看樣子是沒問題。

「那麼這個給米亞。這是送妳的禮物。我試著在裡面灌注可以保護妳免於危險的魔法，發生狀況時應該會派上用場。」

「謝、謝謝。呵呵，這或許是我第一次收到別人真心的禮物呢。」

因為她有點寂寞的表情轉變為笑容，應該還好吧。

「那、那麼，難得有這個機會，可以幫我戴上嗎？」

感覺以前好像也發生過這種情境……被人用那種眼神看著，實在很難拒絕。於是我依言為米亞戴上項鍊。

◇◇◇

當我醒來時，已是在米亞返回教會之後。

「覺得寂寞嗎？」

「是呀。儘管一開始發生過許多事，離開之後多少會有點寂寞呢。」

聽到璐說的話，我老實地點頭同意。

雖然期間短暫，我被她耍得團團轉，看到她令人意外的一面，感覺共度了一段密切的時光。

根據丹的說法，接下來米亞會變得很忙碌，希望這幾天對她來說是一段快樂的日子。

「對了，沒看到蕾拉，她還沒有回來嗎？」

我詢問約兒，她說蕾拉還沒有回來。

「我們正在討論現在要去冒險者公會一趟。」

那麼我們也一起去吧。比起擔心蕾拉，此行的目的是繳交藥草與使用傳話服務。已經和賽拉商量，並決定傳話的內容。

當我們一起進入冒險者公會時，發現裡面的氣氛有點異樣。

在早上的這個時段，公會裡應該有冒險者們爭著接下委託，更加充滿活力，現在卻籠罩在沉重的氣氛中，靜悄悄的。

「啊，姊姊！」

凱西第一個發現蕾拉，朝她跑了過去。喔，還有羅克也在。

蕾拉似乎也注意到我們，從人群中溜出來。

「大家全都到齊，怎麼了嗎？」

「那是我們要說的話！昨天妳沒有回來，我們都很擔心。」

蕾拉被凱西的氣勢壓倒，努力安撫她。

總之我們先去辦完自己的事吧。藥草很快就完成交貨，也順利地使用傳話服務。

我們的訊息是傳達自己目前在福力倫聖王國的聖都彌沙，不久後將前往艾法魔導國的瑪喬利卡，以及先抵達的人請到瑪喬利卡的冒險者公會傳話。

「那麼到底發生了什麼事？」

當我這麼詢問蕾拉時，公會內變得忙亂起來。

一名冒險者從門口衝進來，保持那個速度朝站在人群中央的人傳達了一、兩句話，收到訊息的人板著臉，帶著幾個人走進後方的房間。

過不了多久，一名外表英俊的男子帶頭走回來。

那名男子是這間冒險者公會的公會會長，他宣布了緊急召集。

面對注目著他懷疑發生什麼事的冒險者們，他的下一句話十分簡潔。

「已經確認魔物潮的徵兆。」

原本吵雜的公會瞬間一片寂靜，怒吼聲立刻此起彼落。

大家接連不斷地發問，狀況變得難以收拾。

根據公會會長的說法，近來收到許多報告表示，接下討伐委託的人前往目擊地點卻找不到魔物，因此他們單獨展開調查。

至於調查結果，據說位於聖都東北方的某座森林中發現異變。

聽說森林裡有許多魔物，看起來簡直像是過著團體生活。

最不自然的是在有各式各樣魔物存在的空間裡，彼此之間沒有發生任何衝突。

魔物當然也存在力量關係，並非必定會發生衝突。

就算如此，牠們也太過安靜，感覺好像受到什麼人的控制。

根據這種情況，公會推測可能有高階種，也就是所謂的頭目存在。

「可是既然有這麼多魔物聚集起來，為什麼我們至今都沒有發現呢？」

沒有人能夠明確回答那個問題。

只是這個魔物集團的發現者擁有偵察特化技能，因此他們推測魔物當中可能有具備隱蔽技能的高階種。

「那我們今後該怎麼做才好？」

「對森林進行調查，同時進行防衛準備。我們也會向教會要求支援，然而因為時機問題，不知道會有什麼回應。」

那番話使得冒險者們開始騷動。

我以前當冒險者時，也瀏覽過關於魔物潮的資料。

每次的規模皆不同，但最少也有數千頭，多的時候曾有破萬魔物一起湧來。

環顧公會看了一下，目前在場的冒險者人數遠比那個數量來得少。這裡是這個國家的首都，很多人應該有一定的戰鬥能力，然而單靠冒險者要阻擋可能有困難。我當然沒有認為目前在公會裡的人就是這座城鎮的所有冒險者。

「那麼今後該怎麼做？」

「關於最終是否發布公告，我們會聽從教會的決定。不過無法推斷魔物潮何時會發生，我們打算馬上開始準備。」

公會的方針是以假設有頭目存在為前提，將人手分為保衛城鎮的防衛組和精銳組成的突襲頭目組，分別展開準備。據說魔物潮當中如果有頭目存在，打倒頭目就可以平息魔物潮。假使沒有頭目，精銳部隊就轉為游擊隊。

本來就在這個城鎮活動的冒險者們將會參與防衛，但是其中好像也有人選擇離開城鎮。各處都有人在商量該怎麼做。

「姊姊，我們要怎麼做？」

面對塔莉亞的詢問——

「……這裡也有約兒的家人在，我想盡己所能幫忙，大家打算如何？」

蕾拉這麼回答。

「嗯，我想幫助約兒。」

「對啊～當朋友遇到困難，非得幫忙才行。」

「我們總是受到約兒的幫助呀。」

「約兒的家人也在這裡，我們必須保護城鎮。」

「大家……」

塔莉亞、特麗莎、凱西與露露一個接一個表示贊同。

我們該怎麼做呢？光不安地仰頭看著我。

「先做好準備，好在發生狀況時可以行動吧。」

雖然受到他們照顧，但是把自己的性命安危放在首位也是沒辦法的事。

只是我會盡力而為。儘管我認為自己一個人的力量很有限。

「蕾拉，我想借用一下露露和塔莉亞，可以嗎？」

「嗯？怎麼了嗎？」

「喔，想請她們陪我去一趟武器店。」

蕾拉感到不可思議，但是大家都留下來也無濟於事，因此她同意了。

「那麼到了武器店之後，我們要做什麼呢？」

「嗯，我很好奇。」

「想請露露妳們挑選武器。準確來說，是露露挑選箭矢，然後塔莉亞挑選投擲用的小刀。希望妳們挑選順手的武器。」

我想到的是對她們的武器賦予魔法。即便很可能又得要喝魔力藥水，如果能用賦予術對箭矢和小刀賦予魔法，應該可以提升攻擊力。

假如對箭矢賦予範圍魔法會怎麼樣呢？在想著這些事的同時，露露她們陸續挑選了適合自己的武器。看著愈堆愈高的武器數量，我的臉頰有些抽搐。

「妳們方便直接出城鎮嗎？」

我詢問她們，看來是沒有問題。於是我們從西門走出城鎮，來到離聖都好一段路的地方。

我在那裡試著對箭矢和小刀賦予火焰盤旋——燒灼大範圍的魔法——火焰風暴。這會引起什麼反應呢？

用土魔法備好標靶便請她們攻擊，發現在命中標靶時，火焰同時像火焰風暴一般擴散開來。感覺威力比正常使用略低一點，但是沒有問題吧。

「空先生，剛才那個是什麼？」

聽到露露的問題，塔莉亞也看了過來。

這的確令人好奇呢。

「感覺像是結合魔力操作和鍊金術，做出了魔法武器吧？雖然只有用來遠距離攻擊而且是拋棄式的武器才適用。」

我姑且說出看似合理的說法蒙混過去。

順便一提，魔法也可以賦予在劍上，但是魔法如果隨著斬擊同時發動，揮劍的人本身也會受傷吧。比起魔法，近戰武器或許更適合賦予屬性。魔法劍……這方面的實驗下次再做吧。

「總之既然已經確認效果，我會準備用來對抗魔物潮的武器。希望最好沒有機會用到呢。」

由於回程的路上閒著沒事，我問起露露她們練習魔力操作的成果。

蕾拉、約兒和特麗莎三人已經能把魔力灌注在魔道具中，但是露露、塔莉亞和凱西好像還沒學會。

因為練習是唯一的方法，只能說聲加油。

不過蕾拉也會用了嗎？那麼得提醒她一下才行。

等到我們回去時，蕾拉她們也回來了，因此我直接找蕾拉交談。

蕾拉自豪地說她能夠灌注魔力，於是我請她把魔力流向祕銀之劍。

「可以請妳保持這種狀態嗎？」

在經過五分鐘、十分鐘後，蕾拉跪倒在地。

「這……是？」

「我想應該是耗盡魔力。只要休息就會回復，但剛剛那段時間是妳可以使用的極限。我覺得實際體驗過就會明白……」

我提醒她不要過度使用魔力。也提出忠告，在熟悉這個用法前，用於實戰上是很危險的。

因為如果像現在一樣耗盡魔力，就會變得動彈不得。

或許是深刻體會到那樣有多難受，蕾拉乖乖地點頭。

約兒和特麗莎可能已經經歷過了，都說那種感覺非常難受。露露以非常了解的模樣點頭，她也有過經驗嗎？

「看你們回來得這麼晚，去了什麼地方嗎？」

當我回答我們去做魔法實驗時，約兒便興致勃勃地提問。這下犯了點小失誤。

在那之後我回到房裡，拿出今天大舉購買的箭矢和小刀，專心地施加賦予術。

這個作業當然不可能一天完成，隔天我也關在房間裡努力加工。

偶爾會聽到房間外面傳來大喊聲，看樣子她們正在模擬戰鬥。

第6章

「教會那邊傳來聯絡，據說要向國民公開魔物潮的情報。」

從冒險者公會回來的蕾拉第一句話就這麼說。

明天就是降臨祭，冒險者公會收到聯絡。這代表要中止降臨祭嗎？

「我想來自各地區的教會相關人士會留下來，但商隊中會有人從聖都撤離。配合降臨祭時期從南方和西方前來的一般民眾與低階級冒險者中，或許也會有人撤離。」

約兒接過話題，說出她的預測。

「不挽留他們嗎？」

「我想不會。魔物潮時間短的話只發生在當天，倘若時間拉長，有時會變成持續數天到數週的長期戰。那麼一來會出現物資問題，特別是糧食問題。」

「人數變少，相對的便能支撐更久嗎？」

「正是如此。而且發生狀況時，如果要保護的人很多，有時候行動會受到限制。」

「原來如此。那麼教會還有公會打算如何應對魔物潮？」

是主動出擊還是迎擊呢？

「我認為冒險者公會方面會按照最初的計畫行動。教會方面好像要一邊防衛城鎮，一邊殲滅魔物。」

還真是果斷的決定啊。

「雖然降臨祭也很重要，我認為這是優先顧及人命的結果。而且當損害擴大時，明明事前知情卻保持沉默的消息一旦傳開，將會面臨批判聲浪。」

約兒告訴我關於教會行動的理由。

「再來就是看有多少魔物，以及魔物潮何時發生了。就算告訴人們從另一側離開城鎮避難，魔物也並非完全不可能繞過去。」

如果面臨那種情況，只能責任自負了嗎？

「總之他們會在城牆附近準備提供冒險者使用的簡易住宿設施，我們打算過去那裡。如果可以，希望師父也來幫忙……」

「我無法直接幫忙，不過準備了給露露她們使用的道具。記住用的時候要小心喔？特別是在同伴附近的時候。」

我再次加重語氣告誡她要避免施加強烈衝擊，以免發生爆炸。這方面還有改良的空間。

順帶一提，箭矢和小刀已經收進蕾拉的小袋子型道具袋中。還給了她們幾瓶藥水，準備方面應該沒問題吧。

「主人，要怎麼做？」

老實說，沒有別的事可做了。不過難得有機會，去一趟中央教會好了？大概沒辦法見到米亞，但我還沒有近距離看過中央教會。因為自從米亞加入我們後，她特別不願意靠近教會。

我來到街上，魔物潮的消息尚未公布，街上和平常一樣熱鬧。感覺隨著明天降臨祭的來臨更添熱度。

要在這種氣氛當中公布嗎？我覺得與其那麼做，不如昨天公布還比較好。

是在爭論該怎麼做就拖到現在了嗎？

「主人，我想吃那個。」

光絲毫不受影響的貪吃讓賽拉也露出苦笑。我看看希耶爾，她正開心地飛來飛去，不停到處飛舞，追逐飛在空中的五彩碎紙。

就當作是確保糧食，多買一些吧。儘管身為知情者這麼做有點於心不安，但等到魔物潮的消息公布後將會引起混亂，沒有餘力做生意吧。

走了一段路後，開始出現人潮。

「大家的目標都是那間教會嗎？」

眾人都走向中央教會的建築物。

我側耳聆聽，有人低聲說好像有什麼重大消息。也許是為了聚集人群而故意散播。

我們也跟隨人潮前進，不久後眼前就是中央教會。

教會周遭已經圍起人牆，他們的目光注視著教會入口。

由於前面的人停下腳步，我們也跟著停下來。光的個子矮，如果被人群吞沒就找不到了。

雖然她有技能不會有事，但還是想防止她走丟。我牢牢握住光的右手，賽拉則是握住光空著的左手。

正當眾人迫不及待地等候時，中央教會的天花板，造型獨特的圓頂突然隨著巨響炸毀。

◇米亞視角・2

丹樞機主教帶著我回到教會，夢幻一般的時光就此結束了。

一踏進教會時，感覺怪怪的。

當我從走廊走向自己的房間時，大家都像往常一樣向我行禮，但是其中幾個人的目光帶著負面情緒，感覺類似敵意。

他們可能是對我放棄職責感到生氣。

整理好儀容時，雷格魯斯先生來了。

我為自己的任性舉動耍了他一事道歉，他露出溫柔的微笑原諒了我。

然後我在上午禱告，以及確認降臨祭的步驟。

我要做的事情只是在樞機主教們問候教皇陛下後，跪在教皇陛下面前接受教誨。然後向他鞠躬，走回原位。

在第一年時，我慌張起身而在大家面前摔倒，當場出醜，因此從那以後一直努力避免失敗。今年一定沒問題。

不過今年還有聖女的認定儀式，那方面好像也需要做準備。

差不多快到午餐時間了。正當我如此心想時，丹樞機主教眉頭深鎖地來訪。他看起來有話要說，不過在我們談論這幾天發生的事情時，過來叫他的人把他帶走了。

於是在降臨祭前一日的早晨。當我吃過早餐做禱告時，教皇陛下呼喚我前往大廳。

到達大廳之後，發現以教皇陛下為首，樞機主教們都到齊了，派往各教會的大司祭也在場。只要有這群人，隨時都可以開始舉行降臨祭。

衛士帶領我走到大廳中央，要我站在這裡。大家的目光集中過來，好緊張。

「大家都到齊了吧。其實就在前幾天，我收到神的啟示。」

我傾聽教皇陛下發言。

「神說災難會降臨這片土地。」

倒抽一口氣的聲音從四處傳來。

「而且方才冒險者公會傳來聯絡，表示有魔物潮的徵兆。」

有人驚訝、有人裝作平靜、有人靜靜點頭。眾人露出各式各樣的表情。樞機主教都沒有反應，彷彿已經知道這件事一樣。

「但是還有後續。我收到啟示，告訴我這場魔物潮的發生是有原因的。」

視線匯聚在教皇陛下身上，我也仔細傾聽，等待他的發言。

「啟示說站在那裡的米亞是假聖女。為了懲罰欺騙神的罪行，災難才會降臨這片土地。」

咦，他在說什麼？

我很驚訝，還以為呼吸要停止了。不明白那句話的意思。

那些注視教皇陛下的目光緩緩地轉向我。

「很遺憾，我也被妳充滿奉獻精神的態度蒙騙了。」

教皇陛下應該露出沉痛的表情，但是看在我的眼中卻像是在笑。

好痛。

大受打擊的我退後一步時，衝擊掠過身體。有如燃燒的痛楚從左腹側逐漸擴散。

我往下看，只見以白色為基調的衣服綻放鮮紅的花朵。

反射性地想詠唱治癒，卻無法成功發動。

我的雙膝癱軟倒在地上，抬起頭來。

眼前有一名手持短劍的衛士，我們視線交會。

憎惡。他的眼神充斥著那種色彩。

好可怕。本能吶喊著要我逃跑，身體卻動彈不得。

誰來救救我。雖然想求救，卻發不出聲音。

取而代之的淚水不斷從眼角滑落。

某個人的尖叫聲響起。

嘈雜的聲音傳入耳中。

聽不懂他們正在說什麼、正在對我說什麼。

意識變得朦朧。

彷彿要被地面吸引的視線，隨著身體的飄浮感一同浮起。

視線回到原本的位置，我看向大家。他們都面露驚訝之色。

那些臉龐緩緩地逐漸遠離。

不對，正在遠離的人是我。

剛才刺傷我的衛士露出驚訝的表情，但是立刻衝了過來。

就在他快要追上的瞬間，有人擋在他的前面。

那是……雷格魯斯先生，他的側臉顯得嚴肅又緊張。

但是當我與雷格魯斯先生四目交會時，他露出不變的溫柔笑容看著我。

此時，一名樞機主教走上前去。

身材矮小的他是最年輕的樞機主教，大家說他是以最年輕的年齡就任這個職位的天才。

教皇陛下對他說了什麼。

他點點頭，往前伸出手。

我像是受到吸引一般凝視那隻手。

感覺魔力正在集中。

危險、危險、危險。警報響起。

經過濃縮的魔力強烈到肉眼可見的程度，不由得覺得很美。

魔力逼近我。距離無關緊要。瞬間即達。

然而看在我的眼中卻極為緩慢。

看見了死亡一步步走近的幻想。

已經近在眼前。

啊啊，我要死了。

不要，不要，不要，我不想死。

我開口吶喊。發出不成聲的吶喊。

我盼望。渴望活下去。

這樣莫名其妙的死好悲傷，太悲傷了。

就算這是對我任性而為的處罰，也未免太過分了。

自己交到朋友，也留下快樂的回憶。

以後也想製造很多回憶。

原本是一片灰色的風景有了色彩。

最重要的是有感到在意的人。

雖然不知道這種不可思議的心情是什麼，但我知道那非常、非常寶貴。

當然了，在我就任聖女的瞬間，那一切都會結束。

可是……

魔力爆炸，轟隆聲響起。感覺整棟教會的建築物都在震動。

一股劇烈的倦怠感襲來，我的意識變得朦朧。

但是自己還活著，不知道為什麼。

我被衛士抱住，彷彿受到那種不可思議讓人感到安心的晃動驅使，就此失去意識。

◇◇◇

那個景象令所有人都說不出話來。

爆炸了？而且是從內部？

有人緊緊握住我的手，用力吸了一口氣。往下一看，光正擔心地抬頭看我。

冷靜一點，首先要確認情況。

當我振作精神時，周遭反倒是一片嘈雜。

還有人想要逃跑，結果跌倒在地。看到跌倒狀況並未像骨牌效應一般擴散，我便放心了，此時有一群人從教會裡走出來。

在眾人的注目之中，一名身穿華麗服裝的男子以穩健的腳步穿過那群人現身。明明發生那麼大規模的爆炸，他卻毫無慌亂之色。

教會前的群眾看見那名男子，幾乎全體一起跪下。

「我的子民啊。我此刻沉浸在悲傷中。希望你們理解並接受我告知你們此事的痛苦。我收到了神的啟示！啟示的內容實在令人難以置信，可是我們的神不可能有所誑語。因此必須告訴大家此事。」

當男子開始說話，嘈雜聲漸漸平息，明明沒有擴音器，他的聲音卻不可思議地清楚。

「聖女米亞是招來災禍之人。即便是神的話語，我一開始也懷疑其真偽。然而一切正如神所言。我收到報告表示，神所指示的地點有大量魔物聚集。」

男子所說的是魔物聚集在聖都周邊，發現魔物潮徵兆之事。

這個消息迅速傳開，聞者不禁驚愕不已。

「神告訴我。這次的魔物潮是她假冒聖女欺騙神而降下的懲罰。當聖女……不，假聖女米亞得知這件事後，無恥地帶著侍從逃跑了。我的子民啊，希望你們助我一臂之力。抓住神敵米亞，把她帶過來。即使神罰已經降下，也要把她的屍體帶來此處！」

看到男子深深低頭行禮，廣場的群眾臉上充滿憤怒，異口同聲大喊：

「找出神的敵人。」

「抓住神的敵人。」

「懲罰神的敵人。」

「教皇陛下才是真正的使徒。」

跪拜的人們起身朝著四面八方散開。

那些看似信徒的人離去，只有少數困惑的人留在原地。

我突然想到，在那些信徒當中有多少人知道米亞的真實長相呢？記得她當時說過，自己平常都戴著面具，所以民眾認不出她。

那麼為何那個男人……教皇叫他們搜尋她呢？

不，現在要以保護米亞為優先，只要使用ＭＡＰ……看吧，有反應。

『我知道米亞的所在地了，走吧。』

收到我的心電感應，兩人點頭回應。賽拉還不太習慣，對突然的傳訊感到驚訝。

我們沿著原路折返。

邊走邊聽到談論魔物潮和米亞是假聖女的說話聲。議論像傳話遊戲般慢慢失去原形，轉換為帶著惡意的言語。

走到看不見教會的位置時，我們從馬路轉進小巷，挑選不見人影的路前進。

然後抵達一間隨處可見的獨棟房子。如果打開那扇門之後出現一對老夫妻，我也不會感到驚訝。那就是像這樣融入周遭環境的樸素房子。

我敲了敲門。

屋裡的人沒有動靜。但我對這個反應有印象。

嗯？不知不覺間，反應變成三個人。

再次敲門，這次敲得比較用力。

「我是空。你是之前擔任米亞護衛的其中一人吧！」

我用屋內的人能夠聽見的音量大喊。

於是屋內有了動靜。

有人走向門口。

我再度咚咚敲門。

門鎖打開，對方從門縫之間露臉，果然是當時的護衛之一。

「有什麼事嗎？」

那是仔細觀察我的眼神。他應該知道我們才對吧？

「我有事找米亞和丹……找屋裡的人。」

「你在說什麼？我是一個人住在這裡。」

總覺得他更加警惕了。

「我可以大聲喊出名字喔？一定會有很多信徒聚集過來吧。」

聽到這句話，他顯得十分焦慮。

「如果無法判斷，就去找屋裡的丹大叔過來。不過如果傷害米亞，我不會放過你們。」

我利用風魔法把說話聲傳到屋內深處。

有所動靜了。有人踏著緩慢的步伐打開後方房間的門，神情疲憊的丹出來了。

「希格德，這個人沒問題。讓他進來。」

男子皺起眉頭，但還是聽從丹的話讓我們進去。

等到我們三人進屋後，他便鎖門沉默地催促我們走在前面。

是在防備我們從背後襲擊嗎？還是打算襲擊我們呢？

我毫不在乎地走著，進入丹所在的房間。

米亞躺在那裡，臉龐因為痛苦而扭曲，臉色蒼白。

「你為什麼會知道這裡？」

丹好像想問些什麼，但我伸手打斷他。

「丹大叔不會使用神聖魔法嗎？」

「只會一點，但我的魔法沒辦法治療她。」

我看向希格德，他也搖搖頭。

於是重新鑑定米亞。

【名字「米亞」　職業「聖女」　Lv「6」　種族「人類」　狀態「衰弱・中毒・麻痺」】

她未受治療是代表沒有藥水嗎？還是使用藥水也沒效？

我從道具箱拿出兩種解毒藥，抬起米亞的身體，一邊注意姿勢一邊試著把藥水倒進她嘴裡，但是並不順利。

倒進口中的液體被她吐出來，就此灑落。

希格德想說些什麼，這次丹制止了他。

這就是傳說中的那個嗎？沒想到我居然會遇到這種情境。

呼，冷靜一點。這是在救人。

我把麻痺的解毒藥含在口中，用嘴巴餵給米亞。在注意避免她噎住的同時慢慢餵藥。她無法喝下藥水，是因為麻痺導致身體無法活動自如。

餵完之後，接下來是解毒藥。由於麻痺已經痊癒，還以為她可以自己喝了，但還是不行，所以再來一次。

我使用鑑定，看到麻痺和中毒從狀態消失了。

【名字「米亞」 職業「聖女」 Lv「6」 種族「人類」 狀態「衰弱」】

然後是衰弱啊。我正想使用回復藥水，但又心想第三次實在太超過了，於是詠唱治癒。

於是她痛苦的表情放鬆，呼吸也變得平穩，只是依然昏迷不醒。

不過狀況看來已經穩定下來，所以我詢問丹為何會發生這種事。

「聽說教皇發表演講，可是事情為什麼會變成這樣？」

教皇說到神諭……但是實際鑑定可以證明米亞不是假聖女。

「老實說我也不清楚。方才教皇陛下召喚教會幹部集合。米亞大人也被找來，原本以為是要準備降臨祭和聖女認定儀式，卻突然說她是災難的元凶……」

「所以教會的方針是想制裁米亞嗎？」

「沒錯。」

「那麼你為何救她？」

我瞥了希格德一眼。

「他沒問題，是我信任的人之一，所以派他擔任米亞大人的護衛。很可惜另一個人是其他派閥派來的。而且這次的事件很不自然。首先教皇陛下至今明明從未聽到神的聲音。」

「他提到了魔物潮吧？實際上的確有即將發生的徵兆吧？」

關於這件事，我也從冒險者公會那裡聽說了。

「沒錯，我也知道教會收到來自冒險者公會的報告。若是那樣，米亞或其他人應該也會收到啟示。然而並非如此，所以很奇怪。」

丹比我更清楚收到神諭的條件吧。或許他因此感到格外費解。

「那麼，大叔你們打算怎麼做呢？不好意思，我不會選擇就此捨棄米亞。如果有必要，即使不惜帶她走也打算保護她喔？」

姑且不論交出米亞當成祭品是否能平息魔物潮，我還是無法坐視不顧。

不只是我，光也點頭表示正是如此。

「我想想……如果可以，我想拯救米亞大人。會這麼想，或許是因為她來到我家，我曾看過她與年紀相符的模樣。原本只知道她在教會裡的一面，因此真實面貌讓我認識到她也是一個女孩子。我被迫認識到這一點。」

嗯，我懂這種心情。可是丹這樣沒問題嗎？我以為身居樞機主教之位的人會更加嚴格，但是並非如此嗎？

「而且還有件事情令我在意。我們派閥沒收到通知，但是據說教皇派事先得知將會如何處置米亞大人。處置方式聽說不是殺害，而是拘捕。因此告訴我這件事的人也很吃驚。」

我則是對於丹能在短時間獲得這個情報感到驚訝。感覺不是自己所知道的大叔。光和希耶爾也很驚訝。賽拉不太了解，因此沒有反應。

不過假如真是這樣，代表發生了什麼與預定計畫不同的事態嗎？

「可能由教會、由大叔的派閥保護米亞嗎？不對，有辦法救她嗎？」

「如果魔物潮平息，或許有可能。但是坦白說很困難吧。這個地方也是，現在還好，不過遲早會無法使用。現在還處於失去控制的狀態，然而隨著時間過去，搜索隊也應該會更具規模吧。這麼一來，知道她長相的人應該會被派出來搜索。」

「那麼我擅自帶走米亞也沒有問題吧？」

「嗯，無妨。」

「大人！」

「沒關係。他已經救過米亞大人一命了。而且他比我們更能自由行動。如果我們現在強行公開反對教皇陛下造成混亂，魔物很有可能會攻陷這座城鎮。必須防止這種事發生。」

一個人的性命和城鎮民眾的性命，這是他放在天秤上權衡之後的結果吧。

我明白就連做出這個行動都很勉強。雖然嘴巴這麼說，丹緊握的拳頭依舊傳達他的不甘。

「只是也不能對現狀袖手旁觀。倘若魔物在此時進攻，教會方面難以派出防衛戰力。」

「這麼一來，問題就在於要如何平息城鎮的混亂嗎……大叔，有辦法準備屍體嗎？」

那麼只有安排替身了。搜索大概會持續到處決米亞或找到她的屍體為止。我認為使用屍體詐死是最確實的做法。

「屍體嗎？原來如此。只是我不知道有沒有與米亞大人同齡，外表體格又相符的屍體喔？」

「這方面由我來想辦法解決。還有，關於讓米亞逃離這個城鎮的方法……」

教皇等人應該也考慮過她有可能逃離城鎮。

那麼離開城鎮會很困難嗎？

就像丹說的那樣，再經過一段時間，知道米亞長相的人很可能會在人們進出城鎮之際現場檢查。不，最好當成已經這麼做了。

這麼一來即使扮成城鎮女孩也沒用，有沒有什麼好方法可以騙過他們呢？

我用上平行思考技能全力思考，看著賽拉突然想到一個辦法。

「總之決定逃離的方法了。雖然無法保證會成功，我認為這是目前可用的方法當中可能性最高的。我要進行準備，大叔打算怎麼做？」

「我先回教會一趟。等屍體準備好後……我不會來這裡，而是會回家。因為頻繁進出這裡不太好。」

「知道了。」

「不過，這是你原本的語氣嗎？之前總覺得有哪邊不對勁，這樣我就能理解了。」

聽到丹這麼說，我才發現自己使用平常的語氣開口。因為情緒不由得激動起來了。

「改回來比較好嗎？」

「事到如今，維持原樣就好。因為你是想幫助米亞大人的合作者。但是對其他人說話時要留意。另外，希格德，你去別的地方暫時躲藏起來。」

「遵命。」

兩人匆忙離開屋子。他們應該冒著非常大的風險吧。

「主人，接下來要怎麼做？」

「先叫醒米亞吧。」

抱著米亞移動實在太過顯眼，得讓她靠自己的雙腳站起來走路才行。

聽到我這麼說，光搖晃米亞的身體，看到她即使這樣也沒醒，光毫不留情拍打她的臉頰。

過了不久，米亞細長的眼眸顫動，緩緩地睜開眼睛。只見她雖然睡眼惺忪，但是一與我目光交會就露出吃驚的表情。

「這裡是……」

「妳記得發生了什麼事嗎？」

她感覺還心不在焉。

「我……啊啊，這樣嗎……」

這或許會迫使她想起痛苦的回憶，然而現在沒有時間。

她眼中的淚水溢出眼眶，沿著臉頰滑落。

我不知道米亞的感覺與想法，所以說不出安慰的話語，覺得不管說什麼都是徒勞。

不行啊。如果這時候能說出一句振奮人心的話就好了，但是我做不到，門檻太高了。

「告訴妳我目前知道的事情，可以嗎？」

米亞坐起身，點了點頭。

「如今妳被當作假聖女受到追捕。都是因為教皇的演講導致的。」

她再度點頭，眼中充滿悲傷，還用有如被拋棄的小狗般的不安眼神看著我。

「然後先前幫助妳的一個名叫希格德的人，還有丹大叔剛才也在這裡。」

「丹樞機主教？」

「對，然後他拜託我設法幫助妳。」

當我說出丹樞機主教的名字，她吃了一驚。

她說不定以為整個教會都與自己為敵了。

「總之這裡可能也有危險。我想離開了，妳走得動嗎？」

伸手攙扶米亞站起來時，心想她不能以現在這副模樣走動，便從道具箱拿出我的備用長袍。腰側鮮紅的血跡可以用洗淨魔法加以清理，但是聖女穿著的華麗服裝實在很顯眼。

而且我不施加洗淨魔法，也是因為之後想使用這件衣服的理由。

從體格來看，她可以穿賽拉大部分的衣服，但獸人的服裝無論如何都會有些部分暴露在外。

我走出房間，讓光她們為米亞換衣服。

用這段時間做些能做的事吧，我顯示ＭＡＰ，發動察覺氣息和察覺魔力。人們的活動比想像中更活躍。只要提高使用魔力擴大顯示範圍，就可以看盡整個城鎮。

中央教會有一個人的魔力反應很大。看起來不像教皇，是魔法師嗎？

城鎮出入口的大門周邊，好像也部署了比平常更多人。

……最好當成已經設置檢查站。

總之需要確認我想到的方法是否可以實行。等她換好衣服就馬上走。嗯？這傢伙是……

查看MAP時，發現了動向不自然的反應。難道已經察覺我們了嗎？

正當我陷入思考時，換好衣服的米亞她們走出房間。她顯得很難為情……

難不成是因為那是我的衣服嗎？妳之前也穿過吧？別擔心，是乾淨的。我施過洗淨魔法，衣服狀態與全新的相比也不遜色，沒有一點汙漬喔。還是說不是手洗的就不行？

感覺好尷尬。我們互相對望，說不出下一句話。

「主人，接下來要怎麼做？」

賽拉的話讓我回過神來。不做該做的事就會耽誤時機。而且視對手而定，這個計策可能需要擬定另一個計畫。

我在MAP上擴大顯示豪拉奴隸商會所在的位置。可以看到人們匆忙移動，難不成是要離開城鎮嗎？

「前去豪拉奴隸商會。拜託賽拉先去向德雷特先生傳話，告知我們這就過去，如果他們馬上要出發，希望能等等我們。」

「……知道了。我先過去。」

賽拉點頭回應便走出房間。身為獸人的賽拉獨自行動應該不會被人起疑。她的耳朵和尾巴就像在宣傳她不可能是聖女。

我接過米亞換下來的衣服，收進道具箱裡。米亞好像想說什麼，但是現在得先動身。

我們也要趕時間，但要注意別用跑的以免太過顯眼。盡可能選擇沒有行人的路線，朝著豪拉奴隸商會前進。

「主人……」

我對光的低聲呼喚靜靜點頭。

正如我所料，有人在跟蹤我們。這代表米亞身在那個屋子裡的事已經被發現了嗎？不過如果真是那樣，跟蹤者明明可以呼叫人手，為什麼沒這麼做？

儘管不知道對方意圖為何，這對我們來說是件好事，這樣就夠了。

『在那邊左轉。雖然會繞點遠路，把他引誘過來。』

我牽著米亞的手奔跑。

光也跟在後面。小巷裡沒有人影。

消除氣息的光滑進岔道。我們直直地往前跑。

有人進入巷子，快步追趕過來。

我在她經過光待命地點之時停下腳步轉頭。

從正面來看，那個人的體格與米亞差不多吧。她把長髮綁在腦後，穿著冒險者會穿的方便活動服裝，感覺即使在城鎮裡也不顯眼，不會讓人感到突兀。

對方可能也察覺到我們的行動而停下腳步，用銳利的眼神瞪過來。我聽見她嘖了一聲。或許是為之動搖吧，她的眼睛瞬間動了一下。可能是光出現的時機讓她領悟自己遭到包夾。

「有什麼事嗎？」

「你是指什麼呢？」

面對我的問題，女子裝傻地偏頭回應。她側著身體，或許是為了應對來自各方的襲擊。

「妳從剛才就一直在跟蹤我們吧？」

在女子背後的光踏出一步。

女子在此時拔出短劍，擺開架勢衝向我們。

不能花太多時間。如果引發騷動，就會有人們聚集過來的風險。

我下定決心，伸手對準女子握著短劍的手。那個動作就像要她來刺我的手一樣，看起來毫無戰鬥經驗。

感覺女子得意地咧嘴一笑。然而她的臉上立刻充滿驚愕。

應該會刺中的短劍停在空無一物的地方。我事先使用的護盾發揮了效果。

她沒有因為衝擊而放開短劍或許值得讚賞，但是瞬間的困惑將是致命的。

對方以毫釐之差閃過光的攻擊雖然不錯，可是我利用那個空檔拉近距離攻擊。不過我沒有學習打擊類的技能，這次攻擊也被閃過，然而這在我的料之內。最後是光的一擊成為致勝關鍵，成功擒住她。

「主人，這個要怎麼辦？」

我綁住昏迷女子的雙手，將她抱起來。也就是所謂的公主抱姿勢。

「你、你在做什麼！」

儘管遭到米亞責怪，但是把她揹在背上感覺更可怕。即便已經加以綑綁，如果她恢復意識從我背後偷襲就太危險了！

我拚命解釋，總算得到她的理解，得以繼續前進。儘管為了避開人群繞了遠路，我們沒被捲入任何騷動就抵達豪拉奴隸商會。

走進商會時，室內一片吵雜，德雷特正在跑來跑去發出指示。站在他身旁的賽拉注意到我們便走了過來。

「主人，德雷特先生打算離開城鎮避難。」

當我聽到賽拉的報告時，發現我的德雷特也走過來。

「空先生。我方才聽過賽拉的傳話，你們也要離開城鎮避難嗎？」

「原本預定這麼做……但是我有一點事情要辦，所以會留下來。可以到裡面談談嗎？」

「我明白了。請稍候。」

德雷特發出指示後，我們來到進行交易的房間談話。

「首先，我接下來會提出令人為難的請求。因此如果覺得做不到，請你拒絕我。」

既然有所風險，就無法默不作聲不告知他。如果是黑心商人，那麼我也不會在意，但考慮到他得知賽拉境遇之後的應對，以及其弟弟德雷克的應對，我也想以誠實的態度面對他。

那當然也可能是他偽裝出來的模樣，只是為了方便做生意而在演戲。

「這個女孩是聖女米亞，我想讓她逃出去。」

「這……代表你要與福力倫聖王國為敵嗎？」

是這樣嗎？教皇就像是國王，因此違抗他的指示就代表與國家為敵嗎？

我看了米亞一眼之後點點頭。如果丹是壞人，我或許會利用他的名字，但是他也站在米亞這一邊。

而且既然會這麼問，表示德雷特掌握了目前的事態。

「這樣嗎……」

他仰頭看向上方。我提出了令人為難的請求啊。

當我們再度對望時，他收起總是掛在臉上的笑容，用極度認真的表情詢問我：

「我好歹也是商人。如果實現空先生的希望，對我來說有什麼好處呢？」

「這個嘛，我能提供的是讓賽拉和光隨行充當護衛吧？既然有可能發生魔物潮，或許會發生意外情況。至少關於賽拉的實力是無庸置疑的。」

「的確是如此，但是……」

「另外呢……」

德雷特正在猶豫，我想再加上一些籌碼。於是請德雷特離開一會兒，室內包含我在內只剩下五個人。儘管其中一人還在昏迷中。

「首先是米亞。即便只是暫時的，妳可能要締結奴隸契約，可以嗎？」

我想出的逃脫方法，是讓米亞成為奴隸，由德雷特送出城鎮。

因為奴隸進出城鎮之際，與奴隸商人一起行動的檢查好像會比較寬鬆。這一方面是由於奴隸商人擁有的奴隸數量很多，以及身為奴隸的狀態保障了身分。然而這點並非絕對。因此算是一種賭注。

其他還有在魔物潮真的發生時趁亂逃走這個方法，但是不知能否一直躲藏到那時候，警備也有可能變得更加森嚴。

而且我也在考慮逃脫的時機。

「這是成功機率最高的方法吧？那麼我會聽從你的安排。」

米亞聽到說明後，十分乾脆地回答。

「那麼主人，你打算怎麼做呢？」

「雖然不知道行不行，但是我打算製作道具袋。」

賽拉用覺得奇怪的眼神看著我。對於知道道具袋的普通人來說，那是正常的反應吧。

可是沒有時間了，我準備十五個歐克的魔石，分成三堆。

首先把五個魔石合成一個高品質魔石。然後再和稀鬆平常的袋子合成。此時使用賦予術賦予道具箱的效果就完成了。製作出來的道具袋品質為低，可以存放容量為五個大酒桶的分量。我沒辦法判斷這樣算多還是少就是了。

「不好意思，妳去找德雷特先生過來吧。」

我請驚訝的賽拉找德雷特過來，繼續展開交涉。

「這裡有兩個道具袋。容量大約是五個酒桶。如果德雷特先生接受我的委託，就把這些道具袋轉讓給你，怎麼樣？」

這個提議似乎非常有吸引力，最終德雷特接受了委託。儘管品質不高，不過看在商人的眼裡，道具袋果然很有吸引力。

「那麼你要跟米亞大人締結奴隸契約對嗎？」

「是的，還有我也想跟躺在這邊的女人締結奴隸契約。米亞……暫且當作債務奴隸，這邊的女人則是犯罪奴隸，拜託你了。」

先從與米亞的契約開始。

哎呀，在那之前——

『希耶爾，妳先躲起來一下。等到沒事以後再叫妳出來，暗中守望我們吧，謝了。』

我向希耶爾傳送心電感應。

不同於賽拉，我們可能很快會與米亞告別。如果魔物潮平息，解開誤會之後，她說不定能恢復聖女身分。明明只要一鑑定就能知道的事，這意味著這個國家沒有人能使用鑑定嗎？

我立刻與米亞以及昏迷的女子締結奴隸契約。原來即使昏迷了也能締結契約啊——我如此心想，不過聽說有人會激烈反抗，因此才有了昏迷也能締結契約的方法。

「那麼德雷特先生離開這裡之後，打算前往哪裡呢？」

「嗯，我們打算從西門出城，朝德雷克所在的伊多爾前進。」

「那麼可以請你帶她們到坦斯村嗎？我們和那個村子的居民認識，如果有光在場，他們應該會給予通融。」

我交代光向村長馬哈特說明情況，請他讓她們留下。賽拉和米亞也有聽到這番話，我想應該沒問題。

「知道了。我們會經過那裡，應該沒問題。」

我將兩個物品袋交給德雷特，並給他五枚金幣當作她們前往坦斯村路上的生活費。

德雷特離開房間，好像要馬上做準備。

我們也開始準備吧。

「米亞，對女性這麼說或許不太合適，可以剪短妳的頭髮嗎？」

頭髮對女性來說非常重要，我以為會遭到拒絕，但她似乎不以為意。於是我把及背的長髮修剪為齊肩長度。

「再來是製作染頭髮的染料……」

我用鍊金術製作黑色和金色的染料。材料是花卉與之前收集當成烹飪食材的食品。黑色的很完美，但金色的感覺有點黯淡。

我先把米亞的頭髮染成黑色，眼睛顏色也用類似彩色隱形眼鏡的東西換成黑色。

聽說有些人在習慣之前會害怕戴隱形眼鏡，米亞則是毫不猶豫地戴上。

這麼一來她看起來便和光有些像是姊妹。

「主人，那個是？」

我製作了兩種染料，光似乎感到好奇。

「啊～這個之後我可能會用到。」

因為面具實在很顯眼。

在處理這些事情之時，女子恢復意識。她先看看我們，在看到戴在自己脖子上的項圈後大聲叫嚷。

「閉嘴。」

聽到我的命令，她老實地閉上嘴巴。見狀之後似乎理解自己置身的狀況。

「首先由我來發問。妳企圖暗殺米亞對吧？」

她老實地點頭。

「妳另外還接到什麼命令？詳細說出來。」

她一開始試圖抵抗，但是忍受不了違抗命令的懲罰，總算開口了。

來整理得到的各種情報吧。

她的名字叫伊莎貝拉，是來自黑社會的殺手，據說是個獨行俠。她堅稱自己並非沒有朋友，這點就暫且不提。不多嘴也是種溫柔。只是當我用同情的眼神看著她，她渾身顫抖就是了。

總之她從某個管道接到委託企圖刺殺米亞，但是第一次被我擋下而失敗。在她準備下一次行動時，得到暗殺暫停、等待時機的指令。

當教皇公開假聖女消息後，她便收到重新執行暗殺的指示，於是展開行動。順帶一提，她會知道米亞的所在地，好像是追蹤了米亞受傷時所中的毒。我心想她在講什麼啊，伊莎貝拉得意地說，她可以辨識那種毒藥散發的氣味。妳是狗嗎？我不禁在心裡吐槽。

「那麼殺死米亞之後，妳打算怎麼做？」

「原本的安排是發出信號彈傳達聖女的死訊。至於活捉她的情況就沒聽說了。」

他們是以殺死米亞為前提行動的嗎？意思是反正都要處決，無論是活是死都無所謂？不，如果她活著可能會說出不利的發言，所以死了會更方便嗎？

「那麼，賽拉。告訴德雷特先生，離開城鎮的時機就是聖女的死訊傳遍整個城鎮的時候。」

「主人不向他說明嗎？」

「……因為我現在有點忙。打算現在帶伊莎貝拉前去阿波斯提爾家的宅邸……面具很顯眼，我使用染料吧。」

只要滴在頭髮上就會自動染色，真輕鬆。

看看周遭，感覺四人的目光都集中在我身上。

「主人，不上不下。」

「我同意小光的看法。」

「呃……不太適合呢。」

遭到大肆批評呢。伊莎貝拉也用力點頭。

金髮金眸的確不適合日本人長相的自己。但總不會比面具更顯眼吧？我有點不安，可是總比黑髮黑眸來得好吧。

「那麼之後的事就拜託妳們了。」

我把必要物品從道具箱轉移到道具袋裡，又給她們十枚金幣當生活費。因為不知道什麼時候才能會合，所以多給了一些。

「啊，空。有一件事想拜託你。」

「嗯？什麼事。」

「如果你回阿波斯提爾家，會與樞機主教見面對吧？希望你在見面時幫我打聽雷格魯斯先生的情況。」

雷格魯斯在米亞遇襲時幫助她，因此很在意他之後怎麼了。

於是我和伊莎貝拉走出豪拉奴隸商會，前往阿波斯提爾家的宅邸。

◇◇◇

當我們抵達阿波斯提爾家時，首先發生一陣騷動。費了一番工夫才讓他們認出我。不禁心想那還不如先在宅邸附近戴上面具再回來比較好。只是改變眼睛和頭髮顏色，就會變得這麼難以辨認嗎？就是因為這樣吧。

「你這傢伙是誰啊！是接近我家女兒的害蟲嗎！」

丹一開口就這麼說。

我想這已經是他面對年齡與約兒或尤莉相近的男人的慣用台詞。

「我理解你改變外表的理由了。那麼那邊的奴隸又是怎麼回事？」

丹似乎當作一開始的事從沒發生過。幸好除了隆德，現場沒有其他人。還有隆德先生，你真是管家的表率。丹明明那麼慌張失措，你卻依然面不改色。還是說已經習慣了？

「這傢伙叫伊莎貝拉，是接下暗殺米亞委託的殺手。」

「啥！你說什麼！」

丹的臉漲得通紅，雖然稍微起身，但還是設法按捺下來。

總之先向丹說明先前得到的情報。

「明白了。首先屍體已經安排好了，看來最好趁著今晚做準備。」

「嗯，如果你告訴我地點，我就自己過去嘍？」

「不，我也要去，還有那邊的女人也要去。盡可能詳細擬定計畫比較好。」

這個提議的確很有幫助。儘管我有多加思考，感覺還是有很多漏洞。

只要事情與女兒無關就很優秀的（大家都這麼說）丹，會進一步提升計畫的完成度吧。

在和丹他們前往目的地的路上，我轉達米亞很擔心雷格魯斯，他便說雷格魯斯被魔法波及而受傷，但是沒有生命危險。

只是他因為保護米亞而遭到逮捕，現在人在牢房裡。

抵達目的地後，我馬上開始偽裝屍體。先使用以鍊金術製作的材料，以特殊化妝逐步做出米亞的臉。

可是在第一步就遭遇挫折。

「這樣子可以吧？」

「不對！米亞大人的眼睛更加細長……啊啊，交給我來吧。」

「鼻子應該沒那麼高喔？還有臉頰也是。」

作業遲遲沒有進展，只有時間不斷流逝。

最後是原本在一旁看我們討論的伊莎貝拉動手修改並且輕鬆完成，讓人覺得先前那段時間算什麼啊。

完成度高到即使是知道米亞長相的人看見，也肯定會認為這個人是米亞。

就連丹也打包票保證。

「這點小事很簡單，因為我們的工作是從了解目標開始。」

伊莎貝拉有點害羞地說道。

我無法老實地對這個理由感到高興，但是既然有派上用場，這就夠了。

在那之後，因為屍體是短髮，我們使用了米亞剪下的頭髮，並對頭髮染色以調整顏色的些微差異。

還有替屍體換上米亞穿過的衣服，這個作業由伊莎貝拉等女性負責，男人被趕出房間。

在更衣的時候，我讓她們把魔道具藏進衣服裡。好在屍體萬一受到詳細檢查時，可以注入魔力焚燒屍體。

最後使用偽裝技能以防萬一。這是當有人擁有鑑定技能，對屍體進行鑑定時的因應對策，不知道有多少作用就是了。

我隨口問過丹，至少教會裡沒人有鑑定的技能。雖然他說不清楚是否有人隱藏技能。但是如果有人能夠使用鑑定，就可以確認米亞的職業，事情就不會演變成這樣了。

「那麼把這具屍體放在那個屋子的床上，讓人發現就可以了吧？」

經過討論的結果，我們認為與其把屍體扔在街上，像是哀悼她的死亡般安置在屋子裡，更能營造未能拯救聖女的感覺，於是決定這麼做。

然後是決定何時讓伊莎貝拉發出發現米亞的信號，當天的作業到此全部結束。

◇◇◇

『光、賽拉，聽得見嗎？告訴德雷特先生啟程吧。』

早上起床後，我考慮昨晚決定的執行時間，對兩人發出心電感應。

於是在MAP上看到動靜，確認豪拉奴隸商會一行人開始移動。因為有一段距離，原本還擔心她們接收不到心電感應，看來是順利聽見了。

目前城裡眾人的動向完全分成兩種，試圖逃離聖都與搜尋聖女。

特別是南門和西門似乎從一大早就大排長龍。人們在我醒來時已經聚集，他們或許從夜裡就開始排隊了。

『希耶爾要留在這邊嗎？』

面對我的問題，希耶爾緩緩點頭。

感覺因為還有伊莎貝拉在場，所以她有所顧慮。但是試著想了一下，就算她跟著光她們走，也有可能被米亞看見。而且身為契約者，很高興她選擇了我。

由於時間逐漸接近，我也動身了。這是為了就近看到屍體將會受到何種對待。

既然教皇要求把聖女帶來，就算是屍體應該也會搬運到中央教會。根據丹的說法，教會前方的廣場已經備妥處刑台，所以不會有錯吧。

當我想著這種事時，伊莎貝拉的信號飛上天空。注意到信號的人們疑惑地走向那邊，其中還有反應正以極快的速度靠近。考慮到他們已在各處部署人手，好在收到信號之後馬上行動，看樣子委託伊莎貝拉，對她發出指示的人肯定是教會相關人士。

抵達現場時，聽到「發現假聖女！」、「假聖女已經死亡」這些呼喊聲，消息瞬間散播開來。感覺是故意擴散情報。

之後屍體的四肢被捆綁在類似十字架的架子上，刻意用引起群眾注意的方式搬運過來。

實際上，當運送屍體的架子移動時，人群也慢慢地聚集在後面，等到抵達中央教會時，原本在其他地方搜索的人們似乎也聚集過來，廣場上擠滿了人。

不過運送屍體的人們靠近，人牆就自動左右分開，讓出一條通道。

運屍的架子在人群之中緩慢前進，屍體隨即被擺上處刑台。那個景象讓我聯想起在哪裡看過的釘十字架刑。

聚集的群眾見狀紛紛開口咒罵，但是罵聲戛然而止，廣場上鴉雀無聲。

接著群眾的目光投注在教會入口，我也同樣看過去，和昨天一樣穿著華麗服裝的男子站在那裡。那是教皇。

他帶著騎士和教會相關人士出來，由於丹也在其中，我想應該是樞機主教之類的高層走下階梯，教皇站在擺放於平坦地面的演講台上開口：

「你們做得很好，抓到了罪人。看來神降下天罰，她的生命之火已然熄滅……現在即將舉行淨化儀式。」

聽到教皇的宣言，手持火把的白衣人靠近釘刑台。

看到那個身影，有人垂下眼眸，有人結起手印，有人下跪祈禱。在各有不同的反應中，有個人顯得十分異樣。

那人有著可以稱為少年的容貌，乍看之下討人喜愛。然而他的嘴角浮現笑意。感覺想要壓抑卻無法完全壓抑。彷彿把即將發生的事當作表演一般觀賞。

聚集在這個廣場的眾人之中，只有他一個人在笑。因此看起來格格不入。然而群眾的目光都注視釘刑台，除了我之外沒有任何人注意那名少年。

我無法移開目光，不知為何感到非常在意。不禁使用鑑定調查，心臟差點跳出胸膛。真想誇獎沒有驚叫出聲的自己。

為什麼、為什麼、為什麼會在那裡？

【名字「阿多尼斯」　職業「樞機主教（假）」　Lv「43（70）」　種族「魔人」　狀態「激動」】

魔人……？

當我的注意力被那邊吸引時，教皇喊著「淨化吧！」的聲音傳入耳中。

看向釘刑台，屍體被火焰所包圍。火勢猛烈，火柱高高升起，轉眼之間便吞沒屍體。速度會這麼快，或許也有我放入的魔道具遭到點燃的關係。

一分鐘後，釘刑台上甚至連捆綁屍體的十字架都沒剩下，只有地面留下焦黑的痕跡。

「淨化順利結束！」

聽到教皇如此宣言，聚集在廣場上的群眾目光集中在他身上。

教皇面對那些目光準備再度開口，卻被響起的笑聲干擾。

聽到那個笑聲，所有人尋找聲音來源。教皇回頭瞪視著那名少年。

集所有目光於一身的少年，像打從心底感到有趣一般天真地笑道：

「哈哈哈哈哈……嗯，真是有趣的表演。」

「阿多樞機主教，你是怎麼了？」

在他身旁的另一名樞機主教疑惑發問，但是那名少年……阿多尼斯無視他的存在，只是滿意點頭，看著教皇開口：

「處決聖女辛苦了。非常滑稽呢，教皇陛下。」

打從心底感到開心的阿多尼斯如此說道。

「你、你在說什麼。我是按照神的話語……」

「喔，那個嗎？你收到的神諭，是不是像這樣的聲音？」

『聖女米亞是假冒的聖女。為了給予欺騙神的處罰，災難會降臨這片土地。』

「你、你怎麼會知道，而且那個聲音是……」

教皇面露困惑之色。

「嗯，神諭是我傳達的。因為聖女對魔王大人來說是礙事的存在。不過親手殺死即將成為對抗魔王力量的聖女……你現在的心情如何啊？而且就算身為教皇，也只是個沉溺於權力的醜陋人類。操縱起來真是輕鬆！」

看到那個模樣，阿多尼斯周遭的人紛紛往後退。

「可是我真的忍了很久喔？假扮什麼樞機主教和愚蠢的人類打交道，混在惡臭的人類之間忍耐過活。但是沒關係，我今天心情好極了，所以原諒你們。而且我會告訴你們一件事當作獎勵！」

騎士從高談闊論的阿多尼斯背後靠近，想要抓住他。

然而騎士們無法接近，反倒像是被什麼彈開似的飛了出去。

「我名叫阿多尼斯，是帶給你們絕望之人。啊，順便一提，魔物潮也是我準備的！很周到對吧。」

一名魔人在此現身。他依然身穿華麗的長袍，和剛才不同的是頭上冒出一根犄角。背上長著不祥的翅膀。

「魔人……」

不知是誰喃喃開口。那聲低語傳染周遭，混亂逐漸擴散開來。

聚集在廣場上的群眾像是要逃離阿多尼斯一般紛紛後退。

「來，取悅我吧，人類！如果你們能從這場魔物潮活下來，我們或許還會再見面。可是無能的教皇陛下有這種能力嗎？」

阿多尼斯發出笑聲飛上半空，朝著天空施放了什麼。

「那個」留下響亮的破裂聲響與閃光。我迅速別開眼睛，再次看向天空時，阿多尼斯的身影已經消失無蹤。

閒話·2

收到米亞返回教會的報告，我靜靜點頭。

聖女的歸來。一時之間傳言說她身體不適，但是我已調查到她在另一個地方生活。

「不過幸好她有按照預定回來。這樣就可以依照計畫實行。」

來到降臨祭前一天，教皇按照預定將聖女傳喚到眾人面前。事先派遣教皇的手下擔任護衛，依照計畫襲擊聖女。

原本以為這樣就能加以逮捕，但卻發生了意料之外的事。

兩人當中的另一人像是要保護聖女般抱住她，逃離原地。

發動襲擊的衛士馬上追了上去，結果又出現更加出乎意料的干擾。

突如其來的狀況令我有點慌張。

雖然考慮過萬一毒藥無效，聖女逃亡的情況而準備魔法，施放時卻沒能控制力道。

這麼一來聖女會連屍體都沒能留下，就此消滅。

還好那只是杞人憂天。

「咦！」

我驚訝得發出叫聲。

理應命中的魔法，在即將擊中時被某種東西擋下。

這是她身為聖女的力量嗎？

不過老實說真是慶幸。

被擋下的魔法炸飛了天花板的圓頂，玻璃窗也無法迴避來自內部的力量，震碎了一大片。

教皇慌張地大喊大叫。

我嘆了口氣，走過去向他說道：

「教皇陛下，必須緝捕聖女——不，假聖女才行。」

那句話讓教皇稍微恢復冷靜，喚來樞機主教們走出教會。

教皇在那裡發表演講，聖女狩獵開始了。

那同時也是給殺手的信號，對我而言代表遊戲開始。

我準備在聖女的處決結束之後才直接下手……

月亮西沉，太陽升起。

在這段期間，沒有收到發現聖女的報告。

「果然有人正在阻撓嗎？」

這肯定不是教皇派搞的鬼。那麼會是聖女派嗎？中立派也有可能。

人類是即使隸屬於同一個組織，也會因為自己的慾望打亂步調的下等生物。

正因為如此，我也很方便行動。

但在幾個小時後，事情有了變化。

事先決定好的信號升起，通知聖女的死訊。

其實我想讓她活下來面對殘酷的處決，但是據說刺傷聖女的短劍上面塗有劇毒，這也是無可奈何的事。

帶著聖女逃走的衛兵依然下落不明，老實說我不感興趣。

他們想找就去找吧，在得知真相之後，那個人或許會被稱為英雄。不，考慮到最終未能拯救她，也許會受到什麼處罰吧？

「可是哀悼死亡……嗎……」

唯獨在這方面，我稍微有點共鳴。因為已經聽過許多次那種不甘。雖然我只實際體驗過一次，但是再也不想體驗第二次。

「阿多樞機主教，教皇召喚您。」

「嗯，我這就過去。」

好了，最後的收尾時刻到了。

我很期待看到教皇和信徒們會露出怎麼樣的表情。

聖女死了兩次。第一次死於中毒，第二次則是軀體在釘刑台上消滅。

儘管只是遠遠望去，那個身影毫無疑問是聖女米亞。

教皇也在高談闊論，臉上浮現恍惚的表情。

他一定是沉醉在自己的言行裡吧。沉醉於達成神諭的驕傲，以及滿足自己的私慾。

聚集在廣場上的群眾屏息關注那個結果。

在這些人當中，到底有幾個人能保持理智呢？

「淨化順利結束！」

聽到教皇充滿自信的那句話，我終於達到忍耐的極限。

情緒止不住地湧上心頭，無法壓抑笑聲。

可是沒辦法呀。

我鉅細靡遺地向無能的教皇講述真相。

騎士撲過來想制服我，卻不是我的對手。

好了，作個收尾吧。我施放某個魔法。

看著下方，一片怒吼與尖叫聲。群眾似乎陷入混亂。

這只不過是序章。希望人類務必抵擋住這場魔物潮。

但是我想聖都說不定會被魔物潮吞沒而淪陷。

「因為倖存的人，會有更多時間後悔自己犯下的錯誤！」

我想那樣一定能讓痛苦持續更久。

特別是教皇，會有什麼下場呢？

雖然沒辦法看到最後，若能偶爾過來打探情況就好了。

比起那個，現在想見魔王大人的心情更加強烈。

「啊啊，回去以後，大家也會誇獎我嗎？」

大家至今都說我年輕、不成熟，這麼一來他們肯定會認可我吧。

◇米亞視角・3

當我睜開眼睛時，應該已經告別的空就在身旁。

看著在側腹擴散的血跡，我的記憶緩緩恢復。

隨著教皇陛下說出那句「假聖女」，感覺側腹一陣疼痛。伸手觸摸，傷口明明已經消失了。

在自己失去意識的瞬間，應該……發生了什麼大事。我覺得那是……阿多樞機主教對我施放了魔法。

可是在魔法擊中的瞬間，有某種東西保護我們。雖然記不太清楚，但是我像這樣安然無恙就是證據。

至於是什麼保護了我……只能想到一個可能。

那就是空送的護身符。

我自然地伸出手，在觸及護身符的瞬間感到不對勁。

觸感不一樣。一看之下，寶石……不對，記得那是魔石出現了裂痕。

空送我護身符時說的話突然復甦。他說這個會保護我免於危險。

那麼當時保護我們的，就是這條項鍊嗎？

我沒有詢問那個答案，換好衣服，和空與光一起走在城裡。

聽到搜尋和咒罵自己的聲音隨風傳來，我幾乎忍不住落淚。

但是空告訴我，並非整個教會都是敵人。幫助我的騎士希格德和丹樞機主教都是同伴……雷格魯斯先生也是。而且現在空等人也試圖幫助我。我很想問，為什麼他們願意為了才認識幾天的人付出這麼多。

在前往豪拉奴隸商會途中，盯上我的殺手發動襲擊，不過兩人熟練地制服了殺手。空說過他是商人，所以我非常驚訝。而且小光也很強。

我們抵達豪拉奴隸商會，做了各種準備。我為了離開這個城鎮還締結奴隸契約，並未抗拒。回想起這幾天的種種，我想和空他們一起前往遠方，即使就此成為奴隸也甘願。

可是我一定會給他們添麻煩，因此不能如此任性。

一邊想著這種事，一邊自己都覺得可笑。之前明明非常任性，竟然有這種想法，真好笑。

那一天我們在奴隸商館度過，到了早上，我和小光一起換上奴隸的衣服。

我覺得有點……不，是相當難為情。光是想到穿著這麼單薄的衣服出現在眾人前面，我就不禁臉頰發熱。

看看周遭，小光和其他奴隸都顯得不以為意，態度堂堂正正。

不久之後，我們依照男女分別被送上有如囚車的運貨馬車後，馬車便開動了。有車篷遮擋來自外面的視線，我的心情相對地鎮靜一點。

其他奴隸商人的馬車沒有加裝車篷，或許只有豪拉奴隸商會是特別的。

馬車沿著城牆駛向西門，在那裡加入大排長龍的隊伍。

這段期間依然不斷聽到搜尋我的聲音。

在我感到滿心不安時，小光握住我的手。自己的年紀明明比她大，真是丟臉。

就在快輪到我們時，周遭開始騷動起來。

「聽說發現假聖女了！」

「快去中央教會！據說要進行淨化儀式！」

聲音在轉眼間變大，人們隨即往城鎮中心移動。

然後我們乘坐的馬車抵達大門，經過簡單的檢查便成功離開城鎮。

警備兵探頭看向馬車內部時，我還以為心臟會停止跳動，但他只是說聲：「黑髮還真少見啊。是姊妹嗎？」就回去了。

我不禁渾身脫力，因為之前很緊張。

那具屍體已被發現，使得進出城的檢查變得寬鬆了嗎？

如果真是這樣，我覺得空他們能想得這麼深入來擬訂計畫，真是厲害。

於是載著我們的馬車順利離開城鎮，在大道上朝著目的地坦斯村前進。

第7章

阿多尼斯的身影消失之後，眾人的目光投注在燃燒殆盡的殘骸上。

聖女之死。直到剛才都還期望著她的死亡，昨天破口大罵說要殺她的人們，像在乞求寬恕般跪下祈禱。還有人放聲哭喊，顯得十分悲傷。

身為造成這一切主因的教皇也許是腿軟了，坐在演講台上沒有動作。

我看向丹那邊，那裡的人們反應也各不相同。有人一動也不動，也有人痛罵教皇。雖然有人正在發出指示，卻只是少數。在少數人當中有丹的身影。

我以冷漠的眼神看著那個景象。

自私自利。這是我老實的感想。

只是也不能一直待在這裡。其實很想立刻去追光她們，但是得先查看魔物潮的情況。

這些傢伙有保護的價值嗎？儘管這麼想，可是蕾拉她們也留下了，如果米亞也在這個地方，我覺得她不會捨棄民眾，肯定會伸出援手。

鑽過人群，查看ＭＡＰ尋找蕾拉她們。

正好在北門與東門中間處的城牆那邊有她們的反應。

我壓抑激動的心情往前走，伊莎貝拉在途中與我會合。

「主人，接下來打算怎麼做？」

「先和蕾拉她們……丹的女兒約兒她們會合。妳去丹大叔那邊擔任聯絡人吧。」

收到我的命令，伊莎貝拉像風一般急馳而去。從她的動作來看，當時如果正面交手或許會很危險。

於是我與蕾拉她們會合。但是見面第一句話是蕾拉詢問：「你是哪位？」那一刻的自己到底露出什麼表情呢？

「師父，你為什麼要打扮成這樣？」

「……黑髮黑眸很顯眼，所以我變裝了。還有那個面具也是。這邊的情況怎麼樣？」

「剛才收到聯絡，表示魔物已經開始動身。是從城鎮中央傳來巨響的時候開始的。」

約兒向我說明，不過周圍傳來「原來他長這樣呀」、「姊姊之前就知道他的真實相貌嗎？」之類的低語。

這代表有派人去森林探查魔物的動向吧。

從偵察者回傳的訊息，得知的情報如下。

首先魔物的種類主要為哥布林、狼與歐克，據說也已確認有高階種。

另外還有蛇、熊和昆蟲，但是數量不多。不過這裡要註明是指能調查到的範圍之內。由於魔物的規模龐大，偵查者不清楚正確的情況。

特別是在魔物潮最深處的魔物，因為受到魔物阻擋而無法查明。

「另外，據說魔物已經開始行動，但是移動速度緩慢。」

蕾拉的說明讓我感到不解。

在我的想像中，還以為魔物潮發生之後魔物會爭先恐後發動突擊，所以對牠們的行動如此遲緩感到吃驚。不過從森林到聖都的距離，正常走路需要走上兩天。如果不顧這麼遠的距離奔跑前往，等到抵達時大概就耗盡體力了。

只是不知道魔物的行動何時會出現變化，因此無論如何都需要待命。這是蕾拉的說法。

「還有，空。我有一個請求……」

蕾拉所說的請求，是希望把我製作的箭矢和小刀分給大家。

我確實製作了五百支箭，要露露一個人持續射擊並不現實。

只是同時使用的時候，視野是否會遭到遮蔽是令人擔心的地方，關於這點只能請他們自行調整了。

「分出去是無妨，但是要記錄下來分給誰幾件武器，還有要回收在這場魔物潮中沒用到的剩餘武器。只要能夠遵守這兩點就答應妳。」

其中可能會有人留著不用拿去轉賣，或是有人想要解析武器。最好準備防止這些情況發生的手段。

「啊，還有需要說明，提醒他們小心爆炸吧。」

那才是最可怕的。

蕾拉帶著露露馬上去找公會高層提議。

在那之後，我和約兒她們交談了一會兒，聖女的死訊也傳到這裡。

「米亞大人？而且有魔人出現？」

影響最大的人果然是特麗莎，周遭的許多冒險者聽到消息後也驚愕不已。

就在現場的氣氛變得凝重，士氣快要下滑的時候，教會騎士團列隊出現了。

一看之下，隊伍前方有包含丹在內的幾名穿著高貴服裝的人。

過了不久，又有幾個人從隊伍當中走出來與附近的冒險者交談，接著走向蕾拉前往的方向。

他們要與冒險者的高層開作戰會議嗎？

「我也有點事情要處理。丹大叔大概也來了，應該會有詳細的說明。」

說出米亞還活著的消息或許可以讓大家感到安心，但是隨便說出此事很危險。而且也要提防隔牆有耳，最好先跟丹好好商量之後再透露。

當我離開那群人時，伊莎貝拉無聲地走過來。

「主人，教會的人要我來問您是否有多餘的藥水。」

這是丹的要求嗎？我留下自己要用的份，也把剩餘的藥水交給蕾拉她們比較好，所以或許需要調整數量。

在那之後，一名樞機主教說明目前聖都發生的情況。

儘管教會派遣過來的騎士團似乎比預定人數來得少，不過會以騎兵部隊為中心。

冒險者當中好像也有虔誠的信徒，有人憤怒地開口痛斥教會的作為，但那位樞機主教一句辯解的話也沒說，只是接受他的指責。

最終發表的戰略不是守城戰，而是在城外設置防線，預計在那裡擊退魔物。

這單純是因為有遠距離攻擊能力的人不多。從城牆上進行攻擊是很安全，但是人手相對於魔物數量實在不夠。另一方面擔心萬一魔物突破城牆入侵城鎮，許多民眾會面臨危險。他們最大的顧慮是擔心因此導致城鎮陷入混亂，對防衛造成阻礙。

在發表戰略後，騎士團和冒險者合作建造簡易的防護欄等設施。

如果由我使用魔法建造，作業會更快完成，但在眾目睽睽之下這麼做很顯眼，因此作罷。取而代之的是請人到道具店收購藥草，盡可能用鍊金術製作藥水。加工費當然得確實地支付給我。

做著這些事的期間，隨著時間流逝，城裡的氣氛漸漸惡化。

主因是對殺害聖女的教會的不信任，但我覺得不知魔物何時會來襲的不安正在逐漸加劇。

眺望這樣的城鎮，想起阿多尼斯說過的話。

絕望……特別是那些沒有能力與魔物戰鬥的人們，此刻或許正是這種感覺。因為原本應該成為心靈寄託的人不在。教皇？不，是聖女。

走在城裡，看到因為恐懼而顫抖的人，也聽說有許多信徒與民眾聚集在教會祈禱尋求救贖。其中好像也有人乞求寬恕。

在這種情況中，魔物正如蕾拉所說的，在兩天後的早晨出現在城鎮附近。

隨著咆哮聲響起，地面隆隆作響，魔物同時衝了過來。那是魔物潮開始的信號。

◇◇◇

個體集結成一個集團的魔物朝著我們襲來。

對此我方接連放箭。飛箭有如雨點落在魔物頭上。

箭矢命中的同時發動火焰風暴，將魔物吞沒在烈火之中。

這波攻擊對哥布林及狼造成重創。雖然有高階種個體勉強逃離火焰地獄，但是數量屈指可數，遭到各個擊破。

考慮到魔物集團近七成都是哥布林及狼，首戰可說是大獲全勝。

接著出現的是以歐克為中心的集團，還有……那是巨魔嗎？另外還能看到蛇和熊之類的往左右兩側散開。

這次換成普通箭矢彷彿雨點傾注而下，但是魔物毫不在乎地發動突擊。即便有魔法師施放魔法，卻無法像剛才一樣有效造成傷害。

有人看到之後大喊：「為什麼不留一些箭！」如果沒把魔法箭全部用上，我想就無法擊退一開始那群魔物。

戰鬥隨即化為混戰，轉為拉鋸戰。

騎兵部隊繞過去勇敢地嘗試從魔物群背後攻擊，然而有遠距離攻擊能力的魔物展開反擊，還有凶暴的血蛇衝進騎兵部隊。戰場一片狼藉。

傷患立刻接受神官治療，但是即使能治好傷口，卻無法一併回復體力，隨著時間經過，他們的動作慢慢變得遲鈍。

魔物明明應該也很疲憊，卻絲毫沒有放緩攻勢。大半魔物都在激烈肆虐。面對這樣的戰況，血腥玫瑰成員們也置身奮戰的人群當中。

我也追了上去，走在她們後方。

「下一個目標是那個！」

蕾拉指向巨魔。牠一揮棍棒就掃倒周遭的冒險者，製造恐懼氣氛。而且那還是一般個體，卻比有些魔物的高階種更強。

蕾拉她們包圍牠發動攻擊，但是沒有作用。巨魔應該是物理抗性很高，對於魔法的抗性較弱，牠毫不退縮地衝向我方的魔法攻擊。

而且其他魔物也在巧妙支援巨魔，使得我們無法專注攻擊。這種戰況並非只發生在我所在的這個地方，在巨魔周邊……隨處可見。

「小凱西，支援我。要開始了！」

蕾拉停下動作，聚精會神。我感受到魔力正在提升。

她好像判斷現在是一決勝負的關鍵，正在往劍裡灌注魔力。

我也用魔法加以牽制，並且上前與凱西一起吸引巨魔的注意力，避免牠走向蕾拉那邊。

塔莉亞和露露也在牽制魔物，防止來自遠距離的攻擊。

可能是察覺到危險，歐克戰士在此時率領一群歐克突擊過來。

周遭的冒險者們也試圖擊退牠們，卻不足以擋住那波衝鋒。

我也拚命運用技能砍倒牠們，然而面對那股數量的暴力，我們的人手實在不夠。

就在感覺戰線快要崩潰時，蕾拉獨自一人殺了進來，像撕碎紙片般將歐克接連砍倒。

她每揮出一劍就輕易切開歐克的軀體，屍體在轉眼間堆積如山。

蕾拉保持勢頭逼近巨魔，從上往下揮落的一劍在巨魔身上留下深深的傷口。巨魔受到攻擊之後發出慘叫，但還是堅持發動反擊。

蕾拉反手揮劍迎擊，於是巨魔的軀體往後倒下。

冒險者們見狀發出歡呼，不過蕾拉的身體晃了幾下，癱倒在地上。

「魔力耗盡了嗎！」

可能認為這是良機，又或者是覺得打倒巨魔的蕾拉是個威脅，於是原本在附近戰鬥的歐克轉身襲擊倒地的蕾拉。

凱西她們奮力想過去救援，但被其他魔物攔住去路無法靠近。

我也衝過去，同樣也被擋住去路。於是運用揮劍猛砍等劍技迅速打倒魔物，然而照這樣下去也無法趕到。

我從道具箱裡拿出小刀投擲。這是賦予土魔法的小刀，被刺中的歐克隨著衝擊退後一、兩步。那個攻擊不足以打倒牠，但是成功製造空檔。

切入魔物集團和蕾拉之間，首先擊退想對蕾拉下手的歐克。

即使如此，魔物的攻擊依然沒有減弱，牠們接連來襲，我則是揮劍劈砍。

然而可能是行動太過顯眼，這次目標似乎換成我。

我用劍技彌補自己與蕾拉的祕銀之劍的性能差距，連續施放劍技後，應該已經回復的ＳＰ迅速減少。而且還運用平行思考同時使用魔法，ＭＰ也同樣不斷減少。

我期待有支援到來而使用察覺氣息技能，發現周遭有許多魔物反應。冒險者們也正在應戰，卻遲遲難以擊退。

比起打倒魔物減少數量，我把戰略轉為優先保持體力，爭取時間。

但是這個戰略這次適得其反。在我接下攻擊的下一瞬間，歐克的身體破裂，粗壯的圓木……飛來的棍棒出現在眼前。剎那間我用劍成功揮開棍棒，手卻被沉重的一擊震得發麻。若非有牢牢踏穩腳步，肯定會被打飛出去。

由於出乎意料的攻擊讓我瞬間分神，就算有平行思考，下一步行動也慢了一拍。雖然先前用察覺氣息得知有一頭巨魔正在靠近，但是作夢也沒想到棍棒會飛過來。

儘管如此，我勉強化解蜂擁而來的攻擊，卻來不及防禦巨魔大步拉近距離之後，來自死角的一擊。正確來說，我有可能擋下這一擊，但是擋不住錯開時間射來的無數箭矢。

自己立刻使用結界魔法，然而只擋住巨魔的一擊和首先飛來的幾支箭。接著感覺到護盾消失，還有慢一拍的箭矢。

我想著只能閃避近在眼前的飛箭，卻又想起背後的蕾拉，只能揮劍打算擊落箭矢。雖然可以閃躲，但是如果躲開，箭矢就會射中蕾拉。

我一邊揮劍一邊嘗試再度使用護盾……一支箭飛過劍旁邊，直擊胸口。在感覺到一陣劇痛的同時身體往後退。以為刺進身體裡的那支箭在眼前落下。
護盾勉強趕上了嗎？
真是千鈞一髮。我搞不好會沒命。
當我擺開架勢準備應對下一次攻擊時，一群人衝破魔物群出現了。是教會騎士團的騎兵。
騎兵部隊保持那股氣勢蹂躪魔物，至於被騎兵分散注意力的巨魔也在凱西和塔莉亞的聯手攻擊下跪倒在地。她們不是依靠祕銀武器，而是用扎實的技術打倒了牠。

不久之後，魔物突然開始敗退。
壓倒性的數量差距的確已經逆轉，魔物數量看起來已不滿一百。即使如此，這不像是之前不顧一切突擊的魔物該有的行為，正當我感到困惑時，遠方傳來類似敲響銅鑼的聲音。
「好像打倒頭目了。」
約兒如此告訴我。
據說這是進入森林的精銳部隊打倒頭目時會發出的信號。
「比起這個，師父不要緊嗎？你好像被箭射中……」
「喔，防禦魔法……」
我正要說魔法及時趕上，但卻感覺不太對勁。
如果護盾趕上了，應該不會感到疼痛。然而當時的確有痛覺。
我立刻伸手觸摸疼痛的……被箭矢射中的部位，在那裡有某個東西。

從懷中取出的東西，是和克莉絲成對製作的發訊器。魔石完全裂開，我在鑑定之後發現發訊器已經完全損毀。看起來……無法修復。

「師父，這個是？」

「喔，看來是這個擋住了攻擊。話說回來，蕾拉的情況怎麼樣？」

是我的運氣好，還是它保護了我？雖然不認為會有這麼湊巧的事。

「師父保護了她，所以好像沒事。但是凱西驚慌失措，鬧得人仰馬翻。」

順著約兒的視線看向蕾拉，凱西確實正在無微不至地照顧？蕾拉。

我再度看著手中的殘骸，雖然當時覺得難為情，但是很慶幸有把發訊器做成項鍊戴上，同時又感到不安，這樣克莉絲便無法得知我的位置。

然而這個念頭只浮現了一瞬間，我決定積極思考，只要她們收到傳話就可以會合了。

◇◇◇

早晨來臨。今天不是遲來一天的降臨祭，而是舉行追悼儀式的日子。這意味著人們接受聖女……米亞的死。

那是昨晚的事。丹在忙碌的善後處理途中抽空返回宅邸，我和他有所討論。

最重要的問題就是關於米亞。實際上她保住一命活了下來，問題在於是否要公開此事。

儘管我個人留有一絲不安，如果聖王國會保護米亞，那麼我認為可以接受。即便之前受到魔人操縱，既然曾經犯過這種大錯，她的安全應該會受到教會最優先的保障。

不過丹的意見卻否定這個想法。然後他提出請求。

「米亞大人就拜託你了。」

他對我深深低下頭。

既然米亞被魔人盯上，就算在聖王國保護下也無法萬無一失，她會被迫過著比以前更拘束的生活。與其那樣，他希望讓她過著隨心所欲的生活，這是丹的真心話。他說最重要的是身為長久以來目睹教會內部權力爭鬥的人，她有可能因為一點微不足道的契機再度被捲入其中。

只是我沒辦法直接說聲：「交給我吧。」就點頭答應。

在沒有得到答案的狀況下結束討論，最後我們選擇讓米亞自己決定。丹寫了一封關於此事的信交給我。他交代如果米亞有意回到教會，他會派人前去迎接。如果她無意回去，就把寫著暗號的信寄給他。

還有他說當米亞不回教會時，她有可能再次接到女神的神諭，屆時希望她透過各城鎮的教會通知他神諭的內容。

然後丹交給我一個胸針，只要在教會出示這個造型精美的胸針，似乎就可以與丹取得聯繫。我告訴丹，如果米亞跟著我走，自己的下一個目的地是瑪喬利卡。他表示到時候可以告訴約兒她們事情緣由。因為在同一個城鎮裡，可能有機會碰到面。

另外，他特地告誡我不要對約兒出手。

當我回答我沒有那個意思，不用擔心時，他說這樣也很令人不滿。到底要我怎麼做啊？

「不過這是大叔一個人的決定吧？這樣沒問題嗎？」

我針對關於米亞的事提出疑問，丹立刻回答沒問題。

在那之後的討論中，收到一枚白金幣當作這次魔物潮的報酬。這是藥水費和對我為了救出米亞進行各種活動的回報。

我也拜託丹一件事，那就是伊莎貝拉。

因為實在不能帶她一起旅行，所以請丹收留她。

原以為丹會嫌棄她前殺手的身分，但是他答應了。由於沒有可以從事諜報活動的人，他會派遣伊莎貝拉進行那方面的工作。

另外約兒回來之後，也給了我一筆錢。這好像是購買那些施加賦予術的箭矢和小刀的錢，以及參與魔物潮討伐的報酬，雖然我並未註冊。廉價的武器就這麼變成幾百枚金幣。

這次的魔物潮有不少傷亡，不過考慮到規模，據說從過去的紀錄來看，也是受害較為輕微的。其中大家提出那些賦予魔法的武器是重要原因之一，所以報酬也增加了。她堅持追問那些武器的來源，但是我蒙混過去。

「不過，我可以獲得參加討伐的報酬嗎？」

聽到我這個問題，得到的回答非常簡單。她說那是因為我的表現很顯眼。

大概是因為我在大殺四方的蕾拉附近戰鬥吧。當我這麼說時，約兒露出奇怪的表情。

『那麼希耶爾，聽說露天攤位會擺攤，我們去買東西吧。』

我一大早就把伊莎貝拉的奴隸主權限轉讓給丹，現在和希耶爾一起逛著露天攤位。

街上雖然還看得到人，但是比起之前和米亞她們一起逛街時減少許多。就算扣掉很多人因為魔物潮而離開城鎮避難，以及忙著處理城外魔物屍體的冒險者，數量還是減少很多。因為大多數人都聚集在教會裡禱告。

特別是中央教會的廣場，聚集著教會容納不下的民眾。

有人認為攤販在這種情況營業太過輕率，但是有傳聞說聖女生前曾經隱藏身分享受祭典，因此發出許可。她實際上玩得很開心，所以並非虛言，可是這樣做真的好嗎？

希耶爾像要宣洩最近壓抑的情緒一般，逛了一個又一個攤位，我也回應她的要求接連大量購買……多達幾十人份的食物。

希耶爾一開始瞪大眼睛驚訝地看著那個分量，但是顯得有些開心。

我們走到沒有人影的地方吃東西時，鐘聲響起。

鐘聲從城鎮的四方傳來。本來中央教會應該也會響起鐘聲，遺憾的是現在教會的鐘已被破壞，無法鳴鐘。

聽著那個鐘聲，突然想起昨晚與丹交談的對話——

「現在冷靜地想想，確實有怪異之處。教皇陛下說他收到神的神諭，但是原本應該說收到女神大人的神諭才對。」

如果有注意到這一點，情況或許就不會變成這樣。丹是這麼說的。

「算了，事情已經過去了。」

希耶爾聽到我的喃喃自語之後抬頭，但是馬上又被料理吸引，忙著吃東西。

在那之後，我們一邊購買旅行需要的食材，一邊在聖都街上四處閒逛。我也第一次在店裡購買魔物肉。狼肉很便宜，不過歐克肉的價格並不低。

那天晚上，我查看技能兼作為旅行準備。

技能「漫步Lv38」
效果「不管走多少路也不會累（每走一步就會獲得1點經驗值）」
經驗值計數器　596030／610000
技能點數　1

已習得技能
【鑑定LvMAX】【阻礙鑑定Lv3】【身體強化Lv9】【魔力操作LvMAX】【生活魔法LvMAX】【察覺氣息LvMAX】【劍術LvMAX】【空間魔法LvMAX】【平行思考Lv8】【提升自然回復Lv9】【遮蔽氣息Lv6】【鍊金術LvMAX】【烹飪Lv9】【投擲・射擊Lv6】【火魔法LvMAX】【水魔法Lv5】【心電感應Lv7】【夜視Lv8】【劍技Lv5】【異常狀態抗性Lv5】【土魔法Lv8】【風魔法Lv5】【偽裝Lv5】【土木・建築Lv6】

高階技能
【人物鑑定Ｌｖ７】【察覺魔力Ｌｖ６】【賦予術Ｌｖ６】
契約技能
【神聖魔法Ｌｖ３】
稱號
【與精靈締結契約之人】

漫步等級保持不變，不過感覺快升級了。
這次由於參加魔物潮的戰鬥，戰鬥類技能大幅上升。
不過最讓我開心的是空間魔法終於升到ＭＡＸ。正因為如此才能買下大量的料理和食材。只要收納在道具箱裡就不會壞。
這麼一來，旅行會變得更加舒適。

◇◇◇

我與阿波斯提爾家的人告別，啟程離開聖都彌沙。

蕾拉她們顯得有點寂寞，但當我說預定前往瑪喬利卡時，她們非常高興。丹用複雜的表情看著開心的約兒，不過沒有人提起這件事。

我把髮色和眼睛顏色恢復原樣，以平常的面具裝扮離開城鎮，朝著坦斯村前進。

由於公共馬車完全停駛，所以是用走的。

一開始正常沿著大道前進，從途中離開大道，往正西方前進。最近的連特鎮位於西南方，不過坦斯村位於西方。所以估計只要筆直穿越在眼前的森林就可以提早抵達坦斯村。

當然還有其他理由。既然要露營，難得有機會，我想舒適地睡覺與休息。

這需要運用技能建造小屋，如果沿著大道走，不管怎樣都有可能被人目擊。我不會傻傻地在大道旁邊蓋房子，反正要遠離大道，乾脆走在沒有人的地方就行了。這是我得到的結論。

即使路況糟糕，若是只有我一個人，只要用走的就不會疲倦，而且只要查看ＭＡＰ，多的是方法可以對付盜賊與魔物。

旅途很順利，我除了吃飯和睡覺以外都在不停走路。即使太陽下山，因為有夜視技能，在森林中也能輕鬆前進。或許是多虧了這樣，我在途中擴大ＭＡＰ的顯示範圍時，捕捉到光她們的反應。

保持這種步調走下去，或許會早一步抵達坦斯村。正當我如此心想時，天氣變壞了。

放棄冒雨前進的想法，在用土魔法建造的小屋裡躲雨。小屋大約三坪左右？因為塞進廚房、床舖與浴室，坦白說真的很小。不過因為也沒有什麼東西，所以供一個人和一隻精靈生活不成問題。最大的理由是樹木密集，沒有足夠大的空地可以建造。

雖然併用魔法感覺可以一邊擋雨一邊走路，但是走在泥濘上很吃力，我半途放棄了。儘管身體不覺得疲倦，被雨水泡軟的地面很滑，走路時得注意別滑倒，精神感覺很疲勞。

再說就算停下來一天不走，我也認為自己可以比光她們更早抵達坦斯村。

「即使今天休息一天也不會遭報應吧。」

於是我做了菜、對技能進行各種測試，和希耶爾悠閒地度過時光。

結果原本預計休息一天，意外地在那間小屋裡度過了三天。因為來到異世界後，第一次遇到雨連續下這麼久的情況。

因此在雨中也在前進（用ＭＡＰ確認）的光等人比我早一步抵達坦斯村。

當我抵達村子準備進去時，守門人用看到可疑人物的目光看過來。我對這個人沒印象，似乎是新派過來的人。自己明明有確實出示公會卡……是面具嗎？是因為面具嗎？

我是這麼覺得，但他似乎是因為我裝備輕便又沒帶行李孤身行走，因此才感到懷疑。我基本上都把行李收在道具箱裡。應該在進村之前先拿出來。

在和守門人交談時，熟悉的臉孔從村子裡跑了過來。

獲得進入村莊的許可後，我一踏進村子，她就像等候已久般撲上來。

「主人，我很擔心。」

那真是過意不去。儘管透過技能知道光她們平安無事，能像這樣重逢還是讓我鬆了口氣。到了現在我才想到，要是有先發送心電感應告訴她們我平安無事就好了。對不起，我忘記了。

我們並肩走在坦斯村裡，村裡有很多看起來像是旅行者的人。

坦斯村正在重建途中，由於數量超過旅館容量的人一口氣湧入，村子開放部分清理出來的空地供他們露營。因為這裡有屏障圍繞，比起大道來得安全。不過在前往聖都途中經過的人們對村子的劇烈變化感到驚訝也很正常。

「賽拉和米亞在做什麼？」

「幫忙。」

光帶領我前往自己曾經住宿的坦斯村唯一一間旅館。

探頭看向廚房，米亞正在和村中婦女一起烹飪。據說賽拉和愛爾克以及德雷特帶來的有戰鬥能力的奴隸一起到村子外面打獵了。

「空！」

當米亞注意到我喊出聲時，正在做菜的婦女們同時看過來。整齊劃一的動作令我有點吃驚。

熟面孔奈伊也在其中，只見她露出苦笑。

「妳在做菜嗎？」

我詢問溜出廚房的米亞，她顯得有點難為情。她打算幫忙，結果反倒拖累了大家。我誇獎她勇敢嘗試去做不熟悉的事情，米亞則是回答如果不做點事情，就覺得心神不寧。

在那之後，奈伊帶我去拜訪馬哈特，他再次向我道謝。

我反倒感謝他為光她們提供旅館房間。在這麼多人當中若有人受到優待，明明應該會引來不少抱怨。

「承蒙你們救了村子，這點小事沒什麼大不了。」

在那之後，馬哈特告訴我村子的現狀。

最大的問題果然還是人手不足。雖然國家承諾會提供支援，但似乎無法馬上提供幫助。很少有人會想特地搬到遭魔物襲擊而半毀的村子。

因此他們正在與德雷特交涉，打算購買幾名奴隸。

「你們對於買奴隸一事並不排斥嗎？」

「我們沒有那麼在意。而且德雷特先生經手的奴隸是債務奴隸。如果是犯罪奴隸，就會有點抗拒。」

不得已淪為債務奴隸的人很多。雖然原因各不相同。

我思考了一會兒，決定把意外獲得的那一大筆錢用在這裡。

「可以嗎？」

德雷特一開始很驚訝，但可能感覺到我是認真的，於是如此確認。

馬哈特也對我的提議感到驚訝又害怕。

我使用白金幣購買德雷特擁有的奴隸。聽賽拉談論她在奴隸商館時的經歷，得知其中沒有性格惡劣的人也是重要原因。

「還有我個人有點事想拜託德雷特先生，可以嗎？」

當我們兩人獨處時，我再次請他嚴加保密關於米亞之事，並提出另一個委託。

這次出手大方地購買德雷特的奴隸，一方面也是為了製造讓他容易接下委託的環境。

「尖耳妖精愛麗絲小姐嗎……」

我告知自己正在尋找她，拜託他收集情報。

聽說豪拉奴隸商會也會遊走各個國家，我在想能不能利用商會的人脈找人。像尋找賽拉的時候也是如此，期待他們和帝國的熟人有聯繫管道。

「如果得到什麼消息，請到商業公會傳話或到冒險者公會傳話給賽拉。我們計劃在魔導國的瑪喬利卡鎮活動一段時間。」

「明白了。不過我做這一行這麼久了，卻未曾經手過尖耳妖精。尖耳妖精明明很顯眼，甚至連情報都沒有。不確定能否回應空先生的期待，這樣可以嗎？」

「好的，就算沒什麼具體情報，光是知道她不在某個地方也可以縮小搜索範圍。另外，如果能定期聯絡我就太好了。」

在那之後，他們在德雷特的見證下締結奴隸契約。由於這些奴隸是村子的共同財產，契約形式有點特殊，但似乎順利地締結契約。

那天夜晚，村子裡舉辦餐會，並且讓村中重要人物和向德雷特購買的奴隸們碰面，吃了頓菜色稍微豐盛的晚餐。我也提供在露天攤位購買的食物當作賀禮。因為說是豐盛，也只是比平常好一點而已。

而且我很高興可以久違地與許多人同桌用餐，度過愉快的時光。

特別是光好像也理解村中的糧食狀況，近來一直節制食量，看到桌上擺放許多菜餚，讓她的眼睛不禁閃閃發光。

尾聲

吃完飯後，我們前往光她們住宿的房間。

她們事先說過我之後會過來會合，房間裡有四人份的床鋪。既然沒有其他空房間，同住一間也是無可奈何的事。再說一遍，真的是無可奈何。

「過來途中有發生什麼問題嗎？」

「途中沒有遇到魔物襲擊，是趟安全的旅程。」

聽到賽拉的回答，光也點點頭。

米亞……好像有點緊張。

當我呼喚她時，她用變調的聲音回答。

總覺得那副模樣有些好笑，不禁笑了出來。

也許是對此感到不滿，米亞鼓起腮幫子。

「沒發生什麼事我就放心了。還有米亞，這是丹大叔託我帶給妳的信。」

「樞機主教給我的？」

我把信交出去，她馬上查看信件。

我已經從丹那裡聽過信件的內容，所以知道裡面寫著什麼，因此不論她如何選擇，我都打算接受。只希望她做出不會後悔的選擇。

「太好了……雷格魯斯先生平安無事。」

米亞眼中泛起淚水，伸手擦拭眼角。

「空知道信裡寫了什麼嗎？」

「嗯。」

「這樣啊……如果我說想繼續跟著你，會給你帶來困擾嗎？」

停頓了一會兒之後，米亞這麼問我。

這個提議對我來說出乎意料，因此令我很驚訝。

米亞的表情很認真，她的眼眸不安地搖曳。光和賽拉也盯著我，很在意我的回答。

面對三人的目光，我開口回應：

「……我現在正為了某個目的旅行。是尋人之旅。」

我瞥了賽拉一眼。

「所以可能會遊走於各個城鎮，甚至是從一個國家到另一個國家。城外比米亞想像得更加危險，實際上我就曾遭到魔物襲擊。即使如此，妳也想一起走嗎？而且跟我一起走，那個……代表妳得繼續當奴隸，沒關係嗎？」

我們是為了逃離聖都而締結奴隸契約，但是她如果要就此跟著我走，代表契約關係將會繼續下去。至少到離開聖王國之前都是如此。

米亞靜靜地聆聽我的說明。

然後她遞給我某樣東西代替回答。

我對那個東西有印象。因為那是我製作出來送給她的東西。

「那時候我以為自己死定了。現在之所以能像這樣活著，一定是多虧了這個，多虧了空。所以……我想和你在一起。」

我認為那或許是種依賴心態。

只是米亞經歷過足以令她產生這種心態的遭遇。遭到相信的人背叛，被很多人投以惡意。就算那是誤會，米亞受到的傷害應該很深吧。

那麼在她受傷的心痊癒之前，一起旅行也不壞。雖然我們可以一起走到哪裡還不得而知。

既然這麼決定了，首先得做一些事。

「知道了。但是和我同行的話，需要妳遵守一些事。即使這樣也可以嗎？」

她不知為何臉紅了。我不會因為妳是奴隸就提出奇怪的要求喔？

「首先，我接下來要說的話禁止外洩。即使以後解除奴隸契約也要遵守。」

「我、我知道了。我向女神大人……不，我答應你。」

是不是晚點讓她在契約書上簽名比較好呢？嗯，等到解除奴隸契約時再做就行了。

『希耶爾，出來吧。』

「咦！剛剛那個是什麼？」

果然第一次收到心電感應時，正常來說都會有這種反應吧。

於是希耶爾出現在眼前，米亞開口的第一句話就是：「呀～好可愛。」

希耶爾聽到那句話似乎也滿高興的，一人與一隻瞬間拉近距離。看著米亞溫柔撫摸希耶爾的手，我感到有點嫉妒，但這是祕密。

妳知道我花了多少時間才能像那樣撫摸希耶爾嗎……

在那之後，我對恢復冷靜的米亞和賽拉繼續說明。

首先，我是艾雷吉亞王國從異世界召喚過來的勇者之一。但是當時的自己沒有戰鬥能力，因此被召喚主驅逐出去。

我決定成為冒險者在這個世界活下去。在那時候遇到名叫盧莉卡和克莉絲的兩名少女，她們教導我冒險者的知識，告知她們的目的。

我與她們告別，與希耶爾締結契約。

和光交手，以及遇見魔人。

與蕾拉她們相遇，一起打倒歐克領主。

我簡潔說明直到在聖都遇見米亞和賽拉之前的經歷。

「老實說，真是難以置信。我第一次聽說……異世界人的存在。」

由於正式成為奴隸，米亞好像試圖改變說話方式，我告訴她沒有這個必要。賽拉除了稱呼我為主人之外，也都是用普通的語氣說話，那樣子比較輕鬆。

「我以前聽奶奶說過，偶爾會有來自異世界的迷途者。但沒想到主人就是，真驚訝。」

「主人是異世界人，確實沒錯。」

「小光居然曾是間諜，很辛苦吧。」

「我不太記得了。而且能遇見主人就好。」

也許是隸屬面具的影響，光感覺失去了很多記憶，但她最近表露情緒的次數漸漸增加。這是個好徵兆。

「然後我對賽拉說過，我們的下一個目的地是瑪喬利卡。說不定還會挑戰地下城，不過最重要的目的是與盧莉卡和克莉絲會合。」

希望她們有收到傳話前往那裡。關於這點只能相信並等待了。

「主人，可以去學園嗎？」

對於光的問題，我回答不知道。因為不清楚學園實際是什麼情況。如果讓她抱著希望卻無法實現，光一定會受到打擊，因此我不能說出不確定的事。

「對了，賽拉沒有精靈護身符嗎？她們說過只要有護身符，就可以隱約感覺到那個人還活著之類的訊息。」

我事到如今才想到要問。記得一開始告訴賽拉她們兩人平安無事時，她似乎很驚訝。

「……我的護身符弄丟了。在黑森林受過一次瀕死的重傷，是在那時候弄丟的。只不過我是第一次聽說那個護身符有這種效果。」

那麼克莉絲和盧莉卡為什麼會知道呢？話說賽拉表示護身符不在她身上，為什麼兩人會誤以為她還活著呢？有好多不明白的事。

「空，那個……你打倒魔王後會返回原本的世界嗎？」

「不會。喔，正確來說，我沒辦法危害魔王。」

「這是什麼意思？」

「制約的詛咒之楔刺在我的心臟上。剛才說過我曾經遇到魔人吧？為了活下來，我和他締結了制約。內容是禁止危害魔王。」

「那是這麼強大的對手嗎？」

看來賽拉還沒遇到過魔人。

「我拿他毫無辦法。很強。」

光可能也有模糊的印象，身體開始顫抖。

「只是從交談的感覺來看，那傢伙沒那麼壞。可以溝通。只是為了達成目的毫不留情。」

米亞皺起眉頭。她險些不容分說地被魔人……阿多尼斯殺死，有這種反應也是無可奈何。

「就和人類一樣。人類當中既有壞人也有好人。魔人也有個性之分吧，一定是這樣。」

「嗯，沒錯。你說得對。」

「好吧，所以我不會跟魔王戰鬥，目前也不知道回去的方法。因此我已經決定在這個世界活下去了。」

總覺得自己慢慢偏離享受異世界這個最初的目的，這意味著我來到這個世界後遇到許多人，與他們有所交集了嗎？

截至目前為止的狀態值

藤宮空 Sora Fujimiya

【職業】魔術士　【種族】異世界人
【等級】無

【HP】410／410【MP】410／410（+100）【SP】410／410
【力量】400(+0)【體力】400(+0)【速度】400(+0)
【魔力】400(+100)【敏捷】400(+0)【幸運】400(+0)

【技能】漫步　Lv40
效果：不管走多少路也不會累（每走一步就會獲得1點經驗值）
經驗值計數器：581170／650000
累積經驗值：8236170
技能點數：3

已習得技能
【鑑定LvMAX】【阻礙鑑定Lv3】【身體強化Lv9】
【魔力操作LvMAX】【生活魔法LvMAX】
【察覺氣息LvMAX】【劍術LvMAX】【空間魔法LvMAX】
【平行思考Lv8】【提升自然回復Lv9】【遮蔽氣息Lv7】
【鍊金術LvMAX】【烹飪LvMAX】【投擲・射擊Lv6】
【火魔法LvMAX】【水魔法Lv5】【心電感應Lv7】【夜視Lv9】
【劍技Lv5】【異常狀態抗性Lv5】【土魔法Lv9】
【風魔法Lv5】【偽裝Lv5】【土木・建築Lv7】

高階技能
【人物鑑定Lv7】【察覺魔力Lv6】【賦予術Lv6】

契約技能
【神聖魔法Lv3】

稱號
【與精靈締結契約之人】

後記

初次見面，或是好久不見。我是あるくひと。

非常感謝您這次閱讀《異世界漫步2 ～福力倫聖王國篇～》。

看到自己寫的書擺在書店裡的感動很短暫，值得慶幸的是收到了寫下一本書的邀約。

在二〇二二年四月中旬展開正式的修稿工作，當故事遇到瓶頸時，有出門散步或是眺望大自然來轉換心情的習慣，因此這段時期也很有幫助。因為這個季節有各種花卉綻放，綠意漸增，散步時非常舒服。

在創作本書時，首先感到猶豫的是如何處理與希耶爾的互動問題。如果只有空一個人那不成問題，但從這一集開始，會增加一起旅行的新同伴。假如一直看不見她，希耶爾的魅力一定會減半。而且不只是與空，也很想描寫希耶爾與其他人玩耍的模樣！

所以我一邊和編輯討論這一點，一邊開始寫作，保持網路版的大致走向，試著刪減省略也沒影響的部分，添加新的橋段。整體上對立的情節減少，悠閒的成分增加……應該是這樣。

因此，我想無論是初次閱讀的讀者，還是看過ＷＥＢ版的讀者，都能充分享受內容的樂趣。

特別是關於魔物潮，在ＷＥＢ版裡完全沒有提及，我到現在都還記得自己寫作時非常苦惱。

在此報告一個消息。目前本作的漫畫版正在刊載中，刊載媒體是《マガジンポケット》。漫畫由小川慧老師創作。

關於詳情，將在カクヨム網站上的近況筆記等地方向各位報告。

那麼在最後，這次也在創作本書時陪我商量各種事宜、提出各種提案，引導我讓本書變得更出色的責任編輯O；繼續以美麗的插圖描繪出充滿魅力的角色們的ゆーにっと老師；指出我自身並未察覺的矛盾和錯字的校對人員，真的非常感謝你們。

承蒙各位的支持，本書才得以順利完成並問世。

然後是拿起這本書閱讀到這裡的讀者們、總是閱讀WEB版並留下各種留言的各位，非常感謝你們。如果有緣，希望在續集再會。

あるくひと

我想成為影之強者！ 1~5 待續

Kadokawa Fantastic Novels

作者：逢沢大介　插畫：東西

教團企圖解放迪亞布羅斯的右手，
神出鬼沒的闇影大人當然不會坐視不管！

在安穩的米德加魔劍士學園裡，數名學生竟然接連下落不明。於是七影之一潔塔展開調查，席德也跟著亞蕾克西雅潛入姊姊克萊兒的房間，卻在空無一人的地方發現不為人知的黑歷史！整起事件背後，迪亞布羅斯教團圓桌騎士第五席也在蠢蠢欲動……

各 **NT$260/HK$87**

異世界悠閒農家 1~11 待續

Kadokawa Fantastic Novels

作者：內藤騎之介　插畫：やすも

阿爾弗雷德等人進入王都的學園就讀！
學園長的胃撐得住嗎……？

就在村子順利擴張的某天，基拉爾的夫人古隆蒂來訪。古隆蒂被人稱為「神敵」，據說是和這個世界歷史有重大牽扯的存在……她來村裡的理由究竟是什麼？另一方面，展開學園生活的阿爾弗雷德、烏爾莎與蒂潔爾三人，為新生活感到雀躍不已！

各 **NT$280~300/HK$90~100**

菜鳥鍊金術師開店營業中 1~5 待續

Kadokawa Fantastic Novels

作者：いつきみずほ　插畫：ふーみ

採集家入冬停工導致店裡生意門可羅雀
此時卻有皇族貴賓登門委託!?

約克村的採集家們到了冬天會暫停工作，導致店裡生意門可羅雀。此時忽然有一位皇族貴賓登門拜訪。珊樂莎等人無法拒絕皇族的要求，只好前往危險的雪山採集需要的材料，卻遭到魔物攻擊！而且這場襲擊的幕後主使者竟是領主吾豔從男爵!?

各 **NT$240~250/HK$80~83**

國家圖書館出版品預行編目資料

異世界漫步. 2, 福力倫聖王國篇/あるくひと作；K.K.譯. -- 初版. -- 臺北市：臺灣角川股份有限公司, 2023.07
面；　公分. -- (Kadokawa fantastic novels)

譯自：異世界ウォーキング. 2, フリーレン聖王国編
ISBN 978-626-352-696-9(平裝)

861.57　　112007620

Kadokawa
Fantastic
Novels

異世界漫步 2
～福力倫聖王國篇～

（原著名：異世界ウォーキング2 ～フリーレン聖王国編～）

2023年7月24日 初版第1刷發行

作　　者：あるくひと
插　　畫：ゆーにっと
譯　　者：K.K.

發 行 人：岩崎剛人
總 編 輯：蔡佩芬
編　　輯：楊芃青
美術設計：吳佳昫
印　　務：李明修（主任）、張加恩（主任）、張凱棋

發 行 所：台灣角川股份有限公司
地　　址：104台北市中山區松江路223號3樓
電　　話：（02）2515-3000
傳　　真：（02）2515-0033
網　　址：www.kadokawa.com.tw
劃撥帳戶：台灣角川股份有限公司
劃撥帳號：19487412
法律顧問：有澤法律事務所
製　　版：尚騰印刷事業有限公司
ＩＳＢＮ：978-626-352-696-9